ハヤカワ文庫 SF
〈SF2145〉

去年を待ちながら
〔新訳版〕

フィリップ・K・ディック
山形浩生訳

早川書房
8052

NOW WAIT FOR LAST YEAR

by

Philip K. Dick

Translated by
Hiroo Yamagata
Published 2017 in Japan by
HAYAKAWA PUBLISHING, INC.
This book is published in Japan by
direct arrangement with
THE WYLIE AGENCY (UK) LTD.

The official website of Philip K. Dick: www.philipkdick.com

ナンシー・ハケットに――

……太陽を踏みしめ、
太陽より輝ける道
ヘンリー・ヴォーン

去年を待ちながら〔新訳版〕

1

実に見慣れたキーウィ型ビルは、エリック・スイートセントが車輪をたたんで割当の小さな区画に何とか駐車する間も、いつもながら曇った灰色の光を放っていた。朝八時か、とゲンナリする。こんな時間なのに、すでに雇い主のヴァージル・L・アッカーマンは、TF&D社のオフィスを開けて開業か。朝八時に頭が一番冴えている人物とはね。神様の明確な戒律に反してる。連中がおれたちに施してくれてる世界ってのは、大したもんだよ。戦争はあらゆる人間の異常を容認してくれる。あの老人のものであっても。

それでもかれは、入り口通路目指して歩きだした――が、すぐに名前を呼ばれて足を止めた。「あ、スイートセントさん！　ちょっと待ってください！」ロボ使いのブーンというような――きわめて嫌悪感を催す――声だ。エリックは嫌々立ち止まり、するとそいつはあらゆる腕や足を精力的にばたつかせ、近づいてきた。「ティファナ毛皮&染料（T

F&D)社のスイートセントさんですね？」

その無礼にムッとした。「スイートセント医師《せんせい》と呼んでほしいね」

「請求書があるんです、医師《せんせい》」とそいつは、金属パウチからたたんだ白い紙片をサッと取り出した。「奥様のキャサリン・スイートセント夫人が、三カ月前にこれを、夢の国みんなに幸せな時間口座で決済したんですよ。六十五ドルに手数料十六パーセント。そして法律で決まってまして、ご理解いただきたいんですが。お手間を取らせて恐縮なんですが、これは、エヘン、違法なんです」そいつは、かれがすさまじく嫌々ながら小切手帳を取り出すのを、警戒するように見つめていた。

「何を買ったんだ？」とかれは、小切手を書きながら陰気に尋ねた。

「ラッキーストライクの箱です。しかも本当の年代物グリーン。一九四〇年頃の、パッケージ変更の第二次大戦前のものです。『ラッキーストライク・グリーンは戦争に行った』ですよ、ご存じでしょう」とそいつはクスクス笑った。

信じられない思いだった。何かがおかしい。「でもそいつはどう考えても、会社の経費扱いだろう」とかれは文句を言った。

ロボ使いは宣言した。「いいえ医師《せんせい》。インディアン、うそつかない。スイートセント夫人は、この買い物が私的利用のためだと疑問の余地なく指示されました」。そしてそいつは、すぐに怪しいとわかる言い訳を追加してみせた。でもその言い訳がロボ使いの思いつきか、キャシーの思いつきか――それはわからなかった。少なくともすぐには。ロボ使いはまじめくさって言った。「スイートセント夫人は、ピッツ39年版をお建てになってます」

「そんなわけあるかい」とかれは、記入を終えた小切手をロボ使いに投げつけた。風に舞うその紙切れを捕まえようとロボ使いがあわてる横を、かれは入り口通路に向かった。

ラッキーストライクの箱か。キャシーめ、またイカレてやがる、とかれの気持ちは沈んだ。創造的な衝動が、買い物にしかはけ口を見いだせないんだ。それもいつも、彼女自身の給料をずっと上回る――その給料は、認めざるを得ないことだけれど、このおれの給料よりちょっと多いんだな。でもいずれにしても、どうして話してくれなかった？　これほどの大きな買い物は……

答えはもちろん明らかだった。請求書自体が、その気の滅入る謹厳さすべてをもって問題を指摘していた。十五年前ならおれは、キャシーとおれの所得をあわせれば、そこそこ理性的な大人二人がどれほど豊かな生活をしても十分だし、まちがいなくそれを維持できるはずだと言っただろう――そして実際に言った。戦時のインフレを考慮してもそうなったはずなんだ。

でも、どうもそんな具合にはいかなかった。そしてかれは、それが決してうまくいかないだろうという、深く運命的な直感を感じたのだった。

ＴＦ＆Ｄビルの中で、かれは自分のオフィスに続く廊下にダイヤルをあわせ、上階のキャシーのオフィスに立ち寄って、即座に彼女を問い詰めようという衝動を押し殺した。後だ。仕事の後で、夕食のときにでも。神様、それに今日のスケジュールはとんでもなく詰まってる。こんな果てしない口論に割くだけのエネルギーがない――いまだかつてあったためしがなかった。

「おはようございます、医師《せんせい》」

「おう」とエリックは、秘書のモワモワしたパース嬢に会釈した。今日の彼女はぴかぴかの青いスプレーをしていて、そこに輝く断片が混ざり、外のオフィスの頭上照明を反射させている。「ヒンメルはどこだ？」最終工程品質管理検査官はどこにも見当たらない。そしてすでに、子会社からの使者が駐車場に車を停めているのが感じられた。

「ブルース・ヒンメルは電話で、サンディエゴ公立図書館に訴えられているから裁判所にいくことになりそうで、たぶん遅れると言ってました」とパース嬢は心をこめた微笑を見せ、そのシミ一つない合成黒檀の歯を見せた。一年前に彼女とともにテキサス州アマリロからやってきたぞっとする装飾だ。「図書館警察があの人の共同アパート《コナプト》に突入して、盗まれた図書館の本を二十冊以上も見つけたそうです――ほら、ブルースったら、ものをちゃんと借り出すのに恐怖症があるから……ギリシャ語の用語はなんでしたっけ？」

かれはそのまま通過して、自分だけの内部オフィスに入った。ヴァージル・アッカーマンが、エリックにふさわしい威厳のしるしとして、是非とも専用オフィスを持てと言ったのだ——昇給がわりだった。

そしてその自分のオフィス内の、自分の窓辺に、甘い香りのメキシコ製タバコを吸いつつ、市の南にあるバハ・カリフォルニアのはげた茶色の丘を見渡しながら、妻のキャシーが立っていた。今朝は彼女と会うのはこれが初めてだった。かれより一時間早起きして、着替えて一人で朝食をとり、自分の車で出かけていたわけか。

「何の用だ」とエリックは厳しい口調で言った。

「入ってドアを閉めてよ」キャシーはこちらに身体は向けたものの、目はそらした。見事なほどシャープな面持ちは、物思いにふけるようだった。

エリックはドアを閉めた。「自分のオフィスにこうやって招き入れられるとはね」

「あのろくでもない集金担当が、今朝あなたを捕まえるのはわかってた」とキャシーはぼんやりした声で言った。

「緑がほとんど八十近く。罰金込みで」

「払ったの？」ここで初めて彼女はこちらに目を向けた。その人工的に黒いまつげのはためきが勢いを増し、彼女が本当に気にかけているのがわかる。

エリックは皮肉な調子で答えた。「払わなかったよ。ロボ使いに駐車場のその場で銃殺されるに任せたんだ」そう言いつつかれは上着をクロゼットにかけた。「払ったに決まってるだろう。モリナーリが信用買い方式を丸ごと抹消してからは、それが義務なんだから。きみが興味ないのは知ってるが、支払いの遅れが——」

「お願いだからお説教はやめて。そいつ、何て言ってた？　あたしがピッツ39年版を作ってるとか？　ウソよ。ラッキーストライクの緑のパッケージは贈り物として買ったの。あなたに話さずにベビーランドを作ったりはしないわ。だってあなたとの共同所有になるんだから」

「ピッツ39ならちがうな。私はピッツバーグで暮らしたことなんかない。一九三九年だろうといつだろうと」エリックはデスクについて、視覚電話箱を叩いた。そしてヴァージルの秘書に告げる。「出勤しましたよ、シャープさん。ご機嫌いかがですか？　昨晩の、戦争債公募集会からは無事に帰れたんですか？　戦争賛成のピケ隊に頭を殴られたりしなかったんですか？」そしてかれは箱を切った。キャシーにはこう説明した。「ルシール・シャープは熱心な融和論者なんだ。会社が従業員に政治的アジへの参加を認めるのはいいことだと思うんだがね、どうだい？　そしてもっといいのが、それが一銭もかからないってことだ。政治集会は無料だから」

キャシーが言った。「でも祈ってうたわなきゃいけない。それに、あの債券はまちがいなく買わされるし」

「タバコのパッケージはだれに贈ったんだ？」

「ヴァージル・アッカーマンに決まってるでしょう」キャシーが鼻から吐いたタバコの煙が、並行した二筋の灰色の線を描いた。「あたしが他のどこかで働きたがってるとでも思うの？」

「もちろんだろう、もっと稼げるなら」

キャシーは思慮深げに言った。「あなたがどう思ってるにせよ、あたしがここで働くのは給料がいいからじゃないのよ、エリック。戦争活動を支援するためよ」

「ここが？　どうやって？」

オフィスのドアが開いた。パース嬢の輪郭が逆光の中に浮かび、その輝くもやっとして水平に突き出した胸が、こちらに向くときにドアの枠をかすめた。「先生、お邪魔してもうしわけありませんが、ジョナス・アッカーマンさんがお目にかかりたいそうです――溶液槽部担当のヴァージルさんの曾姪孫《そうてつそん》様です」

「ジョナス、溶液槽部はどうですか？」とエリックは手を差し出した。社のオーナーの曾姪孫が近づいて、二人は握手した。「夜勤の間に何かがぶくぶく姿をあらわしましたか？」

ジョナスは言った。「あらわしたにしても、労働者の擬態で正面ゲートから出て行ってしまったよ」。そこでジョナスはキャシーに気がついた。「おはようございます、スイートセントさん。そうそう、わが社のワシン35年版向けにあなたが買った新しい構築物を見ましたよ。昆虫みたいな形をした車。なんでしたっけ、あれはフォルクスワーゲンでしたっけ？　なんかそういう名前だったような」

「クライスラー・エアフローよ。いい車だけれど、非発条金属が多すぎたんです。エンジニアリング上のまちがいで、おかげで市場では散々」

「なんとまあ」とジョナスは気持ちをこめて言った。「何かをそこまで徹底して知り尽くすとはね。打倒、広浅型ルネサンス。一つの分野に専門特化したほうが——」そこでかれは口を止めた。スイートセント夫妻がどちらも、むっつり黙り込んだ様子を見せているのに気がついたのだ。「お邪魔でした？」

「会社の用事のほうが、生物的な快楽より優先ですよ」エリックは、この組織のややこしい血族階級のかなり低位に属する人物ですら、割り込んでくれてありがたいと思っていた。「キャシー、さっさと退場してくれたまえよ」と妻に告げ、それをおどけた口調にするだけの手間もかけなかった。「夕食のときに話そう。ロボ使い集金人が機械的にウソをつけるかどうかについて論争するには、あまりに忙しすぎるんだ」。そう言って妻をオフィスの入り口に案内した。彼女は受動的に、抵抗もせず動いた。静かにエリックは言った。「世界中のみんなと同様、ロボ使いもひたすらきみをバカにしてるんだろう、え？　みんなきみの噂ばかりだ」そう言ってかれは、妻の背後でドアを閉めた。

間をおいてからジョナス・アッカーマンは肩をすくめた。「ふーん、これが最近の結婚ってやつか。法制化された憎悪だね」

「なぜそんなことを？」

「ああ、いまのやりとりにこめられた気持ちが伝わってきたからね。死の寒気みたいに、空中に感じられたんだ。男が妻と同じ職場で働いてはいけないという条例でも作るべきだ。いや同じ市内でもダメだ」とジョナスはにっこりした。その痩せた若々しい顔からは、真面目さが即座に消え失せた。「でも奥さんはホントに優秀だからね。ヴァージルは、キャシーがここで働きだしてから、他の骨董品コレクター全員をだんだんクビにしていったよ……でもそんな話は奥さんから聞いてるよね」

「何度も」。毎日のように、とエリックは苦々しく思った。

「なんでお二人は離婚しないの？」

エリックは肩をすくめた。深い哲学的な印象を与えるように設計された身振りだ。本当にその役目を果たしてくれたことを祈った。

明らかにその意味は伝わらなかったようだ。ジョナスはこう尋ねたからだ。「それって、いまの結婚が気に入ってるからってこと？」

エリックはあきらめたように言った。「前にも結婚はしたし、今より大してマシじゃなかったし、キャシーと離婚してもまた結婚するだろうし——かかりつけの頭探り屋の言い方だと、私は夫やパパや無駄な賃金稼ぎ屋という役割以外に自分のアイデンティティを見いだせないから――次のろくでもない女房も同じような女になる。私はああいう女を選ぶようになってるんだ。私の気質にそれが根付いてるんですよ」かれは顔を上げてジョナスを見つめ、何とかマゾヒストじみた挑むような表情を浮かべてみせた。「何の御用でしたっけ、ジョナス？」

ジョナス・アッカーマンは明るく言った。「火星旅行だよ、ぼくたちみんな、きみも含め。会議だ！　きみとぼくで、老いぼれヴァージルからはるか離れたシートを確保して、会社の仕事とか、戦争活動とか、ジーノ・モリナーリとかの話をしなくてすむ。そしてでっかい宇宙船だから片道六時間ずつ。そして頼むから、火星への往復ずっと立ちっぱなしはいやだぜ――確実にシートを押さえよう」

「現地にはどのくらい滞在するんです？」正直言ってエリックは、この旅行に前向きではなかった。仕事から長く離れすぎることになる。

「まちがいなく明日かあさってには戻ってくる。なあ、奥さんとも顔をあわせなくていいんだぜ。キャシーはここに残るんだから。皮肉なことだけれど、あのジジイが実際にワシン35年版にいるときには、骨董品専門家を侍《はべ》らせたがらないんだ……何というか、その場所の魔力にどっぷりハマりたいんだと……歳をとるにつれてそれがますます強くなる。百三十歳になったらわかるかもね――ぼくにだってわかるかも。それまでは、我慢するしかないな」。そしてジョナスは暗い調子で付け加えた。「たぶんこんなことは知ってるよね、エリック。だってきみは爺さんの医者なんだから。爺さんは絶対死なない。体内の何が停止して交換することになっても、そのつらい決断――と呼ばれてるもの――を下すことは絶対ない。ときどきうらやましくなるよ、あれほど――楽観的なのが。あんなに人生が好きだなんて。それがそんなに重要だと思うなんて。一方、ぼくたち卑小な死すべき人間どもは、この歳で――」とエリックを眺める。「あわれな三十歳とか三十三歳とかで――」

エリックは言った。「私は十分に活力がある。当分は問題ありませんね。それに寿命のことで悩んだりはしない」。そして上着のポケットから、ロボ使い集金人が提示した請求書を取り出した。「振り返ってほしいんですが、緑のついたラッキーストライクの箱が、三カ月ほど前にワシン35年版にあらわれたりしませんでしたか？　キャシーからの贈り物として？」

長いこと押し黙ってから、ジョナス・アッカーマンはこう言った。「あんた、ホントに哀れで猜疑心まみれのバカなろくでなしだな。そんなことしか考えられないのか。なあ先生、仕事に専念できないなら、あんたおしまいだよ。人事部のファイルには、ヴァージルみたいな人のために働きたくて行列してる人臓器外科医の経歴書が二十人分はあるんだ。経済と戦争活動であんなに重要な人に尽くしたいってね。あんた、だいたいそんなに優秀じゃないだろ」。男の表情は、同情と不満が入り交じったもので、その奇妙な混合がエリック・スイートセントの目を即座に覚ました。「個人的には、ぼくの心臓がいかれても——まちがいなくいずれそうなるけど——わざわざあんたにかかろうとは思わんよ。自分の私的な問題にあまりにはまりすぎてる。自分のことばかりで、地球の問題が見えてない。やれやれ、覚えてないのかよ。ぼくたちは生きるか死ぬかの戦争を闘ってるんだぜ。しかも負けてる。毎日のようにぼろ負けを喫してるんだ！」

その通りだ、とエリックは認識した。そしておれたちの指導者は病気で心気症で意気消沈してる。そしてティファナ毛皮&染料社は、その病気の指導者を生かし続けている巨大な産業機構の一つ、ギリギリなんとかモリナーリをその地位にとどめている存在だ。ヴァージル・アッカーマンのような温かい、気高い個人的な友人たちがいなければ、ジーノ・モリナーリは失脚するか死ぬか、老人休養ホームにいるだろう。まちがいない。それでも——自分個人の生活だって続く。結局のところ、おれは別に家庭生活の泥沼にはまり、キャシーとボクシングのクリンチじみたものを展開したがったわけじゃない。そしてそんなことをおれが望んでいたとか、いまも望んでいると思うなら、それはあんたがゲンナリするほど若いからだ。思春期の自由から、おれがいま暮らす立場へと移行できなかったんだな。経済的にも知的にも、そしてこれもあるな、エロチックな面でも自分より優れた女性と結婚するという立場へと。

建物を離れる前に、エリック・スイートセント医師は溶液槽部に立ち寄り、ブルース・ヒンメルが出勤したか確認した。出勤していた。不良品のレイジー・ブラウン・ドッグが満杯の、巨大なバスケットの横に立っている。

「そんなの煮こみ鍋に戻しちまえ」とジョナスが言った。そしてこの最若年のアッカーマン一族は、惑星間宇宙船の指令誘導機構への配線に使える合格品の球に混じってTF&D社の組立ラインから転がってくる、不良品の一つを放り投げた。それを受け取ったヒンメルはその空疎でうわの空めいたやり方でにやりとしてみせた。ジョナスはエリックに言った。「知ってる？　この制御用シンドロームを一ダースほど見てみたら――それも不良品のほうじゃなくて、軍用の出荷カートンに詰めるやつだぜ――一年前、いや六カ月前のものとでも比べて見れば、応答時間が数ミリ秒遅くなってるのがわかるんだ」

エリックは言った。「それはつまり、私たちの品質水準が下がったってことですか？」あり得ないように思えた。TF&D製品はあまりに重要すぎる。軍事作戦のネットワーク全体が、この人間の頭くらいの球に依存しているのだ。

「その通り」ジョナスは別に気にならないようだった。「あまりに多くのユニットをはねていたのでね。利潤が出せなかったんだ」

ヒンメルはどもった。「と、ときどき火星コウモリの糞化石《グアノ》商売に戻ってほしくなります」

TF&D社が火星羽ばたきコウモリのウンコを集め、それで最初の利益を出したおかげで、別の地球外生命である火星プリントアメーバが持つ、もっと大きな経済的側面も引き受けられる立場になった。この堂々たる単細胞生命体は、他の生命形態——中でも自分と同じサイズの生命体——を真似る能力により生き延びてきた。そしてこの能力は地球の宇宙飛行士たちや国連官僚たちをおもしろがらせはしたけれど、だれもその工業利用を思いつかなかった。でもそこへ、コウモリグアノで有名なヴァージル・アッカーマンが登場した。数時間もしないうちに、かれはプリントアメーバに、当時の愛人の高価な毛皮を示してみせた。プリントアメーバは、それを忠実に模倣し、おかげでヴァージルと愛人の前には外見的にも中身的にも、ミンクのストールが二つできていた。でもアメーバはやがて毛皮でいるのに飽きて、独自の形態に戻った。この結果は、まだ改善の余地があることを示していた。

何カ月もかけて開発された答は、その模倣期間中にアメーバを殺し、アメーバをその最終形態に固定する能力を持った固定薬物の溶液槽に死体を浸すというものだった。アメーバは腐敗しないので、その後はオリジナルと区別がつかない。間もなくヴァージル・アッカーマンは、メキシコのティファナに受け入れ工場を建て、火星の工業設備からありとあらゆる種類の代用毛皮の出荷を受け入れるようになった。そしてほぼ即座に、ヴァージルは地球上の天然毛皮市場を潰した。

でも戦争で、そのすべてが変わった。

が、それを言うなら戦争が変えなかったものがあるだろうか？　そして同盟軍リリスター
と平和協定が交わされたとき、事態がこんなに悪化するとはだれが予想しただろうか。

リリスター星とそのフレネクシー大臣によれば、これぞ銀河系で支配的な軍事力のはずだった。敵リーグどもは、軍事的にもその他あらゆる面でも劣っており、戦争はまちがいなくすぐに終わるはずだった。

エリックは夢想した。戦争だけでもかなりひどい。でも人々に再考を促すのに、敗戦ほど有効なものはない。みんなそれで——無意味に——過去の決断を後悔してみたりする。たとえば一例を挙げると、平和協定などだ。この例は、現在ならかなりの地球人たちが、尋ねられたら思い当たっただろう。でも最近ではモリナーリもリリスターの政府自体も、みんなの意見を集めたりはしなかった。それどころか、モリナーリ自身の意見すら反映されないというのが通説だ——酒場や私的な居間などでは公然と主張されている。

リーグとの敵対が始まるとすぐに、ティファナ毛皮&染料社は代用毛皮生産という奢侈《しゃし》品取引から戦争事業に転換した。他のあらゆる工業企業もすべて同様だ。ロケット船マスターシンドロームの、主流のモノアドであるレイジー・ブラウン・ドッグの不自然なまでに正確な複製は、TF&Dが行う種類の活動に運命的なまでに向いていた。転換は実に容易で素早く行われた。そしていまや、エリック・スイートセントはこの不良品のかごに直

面し、こうした基準未達ながらもかなり複雑なユニットを、何か経済的に有利に使えないか思案していた――この会社のだれもが、どこかの時点で同じ事を考えていた。エリックは一つを手に取って検分した。重さの点では野球ボールほどで、大きさはグレープフルーツほど。ヒンメルがはねたこの欠陥品については、どうやら手の施しようがないらしい。エリックは振り向くと、その球体をホッパーの大口に投げ込もうとした。ホッパーの中でこの固定されたプラスチックは、もとの有機細胞形態に戻る。

「待って」とヒンメルがしわがれ声で言った。

エリックとジョナスはかれを見た。

「溶かさないで」とヒンメルはそのみっともない身体を恥ずかしげによじらせた。腕をからみあわせ、長い太った指をくねらせている。バカみたいに口をぽかんと開け、もぐもぐと言った。「おれ――もうそういうふうにはしないんだ。とにかく、原材料の面でいえば、そのユニットは四分の一セントの価値しかない。そのかご全部でも一ドルほどなんだ」

ジョナスが言った。「それで？　どのみち元のところへ――」

ヒンメルが口ごもるように言った。「おれが買うよ」とズボンのポケットに手を入れて、苦労して財布を探している。長く痛々しい苦闘ながら、やっとのことでそれを引っ張り出した。

「買ってどうするの？」ジョナスは詰問した。

ヒンメルは、苦しそうに押し黙ってから言った。「話はつけてあるんだ。レイジー・ブラウン・ドッグの不良品一つあたり、おれが半セント支払う。価値の二倍だから会社は利潤を出してる。だからだれも反対なんかしなくていいだろう」その声は金切り声にまで高まった。

それを眺めつつ、ジョナスは言った。「別に反対なんかしてない。ただそれを手に入れてどうするのか興味あるだけだよ」。そしてかれは横目でエリックを見た。まるで、あんたはこれについてどう思う、とでも尋ねるようだった。

ヒンメルは言った。「その、使うんだよ」そして暗い様子で背を向け、手近のドアによろよろと向かった。「でもみんなおれのだぞ、だって給料から先払いしてあるんだから」とドアを開けつつ肩越しに言う。警戒し、顔を怒りで黒ずませつつ、深く刻まれた恐怖症めいた不安にむしばまれた痕跡をあらわにして、ヒンメルはドアの前からどいた。

その部屋の中には――どうやら物置だ――小さなカートが一ドル硬貨ほどの車輪をつけてコロコロと走り回っていた。それが二十台かそれ以上、その活発な活動の中でうまくお互いをよけながら動いている。

それぞれのカートには、レイジー・ブラウン・ドッグが乗っているのが見えた。そこに配線で固定され、カートの動きを制御している。

やがてジョナスは鼻の横をこすり、咳払いをして言った。「動力は何なの？」身をかがめて、足下を走りすぎようとしたカートを一台捕まえた。それを持ち上げると、車輪は無為に回転を続けている。

「ただの十年もつ小型A電池だよ。それでもう半セント」とヒンメル。

「そしてこのカートを、きみが作ってるの？」

「そうです、アッカーマンさん」ヒンメルはジョナスからカートを取って、床に戻した。再びそれは活発に走り去った。「こいつらは新しすぎて、まだ放流できないんです。練習がいるんだ」とかれは説明した。

「それがすんだら、解放してあげるわけか」とジョナス。

「その通り」とヒンメルは、巨大なドーム状のほとんどハゲかけた頭を揺らせた。角縁のメガネが、鼻をずり落ちる。

「どうして？」とエリック。

　これは問題の核心を突いたようだ。ヒンメルは赤面し、惨めに身をひきつらせつつも、何かを誇らしげに守ろうとするようだった。「それは、こいつらがそれに価するものだからだよ」

　ジョナスは言った。「でも原形質は生きてない。化学固定スプレーをかけたときに死んでる。それはわかってるはずだ。その後は——このみんな——ただの電子回路でしかない。完全に死んでる——いわばロボ使いとかみたいに」

尊厳をもってヒンメルは答えた。「でもおれはこいつらが生きてると思ってるんだよ、アッカーマンさん。そしてこいつらのできが悪くて、宇宙の果てでロケットを誘導できないからって、その慎ましい生涯を全うする権利がないってことにはならない。こいつらを放流すると、コロコロうろついて、たぶん六年くらいか、もう少し長いかな、それくらい動き回る。それで十分だ。それでこいつらにふさわしいものが与えられる」

エリックに向かってジョナスは言った。「爺さんがこの話を知ったら――」

「ヴァージル・アッカーマンさんはご存じだよ」ヒンメルはすぐに言った。「推奨してくれてるよ」。そしてそれを修正した。「というか、容認してくれてる。おれが会社に支払いをしてるのも知ってる。それにおれがカートを作るのは夜、自分の時間なんだ。暮らしてる共アパに、組立ラインがある――もちろんとても雑なもんだけど、でもやることはやる」。そして付け加えた。「毎晩、一時くらいまで作業するんだ」

「放したあとは、こいつら何してるんだ？　町をうろつくだけ？」とエリック。

「さあねえ」とヒンメル。明らかにその部分は知ったことではないのだ。ヒンメルは、カートを作ってレイジー・ブラウン・ドッグたちを配線して機能するようにすれば、やることはやった。そしてその通りなのかもしれない。それぞれのカートに付き添って、都市の危険から守ってやるなんてできるわけがない。

「きみはアーティストだな」とエリックは指摘したけれど、自分がおもしろがっているのか、嫌悪しているのか、それとも何なのかよくわからなかった。感銘はしていなかった。それだけは確信できた。この活動全体が、異様な道化じみた性格を持っている――ばかげているのだ。ヒンメルは、ここでも自分の共アパでもたゆみなく働き、工場の不良品に世の中で居場所を与えている……お次は何だ？　しかもそれを、他のみんなが汗をかいて、もっと大きい集合的な不条理、ひどい戦争という愚行をやっているさなかに。

それを背景にすると、ヒンメルはさほど滑稽には見えなかった。時代のほうが滑稽だ。狂気が空気そのものの中を漂い、モリナーリから、この品質管理検査官まで冒している。こいつは明らかに、臨床的、精神分析的な意味で障害を持ってる。

そこからジョナス・アッカーマンと廊下を歩きつつ、エリックは言った。「あいつ、ピーヒャラですね」。それがいま流通している、逸脱を表現する最も強力な用語だった。

「見りゃわかる」とジョナスは、一蹴するような身振りをしつつ言った。「でもこれで、老ヴァージルについて新しい見方が得られたよ、あの人物が、これを容認するという事実からね。そして明らかに、これで利潤が得られるからじゃない――それはない。正直言ってホッとしたよ。ヴァージルがもっと頭の固いやつかと思ってた。あのあわれな精薄をすぐさま蹴り出して、リリスター行きの奴隷労働集団にぶちこむだろうと思ってたけどね。まったく、そうなったらひどい運命だよ。ヒンメルは幸運だ」

エリックは尋ねた。「どう終わると思います？　モリナーリがリーグどもと別の協定を結んで、私たちをこの状況から救い出して、リリスター人《スターマン》たちに勝手に闘わせとくと思いますか――スターマンどもはそれがお似合いだ」

ジョナスはぴしゃっと言った。「それは無理。フレネクシーの秘密警察が、このテラで頭上から襲ってきて、モリナーリをミンチにしちゃうよ。更迭して、一夜にしてもっと武闘派にクビをすげ替える。戦争遂行の仕事が本当に好きな誰かとね」

「でもやつらにそんなことはできない。私たちが選出した指導者であって、連中の指導者じゃないんだから」。でもエリックも、こうした法的な話はどうあれジョナスが正しいのはわかっていた。ジョナスは単に同盟国を現実的に評価し、事実と向き合っているだけだ。

ジョナスは言った。「いちばんありがたいのは、あっさり負けることだよ。ゆっくり確実に、いまやってるみたいに」。そして、声をかすれたささやき声にまで落とした。「敗北主義者的な言い方はイヤだけど――」

「いやどうぞ」

ジョナスは言った。「エリック、出口はそれしかない。まちがった時代にまちがった戦争で、まちがった同盟相手を選んだ罰として、リーグどもに一世紀にわたって占領されるのを覚悟しなきゃいけないとしても。ぼくたちの実に記念すべき初の惑星間軍事活動への参加と、ぼくたちがどんなふうにそれを選んだか――モリナーリがどんなふうに選んだかの罰として」かれは顔をしかめた。

「そしてそのモリナーリを選んだのは私たちですよ」とエリックは述べた。だから責任は最終的に、おれたちに戻ってくるんだ。

向こうのほうから、細身の葉のような姿が、干からびて軽々と、だしぬけに漂ってきて、細い甲高い声で呼びかけた。「ジョナス！　それとあんたもか、スイートセント——ワシン35への旅支度をしよう」。ヴァージル・アッカーマンの口調はかすかに不満そうだった。仕事をしている母鳥のようだ。高齢のヴァージルはほとんど両性具有になっていた。男と女がブレンドされて、一つの無性、無精力ながらも活発な存在になったかのようだった。

2

時代ものの、空になったキャメルタバコの箱を開いて、その表面をつぶしながらヴァージル・アッカーマンは言った。「当たりか、割れか、ちぎれか裂け目か。どれを選ぶ、スイートセント？」

「ちぎれ」とエリック。

老人はいまや二次元になった箱の、底ののり付けされた折れ目にスタンプされた印をのぞきこんだ。「割れだった。これであんたの腕をしばいていいことになるな——三十二回も」。かれは儀式ぶってエリックの肩を叩き、うれしそうに笑うと、そのナチュラルスタイルの象牙の歯が白く、明るいつやを放った。「わしがあんたに怪我をさせるはずもないがな、先生。なんといっても、いつ何時新しい肝臓が必要になるかわからんからな……昨晩もベッドに入ってから数時間、気分が優れなくて、たぶん——でもちゃんと検査してくれよ——また毒血症のせいじゃないかと思うんだ。だるくてね」

ヴァージル・アッカーマンの隣の席で、エリック・スイートセント医師は言った。「何時まで起きていたんですか、何をしてたんです？」

「それがですな、先生、いい娘がいましてな」とヴァージルは、いたずらっぽくハーヴェイ、ジョナス、ラルフ、フィリス・アッカーマンたちに向かって悪戯っぽく笑ってみせた。かれらは、テラから火星のワシン35に向かう、細いとがった惑星間宇宙船の中で、ヴァージルを取り囲んですわっている一族の面々だ。

その曾姪孫のフィリスは厳しい口調で言った。「これ以上の野暮な話はなしでしょうに。真っ最中に心臓がまたもやヘタっちゃうわよ。まったくもう、いい加減年を取りすぎ知らないけど――はどう思うの？　アレの最中に死ぬなんて不名誉きわまりない」と彼女はヴァージルを非難がましく見た。

ヴァージルは甲高い声で言った。「そしたら、そういう非常時用に右手につけてるデッドマン装置がこちらのスイートセント先生を呼び出すよ。すぐにかけつけてくれて、その場でわしを動かすこともなく、ダメなヘタった心臓を取り出して、まっさらなやつを突っ込んでくれるから、わしは――」とゲタゲタ笑って、下唇とあごに垂れたよだれを、上着の胸ポケットから取り出した、たたんだリネンのハンカチで押しつけるように拭き去った。「――先を続けるよ」。その紙のように色の薄い肌が色づき、その下の骨や頭蓋骨の輪郭が明瞭に浮かび上がり、それがみんなをからかう歓びと楽しさで震えている。一族は、ヴァージルのこの世界にはまったく立ち入れない。ヴァージルはその特権的な地位のおかげで、戦争がもたらした窮乏の日々でもこうしたプライベートな生活を享受できるのだ。

「ミレ　トレ（千と三）」とハーヴェイが苦々しそうに、ダ・ポンテのリブレットを引用してみせた（モーツァルトのオペラより。ドン・ジョバンニはスペインで千三人の女性と関係を持った）。「でもイカレた老いぼれ爺さん、あんたなら――イタリア語で十億と三ってどう言うのか知らないな。私があんたの歳になったら――」

「おまえは決してわしの歳にはなれん」とヴァージルは大笑いし、その目は歓びの活力で踊り輝いた。「あきらめるんだな、ハーヴ。あきらめて財務記録に戻るがいい、このブックサうろつくだけのソロバン野郎が。おまえは腹上死なんかできない。おまえなら死ぬときは――」ヴァージルはあれこれ考えた。「えーと、インク壺といっしょだろうよ」

「やめてよ」フィリスは淡々と言って、顔を背けると惑星間宇宙の星や黒い空を眺めた。

エリックはヴァージルに言った。「ちょっとお尋ねしたいことがあります。ラッキーストライク・グリーンのパックのことなんですが。三カ月ほど前――」

「あんたの女房はわしに惚れとる」とヴァージル。「そうだよ、それはわしのためのものだ。ひもは一切なしの贈り物だ。だからカッカしなさんな。キャシーはわしになんぞ興味はないよ。それにどのみち、そんなことになったら面倒が起きる。女なら、手に入れられる。でも人臓器外科医となると――そうだな……」かれは少し考えた。「そうか。考えてみたら、そっちも手に入れられるなあ」

「さっきエリックにぼくが言った通り」とジョナス。そしてエリックにウィンクしてみせたけれど、エリックのほうは禁欲的に、一切反応を示さなかった。

ヴァージルは続けた。「でもわしはエリックが気に入ってる。落ち着いたタイプだ。いまだって見てみろ。崇高なまでに理性的で、いつも頭脳派、どんな危機でもクール。この人の仕事ぶりは何度も見てきたから、このわしにはわかるんだ、ジョナス。それに夜の何時だろうと起きてきてくれる……そういう連中はなかなかいない」

「給料払ってるからよ」とフィリスがきっぱり言った。彼女はいつもながら、寡黙で内にこもっていた。このヴァージルの魅力的な曾姪孫は、会社経営理事でもあり、突き刺すような猛禽類じみた性質を持っていた――ヴァージルと似てはいるが、老人のように変わったものに対するいたずらっぽい感覚はない。フィリスにとって、すべてはビジネスかクズだ。彼女がヒンメルを見つけていたら、もう小さなカートが走り回ったりはしないだろう、とエリックは思った。フィリスの世界には、無害なものなんか居場所はない。ちょっとキャシーを思わせるところもあった。そしてキャシーのように、彼女もそこそこセクシーだ。髪を一本の長い三つ編みお下げにして、ファッショナブルなウルトラマリン色に染めており、それを自動回転イヤリングで強調し、さらに（これはあまり気に入らなかったが）鼻輪もしていた。上流ブルジョワ階級では結婚適齢期の印だ。

エリックはヴァージルに尋ねた。「この会議は何の会議なんですか？　時間節約のため、いまから議論を始めてはどうですか？」かれは苛立っていた。

「娯楽旅行だよ。わしらのやっとる陰気なビジネスから離れる機会だ。ワシン35年版では お客に会うことになっとる。すでに着いとるかもしれん……フリーパスを持っとる。わし はこの人物にベビーランドを開放してやった。わし以外の人物にそこを自由に経験させる のは、これが初めてだ」

ハーヴが詰問した。「だれ？　だって厳密にいえばワシン35年版は会社の所有財産で、 私たちも経営理事なんだから」

ジョナスが辛辣な調子で言った。「ヴァージルはたぶん、純正の『戦争の恐怖』フリッ プカードをすべてそいつに取られたんだよ。だから、そいつにベビーランドの門戸を開放 するしか手がなかったんだ」

ヴァージルは言った。「わしは『戦争の恐怖』カードやFBIカードでは絶対にフリッ プなぞせん。ついでに言えば、『パネイ号沈没』は二枚持っておる。イートン・ハンブロ ――ほら、マンフレックス・エンタープライズの経営会長のデブ野郎だ――あいつが誕生 日にくれおった。わしが完全なセットを持っているのはだれでも知っていると思っとった が、明らかにハンブロは知らなかったわけだ。最近やつの六つの工場を、フレネクシーの 連中がかわりに操業してやってるのも当然だな」

「『テムプルの愛国者』でのシャーリー・テンプルの話をしてよ」とフィリスが退屈そう

な口調で、相変わらず船外の星のパノラマを眺めながら言った。「彼女がどんな具合に——」

「それはもう見ただろうが」ヴァージルはつっけんどんに言った。

「ええ、でも何度聞いても退屈しないから。どれだけ見ても、あの映画はひたすら夢中になれる以外の何物でもないのよ、あの惨めなフィルムの一コマ残らず」そしてフィリスはハーヴに向き直った。「ライターを」

シートから立ち上がって、エリックは小宇宙船のラウンジに向かい、テーブルについてドリンクリストを手にとった。のどが乾燥していた。アッカーマン一族の中で繰り広げられる小競り合いは、いつも鈍いのどの渇きを感じさせるのだ。まるで何か元気づけてくれる液体が必要だとでもいうように……ひょっとしたら原初の母乳の代替物なのかもな、とかれは思った。生命の本質だ。おれも自分専用のベビーランドがほしいぞ、とかれは半分おふざけで考えた。でも残り半分は本気だ。

ヴァージル・アッカーマン以外の万人にとって、一九三五年のワシントンDCは時間の無駄だった。というのもこのはるか昔に消え去った環境について、混じりっけなしの都市、混じりっけなしの時間と場所を記憶しているのはヴァージルだけだったからだ。したがってワシン35はあらゆる細部において、ヴァージルが知っていた個別の限られた子供時代の世界を苦労して入念に再現したものになっていた。絶えず、正真性の面で骨董品調達人——

—キャシー・スイートセント——により洗練改良を加えられているけれど、本当の意味では決して変更されることがない。それは凝固し、死んだ過去に縛り付けられている……少なくとも一族の他の人々から見る限り。でもヴァージルにとってはもちろん、それは生命にあふれていた。そこでならヴァージルは花開ける。自分の衰えつつある生化学エネルギーを回復してから、現在に戻ってくる。そこはみんなと共有された現在の世界で、ヴァージルはそれを見事に理解し操作はしていたけれど、心理的には自分がそこの一員だとは感じていなかったのだ。

そしてその広大な退行的ベビーランドは人気が出た。流行になったのだ。規模こそ小さいながら、他の産業界トップや成金たち——残酷ながらはっきり言えば、戦争で懐を肥やした連中——も、自分の子供時代の世界を実物大で作りはじめた。ヴァージルもいまはもう唯一無二ではなくなった。もちろんそのどれ一つとして、複雑性の面でも完全な正真性の点でもヴァージルの世界にはかなわない。本当に現在まで残った骨董アイテムではなく、その偽物がまき散らされて、正真の現実だったものの粗野な近似物になっていた。でも公平に見てどう考えても、この明らかに唯一無二なほど高価で、なんといっても——すべて模倣でしかないのだから——まったくもって実用性皆無の事業をまかなうだけの、資金力や経済的ノウハウを持ち合わせている人物なんかいない、とエリックは思った。こんなもの——それも悲惨な戦争のさなかに。

それでもそれは、結局のところ、独自の風変わりな形で無害ではあった。ブルース・ヒンメルによる、無数のガタガタした小さなカートでの変わった活動とちょっと似ているな、とかれは思った。だれも虐殺しない。それは国の活動については決して言えないことだ……プロキシマの生物どもに対する聖戦活動については。

これを考えるうちに、不快な記憶が頭に浮かんだ。

テラの国連本部都市であるワイオミング州シャイアンでは、戦争捕虜キャンプにいる連中だけでなく、捕らえられて牙を抜かれたリーグどもの群れがいて、それが地球軍事当局により公開展示されている。市民たちは行列をなしてその横を歩き、こうした六本足の外骨格生命体をあんぐり眺め、その意味を考えることができた。リーグどもは、二本足でも四本足でも使って高速で直線移動ができるのだ。人間の耳に聞こえる発声器官はなかった。触角を入念なダンスのように動かして、ハチのように意思疎通をしていた。地球人やスターマンたち相手には機械式の翻訳ボックスを使い、これを通じてあんぐり口をあけた観衆たちは、おとなしくなった虜囚たちに質問をする機会が得られた。

そうした質問は最近までは、単調でひどく画一的になっていた。でもいまや、そのきわめて凶悪な外見——少なくとも当局の観点からは凶悪——に対し、細かい段階に分けて行うべき、新しい尋問が開始された。この探究のため、展示はいきなり終わり、再開未定となっていた。われわれはどうすれば和解できるのか？　異様ながらリーグたちには答があった。それは要するに、共存共栄というものだ。地球人はプロキシマ星系に拡大するのは止める。リーグどもは太陽系には進出しない——実はこれまでも進出したことはなかった。でもリリスターについては、リーグどもも答を何も持っていなかった。自分たちでも答を考えていなかったからだ。スターマンたちは何世紀にもわたってかれらの敵だったから、この問題について何か助言を行ったり助言を聞いたりするのは、だれにとっても遅すぎた。それにどのみちリリスターの「顧問」たちがすでに、安全保障機能実施のためテラに常駐していた……まるで体長百八十センチの四本腕のアリのような生命体が、ニューヨークの街路でだれにも気がつかれずに行き来できるとでも言うようだ。

でもリリスターの顧問たちの存在は、だれにも気がつかれないのは容易だった。スターマンたちは精神的には藻菌類でも形態的には地球人と区別がつかなかった。これには理由があった。ムスティィエ時代に、リリスターのアルファケンタウリ帝国からの小艦隊が太陽系に移住し、地球と、火星の一部を植民地化したのだった。殺し合いも辞さないけんかが両世界の入植者の間で始まり、長い退行的な戦争が続いて、その結果どっちのサブ文化も衰退し、極度の陰惨な野蛮文化へと戻ってしまった。気候的な欠陥のため火星入植地はついに完全に死滅した。でも地球はなんとか歴史的な時代を通じて苦労しつつ文化を向上させ、ついには文明を再興させた。リリスター＝リーグ紛争によりアルファ星系から切り離された地球植民地は再び全地球に広がり、複雑化して豊かとなり、まずは人工周回衛星を打ち上げ、その後は月への無人船、ついには有人船を打ち上げた……そしてその最大の成果として、再び自分たちの出身星系にコンタクトできるようになったのだ。当然ながら、双方とも大いに驚いた。

「舌を猫にでも喰われたの？」フィリス・アッカーマンが狭いラウンジで隣にすわった。にっこりしてみせると、その痩せた気むずかしい顔つきが変わった。一瞬ながら、魅惑的なほどきれいに見えたのだ。「あたしの分もドリンクをお願い。火星のあの世界と対面する心の準備のために。ボロ・バットとか、ジーン・ハーロウとか、フォン＝リヒトホーフェン男爵とかジョー・ルイスとか――えーと何だっけ？」彼女は目を固く閉じて記憶を探った。「心から閉め出しちゃったわ。ああそうそう。トム・ミックス。それとラルストン・ストレートシューターズ団。それとラングラー。あのろくでもないラングラー。それとあのシリアル！　それとあの果てしないろくでもないボックストップ。この先何が待ってるか、知ってるわよね？　またもや『小さな孤児アニー』とその小さな暗号解読バッジ……オバルチンのコマーシャルを聞かされて、読み上げられる番号を書き留めて解読しなきゃいけないのよ――アニーが月曜に何をするか解明するために。まったく」彼女は身をかがめてドリンクに手をのばし、するとドレスのトップが開いて、小さい締まった白い乳房の自然なラインが見えたので、エリックはそれを完全に職業的とは言えない関心をもって、のぞきこまずにはいられなかった。

この光景でそこそこ気分がよくなったエリックは、冗談めかしつつも慎重に言った。

「いつの日か、偽のラジオで偽のアナウンサーが読み上げる数字を書き留めて、孤児アニーの暗号解読バッジでそれを解読すると――」そのメッセージは、リーグどもと単独で講和しろ。すぐに。となるんだ、とかれは陰気に思った。

フィリスが言った。「そうそう。『地球人ども、もう先がないぞ。いますぐ降伏しろ。こちらはリーグたちの王である。よう、あんたらみんな。おれ、ワシントンDCのラジオ局WMALに侵入したし、おまえらを破壊してやる』」彼女はその背の高い脚のついたグラスからドリンクを飲んだ。「そしてさらに、あんたらの飲んでたオバルチンは――」

「私が言おうとしてたのは、必ずしもその通りってわけじゃありません」。でも彼女はかなり近いところまできていた。苛立ってエリックは言った。「一族の他のみなさんと同じく、あなたも非族人が何か言う前に割り込む――」

「何がですって?」

「私たちはあなたたちを族人と呼んでるんです。アッカーマン一族を」とかれは陰気な調子で言った。

「なら続けてよ、先生」彼女の灰色の目が、おもしろがって輝いた。「ささやかな自己主張をしてよ」

エリックは言った。「それはもういい。お客とはだれなんです?」

この女性の大きな灰色の目が、これほど見開かれ、これほど落ち着いているように思えたことはなかった。それは確信に満ちた内宇宙だけで支配し命令するかのようだった。その内宇宙は、知るべきことすべてを知っている、絶対的な不変の知識が創り出す静謐に満ちていた。「実際に会うまで待ったらどうかしら」。そしてそれから、目の不変性はそのままで、彼女の唇が邪悪でからかうような遊びをもって踊りはじめた。一瞬後に、新しいちがった輝きが彼女の眼中から発し、その後彼女の顔全体の表情が一変した。「ドアがね」と意地悪そうに、目を輝かせて見開き、ほとんど思春期の少女のような、噴き出しそうな笑いでひきつらせつつ言った。「バンッて開いて、そこにプロキシマからの物言わぬ使節が立ってるのよ。すごい光景でしょうねえ。ふくれ上がった油まみれの敵リーグ。こっそりと、そしてフレネクシーの嗅ぎ回る秘密警察の存在を考えれば驚異的ながら、リーグがここに公式にやってきて――」ここで彼女は口を止め、それからやっと、低い単調な声でこう終えた。「――単独の平和協定を交渉したいと言うのよ」。暗い物思いにふける表情で、目にも何の輝きも浮かべずに、彼女はものうげな様子でドリンクを飲み干した。「そう、さぞとんでもない日になるわね。目に浮かぶようだわ。老ヴァージルがすわって、いつもながらあたりをにらんでは大笑い。そして戦争の契約が、一つ残らず漏れ一切なしに、すべておじゃんになるのよ。インチキミンクに逆もどり。コウモリウンコの日々に逆戻り……工場全体が臭くてたまらなかったわ」。彼女はちょっと笑った。一瞬の自己卑下の声だ。「いつ起きてもおかしくないわよ、先生。いやホント」

エリックは、彼女の気分に便乗して言った。「あなた自身が指摘したように、フレネクシーのおまわりどもがワシン35をものすごい勢いで急襲して――」

「わかってるわよ。ただの妄想、願望充足の夢。絶望的な待望から生まれたもの。だからヴァージルがそんな遭遇を仕組もうとするか――そしてそれを実行しようとするか――なんてほぼどうでもいいのよね？　だって百万光年たっても、そんなのが成功するわけないんだから。やってみてもいい。でも実現はできない」

「それは残念」とエリックは、半ば自分に向かって、熟考しつつ言った。

「裏切り者！　奴隷労働プールにぶちこまれたいの？」

エリックは、しばらく考えて慎重に言った。「私が求めるのは――」

「あなたは自分が何を求めてるかわかってないのよ、スイートセント。不幸な結婚にはまった男はみんな、自分が何を求めているかを知るメタ生物的能力を失うんだわ――その能力が奪われてしまうのよ。あんたは臭いケチな貝殻で、正しいことをやろうとするのに、あわれなセコい苦しみ続けてる心がよそに向いてるもんで、絶対に成功できないんだわ。いまだってごらんなさいよ！　あたしからびくついて逃げちゃってる！」

「逃げてない」

「――もうあたしたちは肉体的には接触してないわね。とくに太ももは離れちゃったわ。

まったく、太ももなんか宇宙から消えちゃえ。でもこんなに狭いところでもぞもぞ離れるって、むずかしいでしょうに……このラウンジでやるのは。でもあなたはそれをやりおおせたわよね」

話題を変えようとしてエリックは言った。「昨晩のテレビで、あの変なヒゲをはやした四つ葉学者、ワルド教授とかいうのが戻ってきたって――」

「いいえ、ヴァージルのお客はその人じゃない」

「ならマーム・ヘイスティングスかな？」

「あのタオイズムの呪文とかをやるバカのキチガイのイカレぽんち？　スイートセント、あなた冗談の量産でも始めたの？　ヴァージルがあんな外れ者のインチキ野郎を容認するとでも、あんな――」と彼女は親指で、卑猥な上向きのしごくようなジェスチャーをしてみせ、同時ににやりとしつつ、白くきれいで、実に見事なつるつるの歯を示した。「ひょっとすると、イアン・ノースかもね」

「だれです、それ？」名前は聞いたことがあった。漠然と聞き覚えがあって、彼女にこれを尋ねるのは戦術的なまちがいだというのはわかっていた。それでもやってしまった。これはまさに、エリックの女性に対する弱点ではあった。エリックが先導し、女たちは従う――こともある。でも一度ならず、特に人生の決定的な瞬間、道が大きく分かれるところで、エリックは女たちが導くところにあっさりついていってしまうのだった。

フィリスはため息をついた。「イアンの会社は、あなたが巧みに金持ちの死にかけ連中に接ぎ木する、ぴかぴかで無菌の真新しいとっても高い人工臓器をたくさん作ってるのよ。まあ先生、あなた自分がだれのおかげで仕事できてるのか、はっきりわかってないってこと？」

エリックは苛立って、歯がみしつつ言った。「わかってるって。いろいろ頭がいっぱいだったので、一瞬忘れてしまったんだ。それだけのこと」

「作曲家かもね。ケネディの時代みたいに。パブロ・カザルスかな。まったく、あの人なら本当に年寄りのはず。ベートーヴェンかも。うーん」と彼女は考え込むふりをした。「あらそうだわ、確かヴァージルはそんなことを言ってたっけ。ルートヴィヒ・ヴァン・ナントカ。ベートーヴェン以外にルートヴィヒ・ヴァン・ナントカっているのかしら——」

「まったく、やめてくれ」エリックはからかわれているのにうんざりして、怒ったように言った。

「偉そうに命令しないで。そんなに偉くもないくせに。不気味な爺さんを何世紀も何世紀も延命させてるだけで」と彼女は、陽気な笑顔を浮かべつつ、低くて甘い、とても親密な温かい笑い声をたてた。

エリックは、できる限りの威厳をこめて言った。「私はそれ以外にもTF&D全体の、八万人にのぼる全労働力を維持管理してるんだ。そして正直言えば、その仕事は火星からではできないから、このすべてが不満だね。まったく大いに不満だ」あんたも含めてだよ、とかれは内心で苦々しく思った。

フィリスは言った。「すごい比率だな。患者八万人に対して人臓外科医が一人。――八万と一人。でもロボ使いのチームに手伝ってもらえるんでしょう……留守の間にそいつらでやりくりできるんじゃない？」

「ロボ使いなんて、ろくでもないモノだ」とかれは、T・S・エリオットをパラフレーズして言った（おそらくE・E・カミングスのまちがい）。

「そして人臓外科医は、媚びへつらうモノね」とフィリス。

エリックは女をにらみつけた。彼女はドリンクをすすり、まったく悪びれた色をみせなかった。エリックでは彼女にかなわない。エリックに比べて精神力がとにかく強すぎるのだ。

ワシン35の中心地は、ヴァージルが少年時代を過ごした五階建てのレンガ造アパートで、その内部はヴァージルがこの戦時中に調達できるあらゆる細かな利便性をつめこんだ、二〇五五年での真に現代的なアパートだった。数街区離れたところにはコネチカット通りがあり、それに沿ってヴァージルの記憶している店舗がある。こちらにあるのはガメージズで、これはヴァージルが三文マンガ誌や駄菓子を買ったところだ。その隣にあるのは、ピープルズ・ドラッグストアのおなじみの建物だ、とエリックは認識した。老人は子供時代に、ここでタバコ用のライターと、ギルバート製第五番、ガラス吹きと化学セットの薬品を買ったのだった。

「今週はアップタウンの劇場で何を上映してるんだい？」とハーヴ・アッカーマンはつぶやいた。船はコネチカット通りに沿って飛び、ヴァージルがこうしたお宝の眺めを検分できるようにしていた。かれは劇場をのぞいた。

かかっているのは、ジーン・ハーロウ主演『地獄の天使』だった。全員がすでに少なくとも二回は見たことのある映画だ。ハーヴはうめいた。

フィリスがかれに告げた。「でも、あの美しい場面は忘れないでね。ハーロウが『もっと楽なものに着替えてくるわね』と言って、戻ってくると――」

ハーヴは苛立たしげに言った。「わかってる、わかってるって。はいはい、その場面は好きだよ」

船はコネチカット通りからマコーム街に入り、やがて黒い鋳鉄フェンスと小さな芝生のある、3039番で停まった。でもハッチがするりと開くと、エリックの鼻に入ってきたのは、はるか昔の地球の首都の都市の大気ではなかった――火星のひどく薄く冷たい大気だ。肺をかろうじていっぱいにするのもつらいほどで、そこに立ってあえぎ、途方にくれて気分が悪かった。

「大気装置について、やつらをどやしつけないとな」とヴァージルは、ジョナスとハーヴに支えられつつ昇降路から歩道に降りてこぼした。でもあまり気にしないようだった。活発にアパートの入り口へと向かう。

小さな男の子の格好をしたロボ使いたちがみんなの足下にぴょんぴょん群がり、その一台がなんともそれらしく怒鳴った。「おいヴァージ、どこへ行ってたんだよ？」

「お母さんに頼まれてお使いしてたんだ」とヴァージルは怒鳴り、その顔は喜びで輝いている。「アール、元気かよ。ねえ、パパにもらったすげえ中国の切手があるんだよ。会社でもらったんだって。同じのがいくつかあるから、取り替えっこしない？」とかれはポケットを探り、建物の入り口で立ち止まった。

「ねえ、ぼくの持ってるもの見てよ」と二台目のロボ使い児が金切り声で言った。「ドライアイス！　ボブ・ロージーにフレキシー使わせてあげて、もらったんだ。持ってみない？」

「ミニ本ととっかえっこしよう」と言いつつヴァージルは鍵を取り出して、建物の正面玄関の鍵を開けた。「『バック・ロジャースと呪いの彗星』はどう？　すっごくおもしろいの」

他の一行が船から降りるとき、フィリスはエリックに言った。「子供たちに、新品同様の一九五二年版マリリン・モンローのヌードカレンダーを出して、かわりに何をくれるか訊いてみたら？　ソーダアイス半分はくれるんじゃない？」

アパートの玄関ドアがサッと開くと、TF&D警備員が遅ればせながらあらわれた。

「おやアッカーマンさん。おいでになったのに気がつきませんでした」。警備員はかれらを暗い、じゅうたん敷きの廊下へと案内した。

「あいつはもう着いたか？」とヴァージルは、いきなり目に見えて身構えた。

「はい、アパ内で休んでおいでです。数時間は邪魔するなとのことで」警備員も緊張しているようだった。

足を止めてヴァージルは尋ねた。「あいつの一行の規模は？」

「ご本人と、副官と、シークレットサービス二人だけです」

「冷え冷えのクールエイド飲みたいやつはいるか？」ヴァージルは、先導しつつ調子を取り戻して肩越しに尋ねた。

「わーい、わーい」とフィリスは、ヴァージルのうれしそうな口調を真似てみせた。「偽物のフルーツ・ラズベリーライムがいいな。あなたはどう、エリック？　ジン・バーボンライムとか、チェリー・スコッチウォッカとかいかが？　それとも一九三五年にはそういうフレーバーは売ってなかったんだっけ？」

エリックに向かってハーヴは言った。「私はといえば、横になって休む場所がほしいよ。

この火星の空気を吸うと、子猫みたいに弱ってしまう」かれの顔はまだらで苦しそうになった。「どうしてヴァージルはドームを作らないんだ？　本物の空気を用意すればいいのに」

エリックは指摘した。「わざとかもしれませんよ。ここにこもりきりにならないようにするとか。短時間でここを離れたくなるようにするため」

二人にジョナスが近づいた。「ぼくは個人的には、このアナクロな場所にくるのが好きだよ、ハーヴ。クソッタレな博物館だ」。そしてエリックに向かって言った。「公平に言って、あなたの奥さんは見事な仕事ぶりで、この時代の人工物を調達してくるよな。あれは何ていうものだっけ——ラジオか。アパ内でかかってるあのラジオを聞いてごらんよ」。一同は諾々と耳を傾けた。はるか昔の過去から発する古代メロドラマ『ベティとボブ』だった。そしてエリックですら、感銘を受けずにはいられなかった。そのドラマの声は生きとして、完全に本物らしかった。かれらはいまここにいるのであって、過去の残響などではなかった。キャシーがそれをどう実現したのかは見当もつかない。

建物の用務員、ハンサムでたくましい黒人のスティーブ——というかそのロボ使い版シミュラクラ——が姿を見せ、パイプをふかしつつ一同に親しげに会釈した。「おはようさんです、せんせ。最近ちょいとばかし、冷気がきとりますな。ガキどもも、じきにソリを引っ張り出してきますぜ。うちのジョージーも、お金貯めてソリを買うんだって、ちょっくら前に言っとりましたが」

「一九三四年ドルをカンパしよう」とラルフ・アッカーマンが財布を取り出そうとした。そして小声でこっそりとエリックにこう言った。「それとも老パパのヴァージルは、有色人種のガキなんかにソリはふさわしくないと思ってるかな？」

「そいつぁおかまいなく、アッカーマンさん」とスティーブは断言した。「ジョージーのやつ、自分でソリを稼ぎやす。施しなんかいらん、ホントの正真正銘の稼ぎがほしいんですよ」と誇り高き黒人ロボ使いは立ち去り、姿を消した。

「実に説得力あるな」とハーヴがしばらくして言った。

「確かに」とジョナスも同意した。そして身震いした。「まったく、あの本物の人間が一世紀も前に死んでると思うとね。いまいるのが火星であって、現代の地球ですらないというのを忘れないようにするのは、まったくもってむずかしい——気に食わんなあ。ぼくは物事が、本当の姿を見せてくれるほうが好きだ」

これでエリックは思いついた。「晩に自分のアパにいるとき、交響曲のステレオテープを再生するのには反対ですか？」

ジョナスは言った。「いや。でもそれはまるで話がちがう」

エリックは異論を唱えた。「いやちがいません。オーケストラはそこにはいない。オリジナルの音はすでに消え、それが録音されたホールはいまや無音です。手元にあるのは、酸化鉄のテープ四〇〇メートルだけで、それが特定パターンに磁化されているだけだ……これとまったく同じ幻影でしかない。でもこっちのほうが完璧だ」。よって証明された、とエリックは考え、階段に向かって歩き続けた。おれたちは毎日のように幻影と共に暮らしている。初の吟遊詩人が、かつての時代の戦いについて初の叙事詩をがなりたてたとき、幻影がおれたちの生活に入り込んだんだ。『イーリアス』は、建物のポーチで切手を取り替えっこしてる、ロボ使いの子供たちと同じくらい「偽物」だ。人類はずっと過去を維持しようと苦闘してきた。それを説得力あるものにしようとした。それは別に邪悪なことじゃない。それがなければ、何も連続性が保てない。いまこの瞬間しかなくなる。そして過去が奪われたら、この瞬間——現在——もほとんど、いやまったく意味をもたなくなる。

階段をのぼりながらかれは考えた。ひょっとすると、キャシーをめぐるおれの問題もそれかもな。二人で共に過ごした過去を思い出せない。自発的に同居した日々を思い出せない……いまやそれが、もう思い出せないほど昔からの非自発的な取り決めになってしまった。

そして二人ともそれが理解できずにいる。どちらも、その意味やそれを動機づける仕組みを解読できずにいる。もっと記憶力がよければ、何か二人とも納得できるものに戻せるかもしれない。

ひょっとすると、これが老いというヤツの恐るべき最初の片鱗なのかもしれない。それが三十四歳という年齢でおれに訪れるとは！

フィリスが、エリックを待って階段で立ち止まり、こう言った。「あたしと寝てよ、先生」

内心でエリックはどぎまぎして、熱くなり、怯え、興奮し、希望を感じ、絶望し、罪悪感を抱き、熱意を感じだ。

かれは言った。「あなたは人類史上最も完璧な歯をしてる」

「答えて」

「私は——」かれは答を考えようとした。言葉で答えられるものだろうか？　でも問いも言葉の形となってきたじゃないか。「そしてキャシーに黒焦げになるまで焼かれろと？　彼女はすべてを見通すから」。女が見つめているのを感じた。じっとじっと、その星を見通す巨大な目で見つめている。「うーむ」とエリックは言ったが、あまり賢そうな口調ではなく、とても惨めで卑小な気分になり、まさにずばり細部の本当に細かいところにいたるまで、自分がそうあるべきではないという存在になり果てているような気がした。

フィリスは言った。「でもすごくほしいんでしょう」

「えーと」エリックは、自分の邪悪な魂の内面を、この求めもしていない不当な女性による精神分析診察にかけられてたじろいだ。彼女はそれ——おれの魂——をつかんでいて、舌の上でコロコロ転がしている。このクソッタレな女め！　突き止めやがった。彼女の言ってることは本当だ。おれは彼女が大嫌いなのに、いっしょに寝たいと渇望してる。そしてもちろん彼女はそれを知ってる――こっちの顔に書いてある――その憎むべき巨大な目で読み取っている。そんな目は、どんな不死ならぬ女性だって持つべきじゃない。

フィリスは言った。「手に入れないと死滅しちゃうわよ。本物で、自然で、解放的な、肉体的な純粋の――」

「億に一つだ。バレない確率なんて」とエリックはかすれた声で言った。そして、本当に笑ってみせた。「それどころか、いま私たちがこのろくでもない階段に突っ立ってること自体が愚行だ。でもそれがどうした――どいてくれ」。かれはそのまま歩き出し、実際に彼女の脇を通過して、二階へと上がっていった。あんたは何も失うものなんかない、とエリックは考えた。失うのはおれだ。おれが犠牲になっちまう。あんたは、繰り出しては引き戻す釣り糸の先についたおれを小突きまわせるし、それと同じようにキャシーだって簡単に扱える。

ヴァージルのプライベートな、現代式アパのドアが開けっ放しになっていた。ヴァージルは中に入っていた。残りの一行はその後にぞろぞろ従った。まずはもちろん血族で、それから企業の単なる役職員たち。

エリックも入室し――そしてヴァージルのお客を見た。

お客。みんなが会いにきた人物。うしろにもたれ、顔は呆然と間延びして、唇は濃い紫色で異様にふくれあがり、目はうつろでどこにも焦点があわないその人物は、ジーノ・モリナーリだった。テラの統合惑星文化の至高選出指導者であり、リーグどもに対する戦争においては軍の最高指揮官だ。

その社会の窓が開きっぱなしだった。

3

昼休みに、ティファナ毛皮&染料社の中央施設で、品質管理最終段階を仕切る技師ブルース・ヒンメルは、職場を離れてティファナの通りをこそこそと、いつも食事をするカフェに向かった。そこは安いし、かれに対して考えられる限り最も少ない社会的要求しかしなかった。ザンタスというその店は、二軒のアドービ造洋服屋の間に押し込まれた、小さい黄色の木造家屋で、多種多様な労働者や、主に二十代後半でことさら何で生計を立てているのかまったくわからない、風変わりな男たちが客層だった。でもその連中はヒンメルにはお構いなしだったし、ヒンメルとしてはそれ以上のことは望まなかった。実は、人生そのものにかれが望んでいるのも、要はそれだけだった。そして奇妙なことに、人生はかれとこの種の取引を喜んで交わしてくれていた。

店の奥にすわり、ドロドロしたチリをスプーンですくい、それについてくるねばっこい、白い分厚いパンの塊をちぎっていたヒンメルは、自分を見下ろす人影に気がついた。もつれ髪のアングロサクソンで、革ジャン、ジーンズ、ブーツ、手袋を身につけている。なにやらまったく別の時代からやってきたように見える、全身を時代遅れのファッションで包んだ人物だ。これはクリスチャン・プラウトで、実に古くさいタービン動力タクシーをティファナで運転していた。かれはもう十年も、バハ・カリフォルニアに隠れていた。ロサンゼルス当局と、ベニテングタケから抽出したドラッグのカプステン販売をめぐる見解の相違があったせいだ。ヒンメルがかれをちょっと知っていたのは、プラウトが自分と同じく、タオイズムにはまっていたからだ。

「サルベ・アミカス」とプラウトは唱え、ブースにすべりこんでヒンメルの正面にすわった。

「こんちわ」とヒンメルはつぶやいた。その口はひどく辛いチリをほおばっていた。「目新しいものは？」プラウトはいつも、最新のブツを持っていた。ティファナをタクシーで一日中行き来するうちに、かれはあらゆる人物と出くわすのだ。この世に存在するものなら、クリス・プラウトはそれを目撃する立場にあり、可能であればそこから多少の儲けを引き出す。プラウトは要するに、山ほど副業を持っていたわけだ。

プラウトは身を乗りだし、砂色の乾いた顔が集中してしわだらけになっていた。「なあ、これを見ろ」。握りしめたげんこつから、カプセルを出してテーブルを転がしてよこした。即座に手のひらでそのカプセルを覆うと、それは出てきたのと同じくらい突然に再び消え失せてしまった。

「見たけど」ヒンメルは食べ続けた。

身をひきつらせつつ、プラウトはささやいた。「ヘイ、ひゃほー。こいつはＪＪ－180」

「何それ？」ヒンメルは怪しく思ってむっつりした。プラウトがザンタスからコソコソ出て行って、他の見込み客を当たってくれればいいのにと思った。

「ＪＪ－180ってのは」とプラウトは、ほとんど聞き取れない声で言った。すわったまま身を思いっきり乗り出して、顔がほとんどヒンメルに触れんばかりだ。「南米でフロヘダドリンって名前で売り出そうとしてるクスリのドイツ名なんだ。ドイツの薬品会社の発明だ。アルゼンチンの製薬会社を隠れ蓑にしてね。アメリカには持ち込めない。それどころか、ここメキシコでもなかなか手に入らないんだぜ、信じられるか？」とかれはにやりとして、不揃いでしみだらけの歯をむき出しにした。舌さえも、変な色がついている。まるで何か不自然な物質で腐食したみたいだ、とヒンメルは再び気がついて嫌悪を感じた。そして気持ち悪くなり身を引いた。

「ここティファナでは何でも手に入ると思ってたけど」とヒンメル。

「おれだって。だからこのＪＪ－180に興味を持ったんだ。だから少し手に入れた」

「飲んでみた？」

「今晩、うちで。カプセル五つあって、一つはあんた用だ。興味があればな」

「どんな効きなの？」なぜかそれがとても重要に思えた。

プラウトは、脳内のリズムにあわせて身をゆすりつつ言った。「幻覚性だよ。でもそれ以上。うっひゃー、もうとんでもねえ」そして目が曇り、内にこもって至福でニタついていた。ヒンメルは待った。やっとプラウトは正気に戻った。「人による。なんだか、カントが『知覚のカテゴリー』と呼んだものに関連してる。わかる?」

「それはつまり、時空間の感覚のことだな」ヒンメルは『純粋理性批判』を読んでいた。その考え方も文体も好みだった。自分の小さな共アパにも、ペーパーバック版を持っていて、下線だらけにしていた。

「その通り! 特に時間の知覚を変えるから、時変成ドラッグと呼ぶべきか——そうだろ?」プラウトは自分の洞察に我を忘れたようだった。「初の時変成ドラッグ……あるいはむしろ、厳密に言えば誤時変成ドラッグかな。ただし自分が体験するものを信じるなら別だけど」

ヒンメルは言った。「TF&Dに戻らないと」そして立ち上がりかけた。

それを押し戻してプラウトは言った。「五十ドル。米ドルで」

「な、なんだって?」

「カプセル一つで。クソッタレめ、珍しいんだから。おれも初めて見る」。再びプラウトは、カプセルが一瞬テーブルを転がるに任せた。「手放したくはないけど、すごい体験になるぜ。おれたちタオを見つけるんだ、五人で。このろくでもない戦争の間にタオを見つけるなら、五十ドルの価値はあるんじゃないか？　ＪＪ－180には二度とお目にかかれないかもしれないんだぜ。メキシコのサツども、アルゼンチンだかどっかのこいつの出所からくる荷を押収しようとしてるんだ。しかもすごくいい品」

「それってこないだのやつとそんなに――」

「そりゃもう！　なあヒンメル。たったいま、おれのタクシーで何を轢きそうになったと思う？　あんたの小さいカートの一つだよ。潰してもよかったのに、そうしなかったんだぜ。しょっちゅう見かけるんだ。何百も潰そうと思えば潰せる……ＴＦ＆Ｄの横は数時間おきに通るから。ああそうそうもう一つ。ティファナ当局が、あのろくでもないカートどもがどっからくるか知ってるかとおれに訊くんだ。おれは知らないって言っといたけど……でもなあ、助けてくれよ。おれたちみんなで今晩タオと一体化しなかったら、おれも――」

「わかった。カプセル一つ買ってやる」とヒンメルはうめきながら言った。ポケットを探って財布を取り出し、これは単なる強請《ゆすり》でしかないと考え、払っても見返りは何もないだろうと思っていた。今夜は、まったくのまやかしにしかならないはずだ。

　これは、それ以上はないほどの大まちがいだった。

ジーノ・モリナーリ、対リーグ戦争におけるテラの至高指導者は、いつもながらカーキ色の服を着て、唯一の軍事装飾を胸につけていた。十五年前に国連総会で与えられた、一等黄金十字勲章だ。エリック・スイートセント医師の見立てでは、モリナーリはひどくヒゲそりを必要としていた。顔の下半分が無精ヒゲだらけで、奥深くからわさわさと表面に浮かんできた、垢や煤のような黒い染みがついている。靴ひもも、社会の窓と同じくほどけたままになっていた。

この男の外見は、あきれ果てたものだ、とエリックは思った。

ヴァージルの一行が一人ずつ列をなして部屋に入って、かれを見て、呆然として息をのむ間、モリナーリは顔も上げず、その表情はぽかーんとして締まりのないままだった。かれは実に明白に病気で疲れ切った男だった。世間一般の印象は、どうやらかなり正確だったらしい。

驚いたことに、実生活のモリナーリは最近テレビに出たときとまったく同じだった。テレビより偉大にも見えず、がっしりしてもおらず、指導力もテレビで見たときとまったく同じ。あり得ないことに思えたが、でも実際にそうだったし、それでもかれは確かに総指揮官なのだった。あらゆる法的な意味で、かれは権力の座を維持して、だれにもそれを譲ったりはしなかった——少なくともテラ上のだれにも。そしてエリックが突然認識したように、モリナーリはその明らかに衰退した心身状態にもかかわらず辞任するつもりもなかった。なぜかそれは明白だった。この人物のまったくもってだらしない姿勢、いささか有力な人物の集団に対して、こんな脱力した様子で平気で登場する様子でそれは明らかだった。モリナーリはありのままの自分であり続け、身構えもせず、軍事的英雄のふりもしなかった。そんなものを気にかけていられないほどイカレてしまったのか——とエリックは考えた。それとも衰える活力を、単に人々（それも特に自分の惑星の人々）への印象改善に費やして無駄にしてなどいられないほど、真に重要すぎる問題に取り組んでいるのだろうか。モリナーリはそんな段階を超えていた。

よかれ悪しかれ。

エリックに向かい、ヴァージル・アッカーマンは低い声で言った。「医者だろう。医療が必要ですかと尋ねるしかないぞ」。かれもまた、気にかけているようだった。

エリックはヴァージルを見て思った。おれはこのために連れてこられたのか。このすべてはこのために手配されたんだ、おれをモリナーリに会わせるために。その他のすべて、他の連中みんな——ただの隠れ蓑だ。スターマンたちをだますための。いまやそれがわかる。これが何なのか、おれが何を求められているのかわかる。おれがだれを治療しなければならないのか。この瞬間以降は、この人物のためにおれの技能や才能は存在しなければならない。「なければならない」という表現。状況の「なければならない」。これがそれだ。

身をかがめて、エリックはおずおずと言った。「事務総長閣下——」声が震えた。でもそこで口が止まったのは、畏敬のためではなく——ふんぞり返ったこの人物は、どう見てもそんな感情は引き起こさなかった——無知のためだった。こんな高位の人物に何と言ったらいいのか、とにかくわからなかったのだ。「私は一般開業医です」やっとこう言ってから、ずいぶん空疎な言葉だと気づいた。「臓器移植外科医だけではありません」。そこで口を止めた。目に見えるものも音声でも、何の反応もなかった。「このワシン35にご滞在の間——」

いきなりモリナーリが頭を上げた。目つきもはっきりした。エリック・スイートセントに注目して、それから突然、脅かすように、おなじみの低い声で叫んだ。「何を言ってるんだ、先生、私は大丈夫」。そしてにっこりした。一瞬ながら人間味のある微笑で、エリックの不器用でぎこちない努力に対する理解を示していた。「楽しみなさい！　一九三五年スタイルでいこう！　これは禁酒法の時期だったかな？　ちがうか。あれはもっと前か。ペプシコーラを飲みなさい」

「ラズベリー・クールエイドを試すところでした」とエリックは、少し落ち着きを取り戻して言った。心拍数も平常に戻っている。

モリナーリは快活に言った。「老ヴァージルがここに作ったのは、かなりの構築物だなあ。この機会にざっと見てみたがね。このろくでもない代物を国有化すべきだな。あまりに大量の民間資本がここに投資されている。惑星の戦争活動に投資されるべきだ」。その冗談めかした口調は、奥底ではきわめて真剣なものだった。どうやらこの入念な人工物に頭を痛めたようだ。モリナーリは、テラの全市民なら周知の通り、禁欲的な暮らしを送っていた。でもその合間に、ごくたまに好色的で、仔細は不明ながら奢侈な耽溺がやってくる。でも最近では、そうした大騒ぎは尻すぼみになってきたらしい。

ヴァージルが言った。「この人物はエリック・スイートセント医師じゃよ。テラでまったくとんでもなく最高の臓植外科医だ、GHQ人員ファイルでそんなことはご承知じゃろうがな。過去十年でわしに二十五個――いや二十六かな？――のちがった人臓器を入れてきた。まあ、わしはそれに対する支払いはしたがね。毎月結構なおぜぜを懐に入れておる。とはいえ、最愛の奥方ほど結構な額ではないがね」とかれはエリックにニヤリとしてみせた。その肉のない細長い顔が、父親然とした優しさを見せている。

しばらくして、エリックはモリナーリに言った。「ヴァージルに新しい脳みそを移植する日が待ち遠しくてたまりませんよ」。自分自身の声に交じった苛立ちには自分でも驚いた。たぶんそれを引き起こしたのは、キャシーの話が出たからだ。「すでにいくつか用意してある。中でも一つがすごい巨バッチでしてね」

モリナーリはつぶやいた。「『巨バッチ』か。最近の隠語は把握できてなくてね……とにかく忙しすぎる。用意すべき公式文書も多すぎるし、政権談義も多すぎる。なんとも巨バッチな戦争じゃないかね、先生？」その大きく暗い、苦痛に満ちた目がエリックを見据え、エリックはこれまで一度も遭遇したことがないものをそこに見た。正常でも人間的でもないほどの集中力を見たのだ。そしてそれは生理学的な現象だった。反射的な素早さで、まちがいなく子供時代に独特で優れた神経経路が敷設されたおかげだ。モリナーリの視線は、その威厳や鋭さ、その威力だけでも通常の人々が持ち合わせるどんなものをも上回っており、その中にエリックは、自分たちみんなとモリナーリとのちがいを見て取った。心と外部の現実とを結ぶ主要な導管、視覚が、モリナーリにあっては人々の予想をはるかに上回る発展を示しており、それを使ってこの人物は、自分の出くわすものすべてを捕まえ、離さないのだ。そして他のすべてを超えて、この視覚的な卓越は警戒する力も持ち合わせていた。害がいつ何時起こるかもしれないと認識する力があるのだ。

この性質によりモリナーリは生き延びてきた。

エリックはそのとき、あることに気がついた。この戦争のうんざりする悲惨な日々すべてを通じて一度も思いつかなかったことだ。

モリナーリは、いつの時代だろうと、人間社会のどの段階だろうと、人々の指導者になっただろう──どこであっても。

エリックは、最大限の警戒と如才なさをこめて言った。「あらゆる戦争は、そこに関わる人々から見ればつらい戦争です、総長」。そこで口を止め、考えてからこう付け加えた。「私たちみんな、戦争に入り込んだときにそれを理解していました。他の種族二つの間で長いこと続いてきた、はるか昔からの厳しい紛争に、人々が、惑星が、自発的に参加したときに人々が負ったリスクです」

沈黙があった。モリナーリはこちらを無言で値踏みしている。

「そしてスターマンたちは私たちの血族だ。遺伝的にかれらとつながりがある。そうでしょう？」

これに対しては沈黙しかなかった。言葉のない空っぽの空間が広がり、だれもそれを満たそうとしない。とうとう、考え深げに、モリナーリがおならをした。

「エリックに、腹痛の話をしろよ」ヴァージルがモリナーリに言った。

「私の苦痛の話ね」モリナーリは顔をしかめた。

「きみたち二人を会わせたのは、何をおいても――」ヴァージルが言いかけた。モリナーリは巨大な頭をうなずかせつつ、ぶっきらぼうに吐き捨てた。「ああ、わかってる。あんたらもみんな知ってる。これのためでしかなかったんだ」

「税金や労組について確信してるのと同じくらい、スイートセント先生がきみを助けられると確信しておるのだ。他のわしらは廊下の向かいのスイート部屋に行くから、きみたち二人きりで話すといい」ヴァージルはそう続けると、珍しいほどの細心さで遠ざかり、血族も企業役員も一人ずつ列になって部屋を離れ、エリック・スイートセントを事務総長と二人きりで残した。

しばらくしてエリックは言った。「それでは閣下。腹の不調について教えてください、総長」。いずれにしても病人は病人だ。エリックは国連事務総長の向かいにある、姿勢を固めるアームチェアにすわり、反射的にとった専門家的な姿勢で待ち受けた。

4

その晩、ブルース・ヒンメルが建て付けの悪い木造階段を上って、ティファナのうらぶれたメキシコ人街にあるクリス・プラウトの共アパへと向かうと、背後の暗闇の中から女の声がした。「ブルースちゃん、今晩は。なんだかTF&D独占ナイトみたいね。サイモン・イルドもいるのよ」

ポーチで、女はヒンメルに追いついた。セクシーで舌鋒鋭いキャサリン・スイートセントだった。これまでプラウトの集会でなども出くわしていたので、いま彼女に会っても特に驚くことはなかった。スイートセント夫人は、仕事で着用するのとはちょっとちがう衣装を着ていた。これもまた、特に驚かなかった。今夜の謎めいた集まりに向けて、キャシーはウェストから上は裸でやってきたのだ。ただしもちろん、乳首だけは別だ。乳首は——厳密な意味では金箔張りではなく——生命体の膜で処置されていたのだ。知覚を持つ火星生命体で、それぞれが意識を持っている。だからそれぞれの乳首は起こっているすべてのことに対し、敏感に反応を示すのだ。

ヒンメルに対する影響はすさまじいものだった。

キャシー・スイートセントの背後からサイモン・イルドが上ってきた。薄暗い照明の下で、その汗ばんだニキビだらけの無教養な顔に、虚ろな表情を浮かべている。ヒンメルとしては、こいつには会いたくなかった。サイモンは――残念ながら――自分自身のダメなシミュラクラを思わせてならなかったのだ。そしてヒンメルとしては、これほど耐えがたいものはなかった。

クリス・プラウトの住むゴミだらけで残飯臭漂う共アパの、天井の低い暖房なしの部屋に集まった四人目は、ヒンメルが一目でわかった人物だ――わかっただけでなく、まじまじと見つめてしまった。というのもこれは、本の裏カバーについた写真でおなじみの人物だったからだ。色白で、メガネをかけ、きれいにくしけずった長髪で、趣味のいい高価なイオ繊維の服を着て、どうもちょっと落ち着かない様子で立っているこの人物は、サンフランシスコからきたタオイズムの権威マーム・ヘイスティングスだった。ほっそりした体型だけれどきわめてハンサムで、四十代半ば、そしてヒンメルも知っているように、東洋神秘主義に関する多くの著書のおかげでかなり裕福だ。なぜヘイスティングスがここにいる？　もちろんJJ-180を試すためだ。ヘイスティングスは、合法だろうとそうでなかろうと、この世に存在するあらゆる幻覚性ドラッグを体験したという主張で評判だった。ヘイスティングスにとってこれは宗教とも関係するのだ。

でもヒンメルの知る限り、マーム・ヘイスティングスはティファナのクリス・プラウトの共アパに顔を出したことはなかった。これはJJ-180について何を物語っているのだろうか？　隅っこに立ち、起こっていることを見渡しつつ、ヒンメルは思案した。ヘイスティングスは、ドラッグと宗教に関するプラウトの蔵書検分に没頭していた。そこにいる他の人々には無関心で、かれらの存在を見下しているようにさえ思えた。サイモン・イルドはいつもながら、床の枕の上にうずくまり、ひねった茶色い大麻タバコに火をつけた。そしてぼんやりした様子でそれをふかし、クリスの登場を待っていた。そしてキャシー・スイートセントは――しゃがんで、無意識のうちにくるぶしを撫で、ハエのように油断なく自分のみづくろいをして、そのほっそりした筋肉質の身体を臨戦状態に持っていこうとするかのようだった。たぶん入念な、ほとんどヨガ的な努力を通じて身体を刺激しているんだろう、とヒンメルは思った。

こうした肉体性にかれはまごついた。そこで目を背けた。これは今晩の精神的な力点とはずれている。でもだれもスイートセント夫人に命令したりはできない。彼女はほとんど自閉的だった。

やっとクリス・プラウトが、赤いバスローブを着て、はだしで台所からやってきた。サングラス越しに、始めていい時間かを見きわめようとする。「マーム。キャシー、ブルース、サイモン、それに私、クリスチャン。我々五人。タンピコから、バナナボートに乗って着いたばかりの新しい物質を使い、未知の世界への冒険だ……ここにある」かれは手のひらを差し出した。そこにカプセル五つがあった。「一人一つ——キャシー、ブルース、サイモン、マーム、そして私クリスチャン。共に行う初めての心の旅です。皆して戻ってこられるでしょうか。そしてボトムが言うように、我々みんな変身してしまうでしょうか？」

ヒンメルは、それって実はピーター・クインスがボトムに言うせりふだよ、と思った。そして声に出して言った。「ボトム、汝は変身してしまったぞ」（シェイクスピア『真夏の夜の夢』より）

「なんだって？」クリス・プラウトは顔をしかめた。

「引用したんだよ」ヒンメルは説明した。

キャシー・スイートセントが怒ったように言った。「だからクリス、ブツをよこしてよ、さっさと始めましょう」と彼女はクリスの手のひらからカプセルを一つひったくろうとした——そして成功した。「ほーら、飲んじゃう。水もなしに」

穏やかにマーム・ヘイスティングスは、その少しイギリスがかった訛りで言った。「水なしで飲んでも同じなんだろうか？」。そして眼筋を動かすことなく、女を検分した。その身体が急に張り詰めて、何を考えているのかすぐにわかった。ヒンメルは怒りを覚えた。この場はすべて、みんなを肉体より高い存在に高めるためのものじゃなかったのか？

キャシーは告げた。「同じよ。突破して絶対的現実へといっちゃったら、みんな同じ。

すべては大きな広い霞よ」そしてカプセルを飲み込み、咳き込んだ。カプセルは消えた。

手をのばしてヒンメルも自分のカプセルを手に取った。他のみんなも続いた。

サイモンが、だれに言うともなく言った。「モリナーリの警察に捕まったら、おれたちみんな軍に入れられて最前線に送られるな」

「あるいはリリスターの志願労働キャンプで働かされるか」とヒンメルは付け加えた。みんな緊張してドラッグが効いてくるのを待った。いつもこんな具合だ。ヤクがまわるまで、短い数秒ほどがある。「あの善良なる老フレネクシーのために、と英語では翻訳されるけどね。ボトム、汝はフレネクシーに変身してしまったぞ」とかれは切れ切れに笑った。キャサリン・スイートセントがそれをにらみつけた。

マーム・ヘイスティングスが彼女に、落ち着いた声で言った。「お嬢さん、どこかでお目にかかったことがありませんでしたか？ どこかで見覚えがある。ベイエリアによくいたりはしませんか？ 私は海の近く、ウェストマリンの丘に、スタジオと建築家が設計した家を持っているんだ……よくそこでセミナーを開く。いろんな人が自由に出入りする。でもあなたがいたら覚えているはずだ。そりゃもう」

キャサリン・スイートセントは言った。「うちのろくでなしの夫——絶対に許してくれないわ。あたしは自立してる——経済的には自立以上なの——それなのに、何か独自にオリジナルなことをやろうとしたら、夫がたてるセコイ威嚇音やキイキイ声を我慢しなきゃならないのよ」。そして彼女は付け加えた。「あたしは骨董品バイヤーなの。でも古いものが退屈になってきた。是非とも――」

マーム・ヘイスティングスがそれを遮って、クリス・プラウトに話しかけた。「このJJ-180はどこから来たんだ、プラウト？　ドイツとか言ってたっけ。でもほら、私はドイツの公共、民間を問わず薬剤機関にはいろいろ接触があるんだが、そのどれ一つとして、JJ-180なんていうものについては、話もしてないんだが」かれは笑みを浮かべたが、それは鋭い抜け目のない微笑で、相手に答を要求するものだった。

クリスは肩をすくめた。「それがおれの聞かされたピーヒャラだぜ。信じるも信じないも勝手だ」。かれは気にしていなかった。こうした状況下では、どんな保証の説明も自分が責任を負わされることがないのは知っていたし、それはみんなも同じだった。

ヘイスティングスは微かにうなずいた。「なら本当はドイツ製じゃないのか。なるほど。このJJ-180、あるいは別名フロヘダドリンだが……こいつがまったくテラを離れたところから来た可能性は？」

間をおいてからクリスは言った。「知らんね、ヘイスティングス。知らん」

一同に向けてヘイスティングスは、その学のある厳しい声で言った。「違法な地球外ドラッグの例は前にもあった。そのどれも大して重要じゃなかった。ほとんどは火星の植物から抽出したもので、ときにはガニメデの地衣類からとったものもある。たぶんみんなも聞いたことはあるだろう。みんな、この問題については詳しいようではあるからね。そうであってほしいよ。少なくとも――」かれの微笑が広がったが、その目は縁なしメガネの奥で、魚のようだった。「最低でもみんな、この人物に五十米ドル払ったJJ‐180の素性については満足しているようだからな」

サイモン・イルドがその馬鹿な口調で言った。「おれは満足だよ。どのみち手遅れだ。クリスには支払いをして、みんなカプセル飲んだんだから」

「確かに」ヘイスティングスはおとなしく同意した。クリスのぐらつく安楽椅子の一つに腰掛ける。「だれか、もう何か変化を感じてないか？　感じたらすぐに言ってくれ」。そしてかれはキャサリン・スイートセントに視線を向けた。「あなたの乳首は私を見ているようなんだが、それとも私の妄想か？　いずれにしても、おかげで明らかに落ち着かない気分だ」

クリス・プラウトがこわばった声をあげた。「実は、おれ、何か感じはじめたぞ、ヘイスティングス」そして唇をなめて湿らそうとした。「ごめん、おれ――正直言って、おれは一人きりだ。あんたらだれもいっしょにいない」

マーム・ヘイスティングスはかれを検分した。

クリスは続けた。「そう、おれは自分の共アパでたった一人だ。みんな存在すらしていない。でも本も椅子も、その他すべては存在する。ならおれはだれに話しかけてるんだ？

みんな返事したのか？」かれはあたりを見回したが、だれも見えていないのは明らかだった。視線がみんなを通り抜けてしまっている。

「あたしの乳首は、あなたも他のだれも見たりしてないわよ」キャシー・スイートセントはヘイスティングスに言った。

クリスはパニックを起こして言った。「聞こえないぞ！　返事してくれ！」

「ここにいるぜ」とサイモン・イルドはせせら笑った。

「頼む」と言うクリスの声は、いまや懇願していた。「何か言ってくれ。すべてもう影だけだ。生気が――ない。死んだものしかない。しかもこれが始まったばかりだ――この進み方は怖い。まだ続いてる」

マーム・ヘイスティングスは、クリス・プラウトの肩に手を置いた。手はプラウトをすり抜けた。

「あらまあ、五十ドルの価値はあったわね」とキャシー・スイートセントは低い声で言ったが、面白がっている様子はなかった。そしてクリスに向かい、どんどん近づいた。

「やめなさい」とヘイスティングスは穏やかに言った。

「やるわ」と彼女は、クリス・プラウトをすり抜けて歩き続けた。でも、反対側から登場はしなかった。消えてしまった。残ったのはプラウトだけで、まだだれか答えてくれとうめき続け、もはや知覚できない仲間たちを探してまだ空中を手探りしている。

孤立か、とブルース・ヒンメルは思った。みんなお互いから切り離される。恐ろしい。でも——いずれ効き目はきれる。そうだろう？

いまのところ、かれは知らなかった。そしてかれにとっては、まだ始まってさえいなかった。


国連事務総長ジーノ・モリナーリは、ヴァージル・アッカーマンのワシン35のアパートの居間にある、大きな赤い手づくりのソファーに横になって耳障りな調子で言った。「この痛みはな、夜にいちばんつらくなるのが通例なんだ」とかれは目を閉じた。その巨大な肉付きのいい顔が、哀れっぽくたるみ、垢まみれの下あごがしゃべるにつれてぶるんぶるんと揺れる。「診察は受けた。ティーガーデン先生が主任医師なんだ。無数の検査をしたし、特に悪性腫瘍には注意したよ」

エリックは思った。この人、何か暗記したものをしゃべってるな。自然な話のパターンじゃない。これはそれほどかれの心に焼き付いたんだな、この気がかりが。この儀式は何千回も、無数の医師を相手にやってきたんだ。それなのに——まだ苦しんでる。

モリナーリは付け加えた。「悪性腫瘍なんかない。その点は決定的に確認されたらしい」。その発言は、尊大な医学話法を嘲笑するものとなっているんだな、とエリックは突然気づいた。モリナーリは医師たちに対してすさまじい敵意を抱いている。これまでだれもかれを助けられなかったからだ。「一般に診断は、急性胃炎となる。あるいは幽門弁の痙攣《けいれん》とか。あるいは妻の出産時の苦痛のヒステリー性再演だなんてのもあったな。彼女は三年前に出産したのでね」そして半ば自分に向かってこう言った。「その後間もなく死んだよ」

「食事はどうなんです？」エリックは尋ねた。

モリナーリはうんざりしたように目を開けた。「私の食事だと。私は食べないんだよ、先生。何もな。空気で命をつないでいる。電送新聞で読まなかったのかね？　私は食べ物なんかいらない。あんたらみたいな単純なタコどもとちがってな。私はちがうんだ」その口調は急に憤激したようだった。

「そして仕事の邪魔になるんですね？」エリックがたずねた。

モリナーリはかれをにらみつけた。「あんた、これが心身相関性の症状だと思ってるんだろう、人々の病苦をその人たちの道徳的責任に仕立てようとした、あのすでに否定された疑似科学か」かれは怒りにまかせてツバを吐いた。その顔がよじれ、いまや肉が垂れ下がったりたるんだりはしていない——ピンと張り詰め、まるで内部からふくらませたようだった。「私が自分の責任を逃れられるように、というわけか？　なあ先生。私は相変わらず責任は負っている——それに加えての苦痛だ。これは神経症心理的二次的利得と呼べるかね？」

エリックは認めた。「呼べませんね。でもいずれにしても、私は心身相関性医学を扱う資格は持っていない。それだったら——」

「そういう医者にもかかった」とモリナーリは即座に立ち上がり、身体を揺らせながらエリックに向き合った。「ヴァージルをここに呼び戻せ。あなたが私を問診して時間を無駄にする必要はない。それにいずれにしても、私は問診されたくない。そんなのごめんだ」そしてかれはよろけるようにドアに向かい、その途中でカーキ色のズボンがずり落ちるのを引き上げた。

エリックは言った。「事務総長閣下、胃を切除もできるのはおわかりですよね。いつ何時でも。そしてかわりに人工臓器を入れるんです。手術は簡単で成功はほぼ確実です。これまでの病状を見ないでこんなことを言ってはいけないんですが、いずれ胃を取り替えざるをえなくなるかもしれませんよ。リスクがあろうとなかろうと」モリナーリが生き延びるのは確実に思えた。男がこわがっているのはただの恐怖症だ。

モリナーリは静かに言った。「いや、そんな必要はないね。それを決めるのは私だ。かわりに死ぬこともできる」

エリックは事務総長を注視した。

「そうだとも。私が国連事務総長であってもな。私が死にたがっていて、こうした苦痛、こうした進行性の身体的——または心身相関的——な病気は私にとっての出口なんだ、というのは思いつかなかったのか？　もう続けたくないのかもしれない。そうかもな。だれにわかる？　それがだれにとってもどうだっていいことだ。知ったこっちゃない」そして引き裂くように廊下へのドアを開け、驚くほど男らしい声で怒鳴った。「ヴァージル、まったく、そろそろ酒を注いでこの宴会を始めようぜ」そして肩越しにエリックに言った。「これが宴会だってご存じだったかな？　たぶんあのジジイ、テラの軍事、政治、経済問題解決のための真面目な会議だと言ったんだろう。それをたった三十分で」かれはニヤリとして、大きな白い歯をむき出しにした。

エリックは言った。「正直言って、宴会だと聞いてホッとしました」。モリナーリとの問診は、事務総長にとってと同じく、エリックにとってもつらいものだった。それでも――ヴァージル・アッカーマンが、これで堪忍してはくれないだろうという直感があった。

ヴァージルは、モリナーリに何か処置を求めている。男の苦しみを軽減させてほしいと思っているし、それも正当で実際的な理由あってのことだ。

ジーノ・モリナーリが倒れたら、ヴァージルのTF&D保有もおしまいだ。テラの経済シンドローム管理はまちがいなくフレネクシーの役人たちにとっても重要だ。かれらの任務はすでに詳細に決められているだろう。

ヴァージル・アッカーマンは、抜け目ないビジネスマンなのだった。

モリナーリがいきなり尋ねた。「あの老いぼれ、あんたにいくら支払ってるね？」

エリックは不意をつかれた。「か、かなり高給です」

モリナーリはこちらを見ながら言った。「ヴァージルは前も、あんたの話をしていたんだ。このお見合い以前にも。あんたを売り込んで、いかに優秀かを聞かされたよ。あんたのおかげで、本当は死んでいるはずなのに寿命をずっと越えて生きているとか、その手のくだらん話をな」二人ともにっこりした。「先生、アルコールは何がお好きかね？　私は何でもいける。それとポークチョップのフライに、メキシコ料理に、スペアリブに、エビフライをホースラディッシュとマスタードにつけたものとか……胃を大切にしてるからね」

「バーボンで」とエリック。

男が部屋に入ってきてエリックをちらりと見た。陰鬱な表情をしている。モリナーリのシークレットサービスの一人だと気がついた。

モリナーリは説明した。「こちらはトム・ジョハンソンだ。私を生かしてくれているのはこいつだ。これぞ私のエリック・スイートセント医師なんだ。でも使うのは拳銃だ。拳銃を見せてやれ、トム。だれでも、いつでも、どんな距離からでも始末できるのを見せてやれ。廊下を横切ってくるヴァージルを、あのクソな心臓を一発で撃ち抜いて処分してやれ。そしたら先生がかわりに新しい心臓を貼り付ける。時間はどのくらいかかるんだ？　十分、十五分ってところか？」モリナーリは大笑いした。そしてジョハンソンに合図した。

ボディガードは従った。モリナーリは、立ったままエリック・スイートセントと向き合った。

「ドアを閉めて」

「なあ先生。お願いしたいことがある。仮に、私に臓器移植手術を始めて、古い胃を取り出して新しい胃を入れようとして、何かおかしくなったらどうだろう。別に痛みはしないだろう？　だって私は意識がないんだから。やってくれるか？」かれはエリックの表情を見た。「私の言っていることがわかるだろう、な。わかったようだね」背後の閉じたドアで、ボディガードは平然と立ち、みんなを閉め出して聞こえないようにしていた。これはエリック一人に向けたものだ。最高の機密として。

しばらくしてエリックは言った。「なぜです？　どうしてあっさりジョハンソンのロガー＝マグナム拳銃を使わないんですか？　それがお求めのものなら……」

モリナーリは言った。「実のところ、なぜだかはわからない。特に理由はない。妻の死、かな。私が耐えねばならない責任のせいにしようか……そして私はその責任をうまく果たせずにいるらしいな、少なくとも多くの人によれば。私はそうは思わん。私は自分が成功していると思う。でも連中は状況のあらゆる要因を理解してないし」。そしてかれは認めた。「それに私は疲れた」

「やることは――可能です」とエリックは正直に言った。

「そしてあんたがやってくれるか？」男の目は輝き、熱心にエリックを見つめ続けた。一秒ごとにこちらを品定めし続けている。

「はい、できます」かれは個人的には自殺について変わった見方をしていた。医学の倫理的な下部構造というべき行動規範にもかかわらず、かれは——そしてそれは、自分自身の生涯における、一部のきわめて現実的な経験に基づいている——人が死にたいと思うなら死ぬ権利があるのだと信じていた。この信念を正当化するような、入念に展開した理論は持っていなかった。そんなものを構築しようと試したことさえない。この主張はエリックからすると自明に思えた。生命がそもそも僥倖だと証明するような証拠はない。一部の人にとっては僥倖なのかもしれない。でも他の人にとっては明らかにちがう。ジーノ・モリナーリにとって、それは悪夢だった。この人物は病気で罪の意識に囚われ、膨大で、実に絶望的な責務を負わされている。自星のテラ市民たちからも信頼されていなかったし、リリスターの人々からも敬意や信頼や崇拝を享受はしていない。それに加えて、そのすべてを越えてそれ以上に、個人的な問題がある。かれ自身の私生活の出来事、手始めに予想外の妻の死から、果てはお腹の痛みまで。そしてそれでも、おそらくはもっとあるのだろう、とエリックは痛いほど理解した。モリナーリだけしか知らない要因。かれが話すつもりのない決定要因が。

「あんたはそんなことをするかね」とモリナーリは尋ねた。

長い長い間をおいて、エリックは言った。「はい、します。私たち二人の間の取り決めです。あなたが求め、私がそれを与え、それっきりです。私たち以外のだれにも関係ありません」

「そうだ」モリナーリはうなずき、その顔にホッとした様子があらわれた。いまやちょっとリラックスして、多少の平穏を味わっているようだった。「ヴァージルがあんたを推薦した理由がわかるよ」

「自分自身でもやろうとしたことがあります。そんなに前のことではありません」

モリナーリの顔がキッとこちらを向いた。エリック・スイートセントのほうを実に厳しい目つきで見た。それは肉体的な自分を切り裂いて、最も奥深い、最もモノ言わぬ場所にあるものに切り込むようだった。「本当かね？」とモリナーリは言った。

「はい」とエリックはうなずいた。だからおれは理解できる。正確な理由がわからなくても、あんたと共感できるんだ、と思った。

「だが私はその理由が知りたい」とモリナーリ。それはテレパシー的読心術にあまりに近いものだったので、エリックは愕然とした。突き刺すような目から目をそらせなくなっているのに気がつき、そのとき認識したのは、それがモリナーリの超心理的能力なんかではないということだった。それより素早く強いものだ。

モリナーリは手を差し出した。反射的にエリックはそれを受け入れた。そしていったんそれをやると、エリックは握手がいつまでも続くのに気がついた。モリナーリは手を離すことなく握りをかえって強めたので、エリックの腕に痛みが走った。モリナーリはエリックをもっとよく見通そうとしていた。フィリス・アッカーマンが遠からぬ過去にやろうとしたように、エリックについて知り得ることをすべて突き止めようとしていた。でもモリナーリの心からは軽佻浮薄な仮説は出てこなかった。モリナーリは真実にこだわり、それをエリック・スイートセント自身に語らせようとしていた。かれはモリナーリに何が起きたかを語るしかなかった。他に選択肢はなかった。

実は、かれの場合それはずいぶんセコい話ではあった。物語れば――そしてかれはそれを、かかりつけの頭探り屋にすら告げるほど愚かだったことは一度もない――それはふざけた話に思え、かれはバカみたいに思われるし、それはまったく正当なことだった。いやもっとひどく、精神的にイカレていると思われるかもしれない。

そのできごととは、自分と――

「奥さんとの間のことだな」とモリナーリは、エリックを見つめ、決して視線をそらすことなく言った。そして相変わらず手はしっかりと握られている。

エリックはうなずいた。「そうです。私のアンペックスビデオテープが……偉大な二十世紀半ばのコメディアン、ジョナサン・ウィンターズの」

キャシー・リングロムを最初に自宅に招いた口実が、この見事なコレクションだった。彼女はそれを見たいと言い、いくつか特選ショットを見るためにアパにきたい——招待してほしい——と述べたのだった。

モリナーリは言った。「すると彼女は、そのテープを持っているきみについて、何か精神分析的な読解をしてみせたのだろう。何かきみについて『意味深』なことを」

「そうです」エリックは陰気にうなずいた。

キャシーがある晩、居間で身を丸めるようにすわり、ネコのように長い足となめらかな様子を見せて、むき出しの乳房を彼女の（最新スタイルにあわせて）加えた光学ポリッシュの皮膜により微かに緑に光らせて、画面を一心に見つめ、もちろん笑っている——だれが笑わずにいられよう？——うちに、彼女は考え込むように言った。「ねえ、ウィンターズで何がすごいかといえば、役割を演じる才能よね。そしていったんある役に入ったら、没頭したわ。本当にそれを自分で信じてるみたいに」

「それがいけないの？」とエリック。

「いいえ。でもそれで、なぜあなたがウィンターズに惹かれるかわかる」。キャシーはドリンクの湿った冷たいグラスを弄《もてあそ》び、考え込んで長い睫毛を伏せた。「ウィンターズの、役割に決して没頭しきらない、残余の部分のせいなんだわ。それはあなたが人生に抵抗している、つまり自分が演じている役割——たぶん臓器移植外科医ということでしょうね——

——に抵抗してるってことよ。あなたの子供じみた無意識の部分が、人間社会に入ろうとしないんだわ」

「おやおや、それはいけないの？」かれは冗談めかして尋ねてみた。この精神分析もどきの、重苦しい議論をもっと明るい分野に向けたいと——当時ですら——思ったのだ。独自の輝きでチラつく彼女の純粋でむき出しの淡い緑の乳房を見るうちに、内心で明確に定義されてきた分野について話したかった。

「欺瞞的なのよ」とキャシー。

それを聞いて、当時のエリックの中で何かがうめき、いまもエリックの中で何かがうめいた。モリナーリはそれを耳にして、興味を持ったようだった。

キャシーは言った。「あなた、他の人たちをだましてるんだ。たとえばこのあたしを」。その時点で——ありがたいことに——彼女は話題を変えた。それには感謝した。それでも——なぜこれがそんなに気に障ったんだろうか？

後に二人が結婚してから、キャシーはすまして、テープのコレクションはかれの書斎において、二人の共アパの共用部分には出すなと要求した。コレクションに漠然と苛立つ、と彼女は言った。でもその理由はわからないという——わかっても言わなかった。そして晩になって、かれがテープの一部を再生したいという昔からの衝動を感じると、キャシーは文句を言った。

「どうしてだ？」モリナーリが尋ねた。

エリックにはわからなかった。当時も、いまも理解できなかった。でもそれは、忌まわしい前兆だった。彼女の嫌悪はわかったけれど、それが持つ重要性には思い当たらなかった。そして結婚生活で起きていることの意味が把握できないことで、エリックはとても不穏に感じた。

一方、キャシーの斡旋《あっせん》でかれはヴァージル・アッカーマンに雇われた。妻のおかげで、経社——経済社会——生活での階級を大幅に上昇できた。そしてもちろん、それについて恩義は感じていた。感じないわけがない。エリックの基本的な野心が満たされたのだから。それが実現された手段は、特に圧倒的に重要とは感じられなかった。夫がキャリアの長い階段を上がる手伝いをした妻はいくらでもいる。その逆も真なり。それでも——

キャシーはそれを気にした。彼女がそれを発案したにもかかわらず。

モリナーリは顔をしかめて詰問した。「奥さんがここでのきみの仕事に口利きしたのかね？　そしてその後、それできみを責めたのか。状況がどうやら見えてきたぞ。実に明瞭に」そして相変わらず顔をしかめながら、前歯をつつき、暗い顔をした。

「ある夜、ベッドの中で——」エリックは先を続けるのがつらくなって口を止めた。あまりに私的すぎる。そしてあまりにひどく不快だ。

「残りの話も知りたい」とモリナーリ。

エリックは肩をすくめた。「とにかく——彼女は『あたしたちが送っているこのインチキに飽き飽きした』とか言ったんです。『インチキ』っていうのはもちろん、私の仕事です」

ベッドに裸で横たわり、その柔らかい髪が肩のあたりでカールして——当時はいまより髪を伸ばしていた——キャシーはこう言った。「あんたがあたしと結婚したのは仕事を手に入れるためよ。そして自力で苦闘してないわ。男なら自分の道を切り開くべきよ」。彼女の目に涙があふれ、彼女は顔を伏せて泣いた——あるいは少なくとも、泣くふりをした。

「『苦闘』?」エリックは絶句した。

モリナーリが口をはさんだ。「もっと高い地位を目指す。もっといい仕事を得る。そのせりふを言う時はそういう意味だ」

「でもいまの仕事は気に入ってるんだ」とエリックは答えた。

キャシーはくぐもった、辛辣な声で言った。「つまり、外見だけ成功しているだけで満足しきってるのね。本当は成功してないのに」。そしてすすり上げて鼻を鳴らしながら、彼女は付け加えた。「それとあなた、セックスが最悪」

エリックは立ち上がり、共アパの居間に向かってしばらく一人きりですわり、それから本能的に、書斎へ向かうと、大切なジョニー・ウィンターズのテープをプロジェクターにかけた。しばらく惨めな気分で、ジョニーが次々と帽子を取り替えて、ちがった人物になるのを見た。すると——

戸口にキャシーが、なめらかで裸で痩せた身体をあらわし、顔をゆがめている。「見つけた？」

「何を？」かれはテープのプロジェクターを切った。

「あたしが破壊したテープ」と彼女はきっぱり言った。

エリックは妻を見つめ、いま聞いたことが飲み込めずにいた。

彼女は、決然と吐き出すような調子で言った。「何日か前に、この共アパで一人きりだったのよ。暗い気分だったわ——あなたはヴァージルのためになにやらろくでもないクズみたいなことをやるので忙しかったし——だからリールを一本かけたのよ。きちんとかけたのよ。すべて指示通り。でもそいつが何か変なことしたのよ。だからテープが消えちゃった」

モリナーリは陰気にうめいた。「そこで『そんなことはいいんだ』と言うべきだったんだな」

エリックもそれは知っていた。当時もわかっていたし、いまもわかっている。でも首を絞められたような、低い声でこう言ったのだった。「どのテープだ？」

「覚えてない」

エリックは声をあげた。抑えられなくなっていた。「ちくしょうめ、どのテープなんだ？」とテープの棚に走った。最初のボックスをつかみ、それを引き裂いて開けた。そしてすぐにプロジェクターまで持っていった。

それを萎縮するほどの軽蔑をこめて見つめていたキャシーは、きつい寒々とした声で言った。「あんたの——テープのほうが、いまのあたしより、これまでのいつのあたしよりずっと大切なのは知ってたわ」

エリックは懇願した。「どのテープか教えてくれ。頼むから！」

モリナーリは思慮深くつぶやいた。「彼女は言おうとしなかったわけだ。それがそもそもの狙いだものな。突き止めるまでに、テープを全部再生するしかない。数日がかりのテープ再生。賢いご婦人だ。まったく賢い」

「いやよ」とキャシーは低い、苦虫をかみつぶしたような、ほとんど聞きとれない声で言った。いまやその顔は、エリックに対する憎悪が絶頂に達していた。「やって清々した。これからどうすると思う？　テープを全部台無しにしてやる」

エリックは彼女を見つめた。ぼんやりと。

「いい気味だ。出し惜しみして、あたしにすべての愛情を注がなかったせいよ。これがあんたの居場所よ、動物みたいにおたついて、それもパニックになった動物みたいに。自分を見てみなさいよ！　ホントに情けない——震えて泣きそうじゃないの。それも、だれかがあんたのすさまじく重要なテープを一本ダメにしたからって」

「でも、これは私の趣味なんだ。生涯かけた趣味なんだ」

「ちんちんいじってるガキみたい」とキャシー。

「これは――取り返しがつかないんだぞ。一部は私しか持ってないものだ。ジャック・パー・ショーの録画とか――」

「それがどうだってのよ。いいこと教えてあげましょうか。あなた、なんで自分がテープの男を見たいのかわかってる？　本当にわかってる？」

モリナーリはうめいた。その重い、肉付きのいい中年顔が、話を聞きながら歪んだ。

「それはね、あなたがおかまだからよ」

「いたたた」とモリナーリはつぶやき、瞬《しばたた》いた。

「あんたは抑圧されたホモなのよ。意識的なレベルでそれに気がついているとはまったく思わないけど、でもまちがいないわ。あたしをごらんなさいよ。ここにいるでしょう。完全無欠に魅力的な女で、ほしいときにいつでも手に入るのよ」

モリナーリは独り言のように皮肉な口調で言った。「それも一銭もかからずに」

「それなのにあんたはこんなテープと部屋にこもって、ベッドルームであたしを犯してないじゃない。まったく、あたしがダメにしたテープが本当に大事な――」そして彼女は戸口に背を向けた。「おやすみ。自分と遊んで楽しんでればいいわ」。その声は――本当に信じがたいことだけれど――抑えの効いた、穏やかと言えるようなものになっていた。

しゃがんだ体勢から、エリックは妻に飛びかかった。なめらかに白い裸の身体で廊下に出てこちらに背を向けている彼女に手を伸ばす。そして彼女につかみかかり、しっかりと握りしめ、指をその柔らかい腕に沈めた。そしてこちらを向かせた。目を瞬き、驚いて、彼女はエリックと向き合った。

「おまえを――」そこでエリックは口を止めた。おまえを殺してやる、と言いかけたのだった。でもまだ乱れぬ心の奥底ですでに、このヒステリックな身振りの狂乱の下にまどろんでいた、冷たく理性的な部分がその氷のような神の声でささやいていた。言うんじゃない。言ったら、妻の勝ちだ。絶対に忘れない。死ぬまでおまえを苦しめるぞ。これは絶対に傷つけてはいけない女だ。というのも彼女は手管を知っているからだ。こちらを傷つけ返す手法を知っている。それも何千倍にもして。そう、これが彼女の叡智だ、そういう手管を知っているというのが。他のなににもまして。

「は・な・し・な・さ・い・よ」妻の目が曇った怒りを発した。

エリックは放した。

しばらくして、腕をこすりながらキャシーは言った。「あのテープのコレクションを、明日の夜までにこのアパートから始末して。さもないと、あたしたちはおしまいよ、エリック」

「わかった」エリックはうなずいた。

「それと、他に要求したいのはね、もっと高給の仕事を探しはじめてよ。別の会社で。そうすれば振り向くたびにあんたに出くわさずにすむわ。それと……あとはまたいずれ。まだ別れずにいられる可能性もあるかもね。新しい取り決めでね、もっとあたしに公平な形の関係で。あなたが自分のだけでなく、あたしのニーズにも注意を向けるよう少しは努力するような関係よ」。驚くべきことに、彼女は完全に理性的で自制ができているような口ぶりだった。実に見事だ。

「それでテープを始末したのか」とモリナーリが尋ねた。

エリックはうなずいた。

「そしてその後数年は、奥さんに対する憎しみを抑えようと努力を続けた」

またもうなずいた。

「そして奥さんへの憎しみが、自分自身への憎しみになった。小さな女一人が怖いなんて、我慢ならなかったからだ。でもそれは、とても強力な人物だった――私が『女性』と言わず『人物』と言ったのに気がついたかね？」

エリックは言った。「私のテープを消すとか、そういうロープブローが――」

モリナーリがそれを遮った。「ロープブローは、テープを消したことではない。どれを消したか奥さんがきみに教えなかったことだ。そして彼女が、状況を楽しんでいることを実にあからさまにしたことだ。もし彼女がすまないと思っていたなら――でもその手の女性、人物は、決してすまないなんて思わない。絶対に」。モリナーリはしばらく黙った。「そして彼女を捨てることもできない」

エリックは言った。「私たちは癒着してるんです。被害はもう起こってしまったことだし」。だれ一人介入したり、それを耳にはさんで助けにきたりする可能性のない夜にもたらされた、相互に与えた苦痛。エリックは思った。助けだ。二人とも助けが必要だ。だってこれはもっと続き、さらに悪化し、さらにおれたちを腐食し、それがどんどん進んで、ついにはありがたいことに――

でもそれには何十年かかることか。

だからエリックは、ジーノ・モリナーリが死を懇願する気分が理解できた。エリックもモリナーリ同様、死を解放として見ることができた――存在する……あるいは存在するように見える、唯一の当てになる解放だ。我々二人をとりまく者たちの無知、習慣パターン、愚かしさを考えれば。果てしない人間の複雑な問題を考えれば。

つまり、エリックはモリナーリとかなりの絆を感じた。

モリナーリは直感して言った。「我々の一人は、私的なレベルで、世間から隠れた形で耐えがたい苦しみを感じており、卑小でどうでもいい存在だ。もう一人は大ローマ的な公開の形で苦しみ、槍で刺されて死にゆく神のようだ。不思議だな。正反対だ。ミクロコスモスとマクロコスモス」

エリックはうなずいた。

モリナーリはエリックの手を放し、肩をどやしつけた。「とにかく、私はきみを不愉快にさせているな。すまなかった、スイートセント先生。この話はやめよう」。そしてボディガードに告げた。「ではドアを開けてくれ。話は終わった」

「待ってください」とエリックは言った。とはいえ、先をどう続けるべきか、それをどう言えばいいかわからなかった。

かわりにモリナーリが言ってくれた。「うちのスタッフの一人にならないか？」モリナーリは沈黙を破って唐突に言った。「手配はできる。形式上、きみは軍に徴兵されるんだ」そして付け加えた。「きみが私の専門医になるのは当然と思ってくれていい」

平然を装ってエリックは言った。「興味はあります」

「しょっちゅう奥さんと出くわさずにすむ。これは発端かもしれない。お二人を引き裂く出発点だ」

「確かに」とエリックはうなずいた。確かにその通り。それもそういう見方をすればとても魅力的だ。でも皮肉なことに――これはまさにキャシーが、長年にわたりエリックをせっついてきたことだった。「妻と相談しませんと」と言いはじめて、顔をあからめた。

「とにかくヴァージルとも」とつぶやいた。「どのみち。ヴァージルの承認がないと」

熟考しつつ厳しくエリックを見ていたモリナーリは、ゆっくりとした暗い声で言った。

「一つ欠点がある。あまりキャシーには会わずにすむのはその通り。でも私といっしょだと、たくさん会わねばならないのが我々の――」かれは顔をしかめた。「同盟者たちだ。スターマンたちに取り巻かれてどのくらい楽しめると思うね？　きみ自身だって、夜遅くに胃痙攣の一つや二つ起こしかねないぞ……いやもっとひどい――他の――心身障害、医者の技能をもってしても予想外のものとかも」

エリックは言った。「深夜はいまだって十分にひどい状態なんです。お申し出の形だと、少しは仲間ができるかもしれない」

モリナーリは言った。「私か？　私はお仲間なんぞにはならんよ、スイートセント、相手がきみだろうと他のだれだろうと。私は夜には無理矢理生かされ続ける生物なんだ。十時に就寝したら、通常は十一時までに目が覚めてしまう。私は――」と瞑想するように口を止めた。「いや、夜は私にとっていい時間ではない。少しも」

それはこの人物の顔にもはっきり出ていた。

5

ワシン35から戻った晩に、エリック・スイートセントは国境を越えたサンディエゴの共アパで妻と出くわした。キャシーはエリックより先に帰っていた。二人が会うのはもちろん、不可避ではあった。

「おやセコい赤い火星からお帰りね」と彼女は、エリックの背後で居間のドアを閉めながら述べた。「二日も何をしてたの？　ビー玉を輪の中に打ち込んで、他の男の子や女の子みんなを負かしてたの？　あるいはトム・ミックスの太陽写真の現像？」キャシーはソファの真ん中にすわり、片手にドリンクを持って、髪をうしろに束ねて結い、ティーン少女のような風情になっていた。無地の黒いドレスを着て、脚は長くてなめらかで、足首でハッとするほど細くなっている。はだしで、足の爪のそれぞれにピカピカのステッカーが貼られ、それは――身をかがめて見ていると――ノルマン・コンクエストの一場面がカラーで描かれたものだった。左右それぞれの小指の爪は、目を覆わんばかりの卑猥な柄でキラキラしていた。エリックは上着をクロゼットにかけにいった。

「私たちは戦争から逃げてたんだ」

「あら私たちって。あなたとフィリス・アッカーマン？　それともだれか別の人？」

「みんないたよ。フィリスだけじゃない」エリックは夕食に手軽に作れるものは何だろうと考えた。お腹が空っぽで、さっきからグウグウ言っている。でもいまのところ、まだ痛くはない。たぶんそれはもっと後になるんだろう。

「あたしに声がかからなかった特別な理由でもあったの？」その声は、必殺の鞭のようにピシリと発せられたので、エリックは縮み上がった。体内の生来の生化学的動物の部分が、待ち受けているはずのやりとりを心底恐れていた。自分にとっても――そして彼女にとっても。明らかに彼女は、エリック自身と同じく、もう自分で自分を止められないのだった。彼女もまた、エリックと同じくらい囚われ、寄る辺ない状態となっていたのだった。

「特別な理由なんかないよ」とかれは台所にふらふらと入り、ちょっと鈍ったような気分だった。まるでキャシーの先制パンチで感覚が潰されたかのようだった。こうした対決を数多く経験した結果、できるだけ身体的なレベルで遮蔽するすべを身につけていた。老いた夫たち、疲れ、経験を積んだ夫たちだけがそのやり方を知っている。新参者たちは……かれらは間脳的な反応により突き進むしかなくなっているんだ、とエリックは思った。そうなると、もっとつらい思いをする。

キャシーが戸口にあらわれた。「答えてよ。なぜあたしは意図的に排除されたのか」

まったく、肉体的には妻は実に魅力的だ。もちろん黒のドレスの下には何も着ておらず、彼女の曲線のそれぞれが、香り立つなじみ深さでエリックに迫ってきた。でもこの触覚的な形態に見合う、なめらかで従順ななじみ深い精神はどこへ行ってしまった？　怒りのおかげで、呪い――スイートセント家の呪いだと思えることもあった――は手加減なしでやってきた。かれは生理的な水準では性的完璧さそのものの生物に直面していたのに、その精神的な水準では――

いつの日か、その強面ぶり、硬直性が彼女に充満するだろう。解剖学的に恵まれた身体も硬化する。そうしたらどうなる？　すでに彼女の声にその兆候が出ていて、数年前、いや数カ月前の記憶とすらちがってきている。哀れなキャシー、とエリックは考えた。死をもたらす氷と冷気の力が、きみの心だけでなく腰や乳房やヒップや尻にまで到達したら――心にはすでに深く入り込んでいるのはまちがいない――もう女性ではなくなる。そしてきみはそれでは生き延びられない。私や他のどんな男がどうしようとも。

エリックは慎重に言った。「排除されたのは、きみが厄介者だからだよ」

彼女の目が大きく見開かれた。一瞬、そこに警戒と単純な驚きが満ちた。彼女には理解できなかった。しばし彼女は、単なる人間の水準へと引き戻された。彼女の中の、狩り立てるような古来からの圧力がおさまったのだ。

「いまのきみのようにね。だからほっといてくれ。自分の夕食を用意したいんだ」

「フィリス・アッカーマンに用意させなさいよ」とキャシー。超自我的権威、長年にわたり歪んで形成された謎の叡智により捻出された嘲笑が戻ってきた。ほとんど超能力じみた女性の才能で、彼女は火星への旅路における、フィリスとのちょっとしたロマンチックなやりとりを直感したのだ。そして火星に着いたあとの一泊の間に起こったことも――

エリックは落ち着いて、いかに彼女の感覚が鋭敏だろうとも、それを本当にほじくり出すことはできないだろうと考えた。妻を無視して、てきぱきと赤外線オーブンで冷凍チキンディナーを温めはじめ、妻には背を向けた。

「あなたが出かけている間に、あたしが何をしたと思う？」とキャシー。

「愛人でも作ったんだろう」

「新しい幻覚性のクスリを試したのよ。クリス・プラウトから手に入れたの。かれの家でヤクセッションをやって、他ならぬ世界的有名人マーム・ヘイスティングスもきてたわ。ヤクが効いている間にかれがあたしにちょっかい出して、それが――まあ、純粋なビジョンそのものだった」

「おやそうかい」とエリックは、テーブルの場所を用意した。

「かれの子供を産みたくて渇望だわ」とキャシー。

「『渇望だわ』か。やれやれ、なんと頽廃的な言い回しだ」。釣られてかれは、振り返って妻と対面した。「それできみ、そいつと――」

キャシーはにっこりした。「さあ、幻覚だったのかもね。でもちがうと思う。なぜかって？　家に帰ったら——」

「聞きたくない！」気がつくと身震いしていた。

居間では映話が鳴った。

エリックはその前まで出かけた。そして受話器を持ち上げると、小さな灰色の画面には、ジーノ・モリナーリの軍事顧問オットー・ドーフ大佐という人物の顔が浮かんだ。ドーフはワシン35にいて、警備面を支援していた。細面の男で、細く憂鬱そうな目をしており、事務総長の保護に完全に献身していた。「スイートセント先生でしょうか？」

エリックは言った。「そうです。でも私はまだ——」

「一時間で足りるでしょうか？　そちらの時間の八時に、お迎えのヘリをよこそうと思うのですが」

「一時間もあれば十分です。荷造りして、共アパビルのロビーで待ってます」とエリック。

映話を切って、台所に戻った。

キャシーは言った。「あらまあ、どうしましょう。ああエリック——話し合わない？　ああどうしよう」彼女はテーブルに突っ伏して、顔を腕に埋めた。「マーム・ヘイスティングスとは何もなかったのよ。ハンサムだし、ドラッグは飲んだけど、でも——」

エリックは夕食の用意を続けた。「聞いてくれ。これはすべてワシン35で今日取り決められたばかりなんだ。ヴァージルに頼まれた。落ち着いて長いこと話し合った。モリナーリのニーズはいま、ヴァージルよりも高い。それに実は、膠植状況では相変わらずヴァージルの役にも立てるけれど、でもシャイアンに駐在することになる」。エリックは付け加えた。「私は徴兵されたんだ。明日から私は国連軍の医師になり、モリナーリ事務総長付きのスタッフとなる。これを変えようにも、どうしようもない。モリナーリはこれを発効する命令に昨晩サインしたんだ」

「どうして？」怯えきって、彼女は目を上げた。

「私がこの状況から脱出できるように。私たちのどっちかが――」

「もうお金は使わないから」

「戦争なんだ。人が殺されてる。モリナーリは病気で医療が必要だ。きみがお金を使うかどうかなんて――」

「でもこの仕事をほしがったのは、あなたじゃないの」

即座にエリックは答えた。「確かに、拝み倒したね。ヴァージルに、一カ所で一気に繰り出した大風呂敷としては最大級のものを広げてみせたよ」

いまや彼女は、気を取り直していた。落ち着きを見せている。「給料はどのくらいもらえるの？」

「たっぷり。それにTF&Dの給料も続く」

「なんとかあたしも同行する方法はないの？」

「ない」。それはしっかり確認済みだった。

「やっと成功したら、あたしを捨てるのはわかってたわ――出会ったときから、あたしから身を引こうとしてたわよね」キャシーの目に涙があふれた。「ねえエリック。あたしの飲んだあのドラッグ、中毒性じゃないかと思うのよ。本当に怖いの。どんな効き目か想像もつかないでしょう。たぶん地球外のどこか、ひょっとしてリリスターからきたんじゃないかって。飲み続けたらどうなるの？　あなたが出て行くことで、もしあたしが――」

身をかがめて、エリックは妻を抱え上げた。「あの連中には近づくな。もう死ぬほど何度も言ったじゃないか――」話をするだけ無駄だった。二人の先に何が待ち受けているかわかった。キャシーは、おれを彼女の元に引き戻せる武器を持っている。おれがいなければキャシーは、プラウトやヘイスティングスやその他の連中に巻き込まれて破滅する。彼女を残しても彼女の状況は悪化するばかりだ。長年にわたって二人の間に入り込んできた病気は、おれがやろうとしている行動でなくすことはできないし、そうできると想像できたのは、火星のベビーランドにいたからというだけのことだ。

かれは妻を寝室に運び込んで、優しくベッドに寝かせた。

「あん」と彼女は言って目を閉じた。「ああんエリック――」そしてため息をついた。

でも、エリックはやれなかった。これすらも。惨めに、かれは妻から離れてベッドのふちにすわった。そしてすぐに言った。「TF&Dは離れるしかない。きみもそれを受け入れるしかないんだ」とエリックは妻の髪を撫でた。「モリナーリは崩壊寸前だ。私にも手助けはできないかもしれないけれど、でもやるだけやってみたい。な？　それが本当の——」

キャシーは言った。「ウソつき」

「私が？　どこが？」かれは妻の髪を撫で続けたけれど、それはもう機械的な行動になっていて、意志も欲望もなくなっていた。

「それが行っちゃう理由なら、いまここであたしとセックスしてたはずよ」と彼女はドレスのボタンを留め直した。「あたしなんかどうでもいいんだ」彼女の声には確信があった。その単調でか細い声色は知っている。いつもこの障壁があって、絶対に気持ちが届かない。いまはもう、その努力をして時間を無駄にするのもやめた。単に髪を撫で続けて、こう思った。彼女に何が起こるにせよ、おれはうしろめたく思うことになる。そして彼女もそれを知っている。だから彼女は責任の重荷から解放されて、それこそ彼女にとっては最悪のことなんだ。

抱いてやれなくて残念だったな、とかれは思った。

「夕食ができた」とかれは立ち上がった。

妻も身を起こした。「エリック、あたしを捨てる仕返ししてやるから」とドレスをなでつけた。「聞いてるの？」

「うん」とエリックは台所に入った。

「一生かけて仕返ししてやる」とキャシーがベッドルームから言う。「これで生きる理由ができた。生きる目的があるっていいものね。わくわくする。あんたとの無意味な醜い年月のあとで。まったくもう、生まれ変わったような気分」

「ご幸運をお祈りするよ」

「運？　運なんかいらない、技能がいるのよ。そしてあたし、技能はあると思う。あのドラッグの効きの中でいろんなことを学んだのよ。是非とも教えてあげたいものね。とんでもないドラッグよ、エリック――宇宙と特に他人に対する見方が丸ごと変わっちゃうの。もう前と同じ見方が絶対できなくなる。試してみなさいよ。役に立つから」

「私の役に立つものなんて、何一つない」

そう言う自分の言葉が、我ながら墓碑銘のように聞こえた。

ほとんど荷造りを終えたところで――もちろんずっと前に食事は終えた――共アパの呼び鈴が鳴った。オットー・ドーフで、すでに軍用コプターで到着していたのだ。エリックは冷静にドアを開けに行った。

共アパの中を見回して、ドーフは言った。「奥さんにさよならは言えましたか、先生？」

「ああ」と言ってエリックは付け加えた。「出て行ってしまいましたよ。いまは一人だ」。そしてスーツケースを締め、付属バッグといっしょにドアまで運んだ。「行きましょう」。ドーフはスーツケースを一つ持って、二人はエレベーターに向かった。エレベーターが下る中、エリックはドーフに告げた。「彼女、あまり冷静に受け止めてはくれなかった」ドーフは言った。「私は独身なんです。だからよくわかりません」。その態度は適切で慇懃だった。

駐機したコプターの中にもう一人待っていた。はしごを上ってくるエリックに手を差し出す。「先生、お目にかかれて光栄です」影に隠れたその人物は自己紹介をした。「私はハリー・ティーガーデン、事務総長医療スタッフ主任です。加わってくれてうれしく思いますよ。事務総長は事前に伝えてくれなかったんですが、それはかまわない――総長はとにかく衝動的に動くので」

エリックも握手したが、心はまだキャシーのことを考えていた。「スイートセントです」

「お会いになったとき、モリナーリの病状を診てどう思いました？」

「お疲れのようでした」

ティーガーデンは言った。「死にかけてるんです」

ちらりとかれのほうを見てエリックは言った。「何が原因で？　今日びのこの時代、人臓もあるし――」

「現代の外科技術はよく知っています、ご心配なく」というティーガーデンの口調はそっけなかった。「総長がいかに宿命論に陥っているかはおわかりだったでしょう。私たちをこの戦争に引きずりこんだことについて、明らかに罰を受けたいと思っているんだ」。コプターが夜空へと上昇する間、ティーガーデンは何も言わず、それから続けた。「モリナーリがわざと、この戦争に負けるよう仕組んだのではと思ったことはありますか？　失敗したがっていると？　かれの最も獰猛な政敵ですらこの発想を検討はしていないと思う。これをあなたに話している理由は、時間がさほどないからです。いまこの瞬間、モリナーリはシャイアンにいて、急性胃腸炎の壮絶な発作――かなんだか、好き勝手に呼んでくれていいんですが――それで倒れています。ワシン35での休暇から帰ってすぐに。ぶっ倒れてますよ」

「内出血は？」

「まだない。あるいは、あるのにモリナーリが話してくれていないのかも。あの御仁ならあり得る。元来秘密主義だから。基本的にはだれも信用してない」

「そして悪性腫瘍がないのは絶対確実なんですか？」

「まったく見つからない。でもモリナーリは、こちらの希望するだけの検査をやらせてくれないんだ。逃げようとする。忙しすぎる。書類に署名、演説を書く、総会に提出する法案が。すべてを自分で動かそうとしてる。権限委譲ができないようで、やるときにも重複する組織を作って、それがすぐに競り合いを始める——そうやって総長は自衛するんだ」

そしてティーガーデンは、興味深そうにエリックを見た。「ワシン35では、何を言われたんです？」

「大したことはおっしゃいませんでしたよ」。エリックは、二人の議論の中身を明かすつもりはなかった。モリナーリは疑問の余地なく、あの会話を門外不出のものとして意図していた。それどころか、これこそまさに自分がシャイアンに連れて行かれる理由なのだ、とエリックは気がついた。自分は他の医師たちには提供できないものをモリナーリに提供できる。医師の貢献としては変わったものではあったけれど……ティーガーデンに話したらどう反応するだろうか。おそらくは——当然のことだが——すぐに自分を逮捕させるだろう。そして射殺させる。

「あなたが私たちに加わる理由は知ってますよ」とティーガーデン。

エリックはうめいた。「そうなんですか？」本当に知っているとは思えなかった。

「モリナーリは単に、自分の本能的な偏見にしたがっているだけなんです。スタッフに新しい血を注入することで、私たちをダブルチェックしたいんだ。でもだれも反対はしません。ありがたいくらいです——みんな過労ですから。もちろんご存じと思いますが、事務総長は大家族で、あなたの大一族の家長的な元雇い主ヴァージル・アッカーマンよりたくさんの親族をお持ちです」

「確かどこかで読みましたが、叔父さん三人、いとこ六人、叔母さん、妹、兄は――」

「その全員がシャイアンで暮らしているんです。常に。いつも総長のまわりをうろついて、ちょっとした余禄をむしり取ろうとしている。もっといい食事、住居、召使い――見当つくでしょう。それに――」ここでティーガーデンは口を止めた。「付け加えておくと、愛人もいます」

それはエリックも知らなかった。事務総長に敵対するメディアですら、それを報じたことは一度もなかった。

「名前はメアリー・ライネケ。奥さんが他界する前に出会ったんです。書類上は個人秘書ってことになっています。私も気に入ってます。奥さんが死亡する前もあとも、総長のためにいろいろやってくれました。彼女がいなければ、おそらくは生き延びられなかったでしょう。スターマンたちは彼女をとことん嫌っています……理由はよくわからないんですが。何か私の見逃した事実があるのかも」

「彼女は何歳なんですか?」事務総長は、エリックの推測では四十代後半から五十代前半といったところだった。

「人道的に可能な最低限の若さですよ。覚悟しといてくださいよ、先生」とティーガーデンはクスクス笑った。「総長と初めて会ったとき、彼女は高校生だったんです。タイピストとして夕方に働いていたんですよ。そのときに何か書類を渡したんですかね……だれもはっきりは知らないんですが、でも二人が何か普通の仕事で会ったのは確かです」

「総長の病気のことは話してもいいんですか」

「もちろんです。総長にフェノバルビタールを飲むよう説得したのは彼女です――彼女にしかそれはできない。私たちが試したパティバメイトを飲ませてくれたのも彼女です。フェノバルビタールは眠くなるし、パティバは口が渇くと言うんです。だからもちろん、総長はどっちのクスリもダストシュートに放り込みました。服薬を止めたんです。メアリーがそれを再開させました。彼女はイタリア系です。総長と同じく。彼女は総長を怒鳴りつけるんですよ、それが子供時代の想い出の怒鳴られ方で、ママの怒鳴り方なんですかねえ……あるいはお姉さんか叔母さんの怒鳴り方かもしれない。みんな総長を怒鳴りつけて、総長はそれを容認してるんです。でもメアリー以外の言うことはきかない。彼女はシャイアンにある隠しアパに住んでいて、それを何列ものシークレットサービスが護衛してます――スター連中のせいで。モリナーリはいつの日か、連中が――」ティーガーデンは口を止めた。

「連中がどうしたんです？」

「彼女を殺すか傷つけるかするのではないかと恐れています。あるいは彼女の精神機能半分を潰して、脳を抜かれた植物人間にしてしまうとか。連中は、使える技術をいろいろ持っているんです。同盟国とのやりとりがトップでこんなに粗っぽいなんて知らなかったでしょう、ね？」とティーガーデンはにっこりした。「厳しい戦争なんです。リリスターはわれわれに対してそういう振る舞いをするし、同盟国とはいえ連中のほうが優秀で私たちなんかそれに比べればノミでしかない。だから防衛線が崩れて、リーグどもがなだれこんできたら我々がどういう扱いをうけるか、想像してごらんなさい」

しばらく一行は押し黙って進んだ。だれも口を開こうとしなかった。

「モリナーリがいなくなったらどうなると思います？」ついにエリックが言った。

「そうですね、二つ可能性があります。もっと親リリスター的な人物が出てくるか、そうでないかです。他に選択肢はないでしょうに、そしてなんでそんなことを尋ねるんです？患者が助からないとでも思ってるんですか？　もしそうなったら、私たちも職を失うし、命すら失いかねない。あなたの――そして私の――唯一の存在意義は、ワイオミング州シャイアンに、その巨大な家族と十八歳の愛人とともに暮らす肥満の中年イタリア人、胃痛を起こしつつ、夕方遅くに巨大エビフライにマスタードとホースラディッシュをつけて食べるのが好きな人物が、今後も継続的にまともに存在し続けるということなんです。あなたが何を言われていようが、何にサインしていようがどうでもいい。あなたは、当分の間ヴァージル・アッカーマンに、これ以上の人臓を突っ込んだりはしない。そんな機会はないんだ。ジーノ・モリナーリを生かし続けるというのはフルタイムの作業なんだから」。ティーガーデンはいまや、苛立って怒っているようだった。その声は、コプタータクシーの暗さの中で、落ち着かなかった。「私はもうたくさんなんだよ、スイートセント。モリナーリ以外の生活はなくなってしまうんだ。総長は死ぬほどしゃべりまくり、地球上のあらゆる問題について、こっちを実験台に演説の練習をしてみせる——経口避妊薬からキノコ——その料理法——に至る、ありとあらゆることについて意見をきかれる。神様とか、もしコレコレだったらどうするとか、その手の話。独裁者にしては——そしてあなたも、かれが独裁者なのは認識しているだろう、みんなその呼び名を使いたがらないだけで——モリナーリは異質だ。まず、かれはおそらく存命中で最高の政治戦略家だ。そうでなければ国連事務総長の座にまで上りつめられるはずがない。二十年がかりで、ずっと戦いどおしではあった。テラのあらゆる国からきた、出くわすあらゆる政敵をくじいてきた。そこでリリスターと絡むはめになった。それが外交政策ってやつだ。外交政策でこの偉大な戦略家は失敗した。その時点で、奇妙な閉塞がかれの頭に入り込んだ。その閉塞がなんと呼ばれているかわかるか？　無知だ。モリナーリはずっと、人々の股間に膝蹴りを入れる方法を学んできたけれど、フレネクシー相手だとそれはお呼びでない。モリナーリは、あんたや私と同様に、フレネクシーに対処できない——われわれよりヘタかもしれない」

「なるほど」とエリック。

「でもモリナーリはそれでも先に進めた。はったりを使った。平和協定にサインして、おかげで地球は戦争に引っ張り込まれた。そしてここで、モリナーリが過去の他の太った、はったりまみれの、尊大な独裁者どもとちがうところが出てくる。かれはその責めをすべて自分で背負い込んだ。あっちで外務大臣をクビにしたり、こっちで国の政策顧問を射殺したりはしなかった。やったのは自分で、自分でもそれがわかってる。そしてそれがかれをひどく苦しめているんだ。じわじわと、明けても暮れても。それが腹から始まってる。かれはテラが好きだ。かれは人々が全員、洗練されたのもそうでないのも大好きだ。ろくでもない、たかり屋の親戚集団も愛してる。人々を射殺し、逮捕するけど、それは好きじゃない。モリナーリは複雑な人間なんだよ、先生、複雑すぎて——」

ドーフが冷やかに割り込んだ。「リンカーンとムッソリーニの合いの子ですね」

ティーガーデンは続けた。「会う人ごとにちがった人物になるんだ。ちくしょう、あの人はこっちが総毛立つほど極悪で、あまりに邪悪なことをやってきた。そうせざるを得なかったんだ。その一部は決して公表されず、政敵たちですら触れない。そしてかれは、それをやったことで苦しんでる。これまで責任や罪や責めを本当に受け入れた人間なんて、一人でも知ってるかね？　あなたは受け入れたか？　あなたの奥さんは？」

「たぶん受け入れたりしない」エリックは認めた。

「あなたや私が生涯にやったことの道徳責任を本当に受け入れたら——その場で死ぬか発

狂する。生命体は、自分のやることを理解するようにはできていない。道でひき殺す動物や、食べる動物を考えてごらん。子供の頃、毎月の仕事は出かけてネズミを毒殺することだった。毒を盛られた動物の死ぬところを見たことがあるか？　それも一匹だけでなく、無数に、毎月毎月。私は何も感じない。咎《とが》をね。重荷を。ありがたいことに、それが気にかからない——気にかかってはいけない。そうなったら、もう先に進めなくなるからだ。そして人間はすべてそうやって乗り切っている。モリナーリ以外の全員が。人呼んでモール以外は」。そしてティーガーデンは付け加えた。「『リンカーンとムッソリーニ』か。私がむしろ考えていたのは、かの一人子、二千年ほど前の人だったよ」

エリックは言った。「ジーノ・モリナーリをキリストと比べるなんて、初耳ですよ。御用メディアですらそんなことはやらない」

ティーガーデンは言った。「それはモールに二十四時間つきっきりの人物と、これまでこの私以外に会ったことがないからかもしれないよ」

ドーフが言った。「メアリー・ライネケにはその比較の話はしないように。モリナーリなんてろくでなしだと言うから。ベッドの中でも食事のときでもブタだってね。好色な中年男で強姦しそうな目つき、本当なら牢屋に入れられるべきだと言うはずだ。彼女が我慢しているのは……優しいからだ」ドーフは鋭い笑い声をたてた。

ティーガーデンは言った。「いや、メアリーはそんなことは言わない……機嫌が悪ければ別だが。つまりは四分の一くらいのときってことだが。メアリー・ライネケが何と言うかはわからない。何も言おうとしないかもしれない。彼女は単にモリナーリをありのままに受け入れている。改善しようとはするけれど、改善しなくても——しないんだよ——やっぱりかれを愛するんだ。それとは別の種類の女性に会ったことはあるか？　こっちに将来性を見て取るような女だ。そして彼女から適切な支援があれば——」

「ああ、会ったことはあります」とエリック。話題を変えてほしかった。この話はキャシーを思い出させる。それは避けたかった。

　コプターはぶんぶんと低い音でシャイアンに向かった。

　朝日がまだら模様をベッドルームにつくる中、キャシーは寝ぼけたままベッドでたった一人で横たわっていた。エリックとの結婚生活で実におなじみになった色彩すべてが、朝日の光が増す中でだんだん識別できるようになってきた。自分の暮らすここで、キャシーは過去の強力な霊を確立してきた。それは他の時代から集めた品々の中にとらわれている。初期ニューイングランドからのランプ、本物のバーズアイメープルのたんす、ヘップルホワイトのキャビネット……彼女は薄目を開けて横たわりつつ、それぞれの物体や、それを入手する際の様々な絆すべてを認識していた。どれもライバルに対する勝利だった。競合するコレクターは失敗したわけで、このコレクションを墓場として見るのもそんなに言い過ぎではない。負けた連中の幽霊が、そのあたりを漂っているのだ。かれらが自分の家庭生活内で活動するのは気にならなかった。結局のところ、自分のほうがそいつらよりもタフなのだから。

眠たげに彼女は言った。「エリック。まったくさっさと起きてコーヒーを淹れてよ。それとベッドから起き上がらせて。押すかしゃべるかして」そしてかれのほうを向いたけれど、そこにはだれもいなかった。即座に彼女は体を起こした。そしてベッドをおりて、震えながらはだしでクロゼットに歩くとローブを取った。

薄灰色のセーターを着ようとして、苦労しつつ頭から引っ張り下ろしているときに、男が立って自分を見ているのに気がついた。彼女が着替えている間、かれは戸口にじっと立ち、自分の存在を報せるような動きは一切しなかった。かれは彼女の着替えを見て楽しんでいたけれど、いまや身をそらして直立し、こう言った。「スイートセント夫人だね?」三十歳くらいだろうか、黒く粗っぽい口元で、目つきは彼女の厚生感に寄与しないものだった。さらにその服はくすんだ灰色の制服で、それを見て何者かはわかった。テラで活動しているリリスターの秘密警察官だ。実物にお目にかかったのは生まれて初めてだった。「そうです」と彼女はほとんど聞こえない声で言った。そして着替えを続け、ベッドにすわって靴を履いたが、男から目を離さなかった。「キャシー・スイートセントです。エリック・スイートセント医師の妻です。そしてあなたがさっさと――」

「旦那さんはシャイアンにいる」

彼女は立ち上がった。「そうなの？　あたしは朝ご飯を作らないと。通してちょうだい。それとここに入ってくる捜査令状を見せて」と手を差し出して待った。

リリスターの灰色の男は言った。「令状には、この共アパを捜索して違法ドラッグJJ-180を探せとある。フロヘダドリンだ。持っているなら出しなさい。すぐにサンタモニカの警察庁舎に行くから」。かれはメモ帳を見た。「昨晩、ティファナのアヴィラ街45番で、あなたはこのドラッグを経口で使ったね。いっしょにいたのは――」

「弁護士を呼んでいいかしら？」

「だめだ」

「あたしには法的権利がまったくないってこと？」

「戦時中だ」

彼女は怯えた。それでも、かなりの平静さでこう言った。「雇い主に映話して、出勤できないと告げてもいいかしら」

灰色の警官はうなずいた。そこで彼女は映話に向かい、サンフェルナンドのヴァージル・アッカーマンの自宅の番号をダイヤルした。すぐさまかれの鳥のような、しわだらけの顔があらわれ、フクロウのように目ざめて混乱している。「なんだキャシーか。時計はどこだ？」ヴァージルはあたりを見回した。

キャシーは言った。「アッカーマンさん、助けて。リリスターが——」そこで口を閉じた。灰色男が手の一閃で接続を切ったからだ。肩をすくめて彼女は受話器を置いた。

灰色男が言った。「スイートセント夫人、ロジャー・コーニング氏を紹介させていただく」。そしてかれが身振りをすると、廊下からアパートの中に、普通のビジネススーツを着たスターマンが入ってきた。腕の下にはブリーフケースを抱えている。「コーニングさん、こちらはキャシー・スイートセント。スイートセント医師の奥さんです」

「あなただれ？」とキャシー。

コーニングは楽しげに言った。「きみを無罪放免にしてあげられる人物だよ。みんなで居間にすわって相談しましょうか？」

台所に入って、彼女は半熟卵、トースト、ブラックコーヒーのつまみをまわした。「このアパにはJJ-180なんかないわよ。夜の間にあなたたちが仕込んだのでもない限り」。食べ物ができた。キャシーはそれを使い捨てトレーにのせてテーブルまで運び、すわった。コーヒーの香りが残りの恐怖と困惑を一掃した。再びやる気が出てきて、前ほど怖がらなくなった。

コーニングは言った。「アヴィラ街45番での晩については、永続連続写真があるんだ。ブルース・ヒンメルの後から階段を上って部屋に入る瞬間からね。最初の発言は『ブルース、今晩は。なんだかTF&D独占ナイトみたい——』」

「ちょっとちがうわ。ブルースちゃんと呼んだのよ。すごく破瓜《はか》症じみてバカだから」と彼女はコーヒーを飲んだ。使い捨てカップを持つ手は落ち着いている。「その連続写真は、あたしたちが飲んだカプセルの中身まで証明してくれるのかしら？　ゴーニングさん？」

「コーニングです」とかれは腹も立てずに訂正した。「いやキャサリン、連続写真では無理だ。でも他の参加者のうち二人の証言で証明できる。できることになる。軍事法廷の宣誓下で行われた証言なら。これはきみたちの文民法廷の管轄外なんだ。訴追の詳細はすべて私たち自身が扱うことになる」

「なぜなの？」彼女は問い詰めた。

「JJ-180は敵からしか手に入らないんだ。だからあなたたちの使用――これは軍事法廷前に証明できる――は敵との野合になる。戦時中なので軍事法廷は当然、死刑を求刑する」。そして灰色の制服の警官に向かってコーニングは言った。「プラウトさんの宣誓証言は持ってるか？」

「コプターにあります」と灰色男はドアのほうに向かった。

「クリス・プラウトにはどうも、人間以下のような印象があったと思ってはいたわ。こんどは他の人たちについても考えよう……昨晩の中で人間以下の性質を持っていたのはだれかしら？　ヘイスティングス？　ちがうな。サイモン・イルド？　ちがう。あの人は――」

「このすべてを回避できるんだ」とコーニング。

「でもあたしは回避するつもりなんかない。アッカーマンさんが映話であたしの話を聞いた。TF&Dは弁護士を派遣してくれる。アッカーマンさんはモリナーリ事務総長の友だちよ。たぶん――」

「夜前にきみを殺してしまえるんだよ。軍事法廷はこの朝に開けるから。すべて手配済みだ」

しばらくして――彼女は食べるのを止めていた――キャシーは言った。「どうして？　あたしがそんなに重要？　JJ-180には何が入ってるの？　あたし――」彼女はためらった。「昨晩飲んだドラッグはそんなに効かなかったのよ」。即座に彼女は、エリックがいてくれればと、心底思った。エリックがいればこんなことは起きなかったわ。こいつらも怖がっただろうから、と彼女は気がついた。

音もたてず彼女は泣きだした。皿の上に顔を伏せ、頬を涙がつたって滴り、消えた。顔を覆うことさえしなかった。手を額にあて、肘をついてもたれかかり、何も言わなかった。糞食らえ、と思った。

コーニングが言った。「きみの立場は、深刻だが絶望的ではない。この二つはちがうものだ。私たちで取引ができる……だからここにきたんだ。泣くのはやめてきちんとすわって聞きなさい、説明してみよう」とかれはブリーフケースのジッパーを開けた。

「わかった。あたしにマーム・ヘイスティングスをスパイさせたいんでしょう。あのときテレビで、リーグどもと単独で平和条約を調印するのを支持したから、狙ってるのね。まったく、あなたたちはこの惑星全体に潜入してるのね。だれ一人安全じゃない」とキャシーは立ち上がり、絶望にうめき、まだすすり泣きながらベッドルームにハンカチを取りに行った。

「私たちのためにヘイスティングスを監視してくれるのか？」彼女が戻ってくるとコーニングは言った。

「いいえ」と彼女は首を振った。死んだほうがましだわ、と思った。

「ヘイスティングスではない」とリリスターの制服警官は言った。

コーニングが言った。「求めているのはきみの夫だ。シャイアンまで追いかけて、決裂したところからやり直してほしい。寝食をともに、というのがテラの言い回しだったかね。それも手配がつく限り速やかに」

彼女は男を見つめた。「無理よ」

「どうして？」

「あたしたちは別れたから。捨てられたのよ」。他のすべてを知っているのに、なぜそれを知らないのか理解できなかった。

コーニングは、まるで永遠不変の退屈な叡智に基づくかのようなしゃべり方をした。

「結婚ではその種の決議は、常に一時的な誤解にすぎないことにしてしまえる。こちらの心理学者のところに連れて行こう——この惑星に優秀なのが数名駐在している——エリックとの溝を埋めるための技法について教えてもらいなさい。キャシー、心配するな。昨夜起こったことについては知っている。実はそのほうがこちらには有利だ。きみとだけ話をする機会ができた」

彼女は首を振った。「いいえ。あたしたちは絶対に元の鞘にはおさまれない。エリックとなんかいっしょにいたくないのよ。心理学者なんて、あなたたちのであっても、それは変えられない。エリックなんか大嫌いだし、あんたらがはまってる、このろくでもない話すべてが大嫌い。あんたらスターマンなんて大嫌いだし、テラのだれもがそう思ってるのよ——さっさとこの惑星を出てって。戦争なんかに足を突っ込まなければよかったんだわ」。無力に逆上して、キャシーは男をにらみつけた。

「キャシー、頭を冷やしなさい」コーニングは少しも取り乱さなかった。

「まったくヴァージルがこの場にいてくれたらよかった。あの人はあんたたなんか怖くない——かれはテラで数少ない——」

コーニングは、まったく無関心な口調で言った。「テラ上のだれ一人としてそんな立場にはない。そろそろ現実に直面してほしい。きみを殺さずリリスターに連れて行ってもいいんだぞ……それは考えてみたか、キャシー？」

「そんな」彼女は身震いした。リリスターなんかに連行しないで、と彼女は内心で祈りながら思った。少なくとも、知り合いたちといっしょにテラに残らせて。エリックの元に戻るから。ヨリを戻してくれるよう懇願するから。そして彼女は口に出した。「ねえ。あたしはエリックのことなんか心配してない。エリックにあなたたちが何をしようと、別に怖くはないわ」。あたし自身に何をするつもりかなのよ、と彼女は思った。

コーニングはうなずいた。「わかってるよ、キャシー。だからこれは、気の散る感情抜きで検討してくれれば、きみとしてもいい話のはずだよ。ちなみに……」とコーニングはブリーフケースに手を突っ込み、カプセルをひとつかみ取り出した。その一つを台所のテーブルに置くと、それが転がって床に落ちた。「悪気はないんだがね、キャシー、でも——」とかれは肩をすくめた。「これは中毒性なんだ。きみが昨晩アヴィラ街45番で遊んだような、一回の服用だけでも中毒する。そしてクリス・プラウトはもう追加を入手はできない」。台所の床に落ちたJJ-180カプセルを拾い上げて、コーニングはそれをキャシーのほうにつきだした。

彼女はそれを断りながら、かすかに言った。「まさか。一服だけで。これまで何十ものドラッグを試してきたけど、決して——」キャシーは男をにらみつけた。「このろくでなし。そんな話は信じないし、それにどのみち、本当だとしても、中毒を解けるわ——クリニックもいろいろあるんだから」

「JJ‐180についてはないな」カプセルをブリーフケースに戻しながら、コーニングは平然と付け加えた。「われわれなら、中毒から解放してあげられる。ここでは無理だがわれわれの星系にあるクリニックで……後でその手配をしてあげてもいい。あるいは薬の摂取を続けてもいい。薬は死ぬまでこちらが供給してあげよう。たぶんかなり短期間になるだろうがね」

「ヤクの習慣を断つためだろうと、リリスターなんかには行かない。リーグどものところに行く。やつらのドラッグなんだから——あんたたちが言ったように。発明したんなら、あなたたちより知識豊富なはずよ」キャシーはコーニングに背を向けて居間のクロゼットに向かい、上着を取り出した。「出勤よ。さよなら」と廊下に続くドアを開けた。どちらのスターマンも彼女を止めようとはしなかった。

するとと本当なんだわ。JJ‐180は本当にあいつらの言う通り中毒性なのね。あたしには何の希望もない。あいつらもそれを知っているし、あたしも知ってる。協力するか、ドラッグの起源となるリーグとの戦線まで行かなくてはならないし、それでもまだ中毒のままだ。それにリーグたちはたぶんあたしを殺すだろう。

「キャシー、名刺を渡しておこう」とコーニングは、小さな白い四角片を差し出しながら歩み寄ってきた。「あのドラッグが必要なら、どうしても、どんな代償を払っても入手したくなったら——」かれは名刺を彼女の上着の胸ポケットに入れた。「会いにきなさい。

待ってるよ。ちゃんと供給してあげよう」。そしてかれは、思いついたように付け加えた。「もちろんこれは中毒性に決まってるだろう、キャシー。だからこそきみに飲ませたんだ」。そしてにっこりした。

背後でドアを閉めつつ、キャシーはぼんやりとエレベーターに向かった。あまりに呆然として、いまや何も感じなかった。恐怖さえも。内部には漠然とした空疎さがあるだけ。希望が根絶されて残った真空、逃げる可能性を考える能力すら奪われた真空だ。

でもヴァージル・アッカーマンなら助けてくれる、と彼女はエレベーターに入ってボタンを押しながら心の中で言った。かれに相談しよう。あたしがずばり何をすればいいか教えてくれる。中毒してようとそうでなかろうと、スターマンたちなんかの手先にはならない。エリックのことで連中に協力したりはしない。

でも間もなく、自分が協力することになるのは自分でもわかっていた。

6

その午後はやく、TF&Dのオフィスにすわって一九三七年の人工物購入の手配をしていた。アンドリュース・シスターズの歌う、かなり摩耗の少ないデッカ・レコード版『素敵なあなた』だ。そのとき、キャシー・スイートセントは禁断症状の最初のものを感じた。手が異様なほど重くなったのだ。

きわめて慎重に彼女はデリケートなレコードを下に置いた。そして身の回りの物体に外形的な変化が生じてきた。アヴィラ街45番でJJ‐180が効いているときには、世界が無数の泡のような、空気めいた貫通可能で無害な存在でできているように感じた。それらの中を——少なくとも幻覚の中では——好き勝手に通り抜けられた。いまや自分のオフィスというおなじみの環境で、彼女は不吉な進行性の現実改変を経験した。通常のものが、どちらを向いても密度を増しているようなのだ。もはや動かしたり変えたり、その他彼女によるどんな影響もおよぼせないような存在になってしまっている。

そして別の観点からすると、彼女は同時に自分の体内で抑圧的な変化を経験していた。

どちらの観点からしても、自分自身の中の、自分の肉体的な力と、外界との比率が最悪の方向に変化した。文字通りの物理的な意味で、自分自身がますます弱い存在になっていくのが体験された――一瞬ごとに、自分にできることがどんどん減ってきたのだ。たとえば十インチのデッカ盤レコードだ。指で触れる距離にあったけれど、でも手を伸ばしたらどうだ？ レコードは彼女の手に負えないだろう。彼女の手は、不自然な重みに取り乱し、レコード内部に集積した密度で動きがたどたどしくなり、そのレコードを潰すか割ってしまうだろう。レコードに対して細やかで繊細な行動を行うなんて、もはや考えられなかった。洗練された動きなど、もはや自分に属する性質ではなくなっていた。不気味で沈み込むような荷重だけが存在していた。

賢明にも彼女は、これがＪＪ－180について何かを物語っていることに気がついた。それは視床刺激薬の分類に属していた。そしていまや、この禁断症状期に、彼女は視床の活動力剝奪に苦しんでいるのだ。こうした変化は、外部世界と自分の身体の両方で起こっているように感じられるけれど、実は脳の代謝のちょっとした変化なのだ。でも――

それがわかったところで役には立たなかった。というのも自分自身と自分の世界に起こっているこうした変化は心の問題ではなかったからだ。それは本物の体験で、通常の知覚経路で伝達され、意志に反して自分の意識に押しつけられているのだ。回避しようのない刺激だ。そして――世界の外形性変化は続いていた。果てしなく続いた。パニックに襲われて彼女は思った。これはどこまでいくんだろう？　どれほどひどくなるんだろうか？　どう考えてもこれ以上は大して悪くなりようがない……身の回りのごく小さな物体ですら、その貫通不可能性がいまや無限大に思えてきた。彼女は硬直したままますわって身動きできず、自分の大きな身体を、身の回りの押しつぶすように重い物体群と何ら新しい関係に向けて動かせなかった。そしてその物体群は、ますます自分に近づいて圧迫してくるようだった。

そして、オフィス内の物体がますます巨大化して自分に迫ってくる一方で、それらは別の水準では、離れて感じられた。意味ありげに、恐ろしい形で遠ざかる。その生気、その――いわば――活動する魂を失いつつあるんだ、と彼女は気がついた。自分の心理的投影力が衰えるにつれて、そうした物体に宿っていた霊《アニマ》が離れつつある。物体群は、これまで長らく継承してきた親密さの遺産というべきものを失っていた。だんだんそれらは冷たく、遠く――そして敵対的になった。身の回りの物体は、通常は人間の心から発する慰撫の力に対して物体本来の隔絶性を獲得し、それがそうした物体への彼女の結びつき性減少で残された空虚の中へと流れこんできた。それらはむき出しで唐突な存在となり、ぎざぎざの縁が切りつけ、切開し、致命的な傷を負わせられるようになっている。もはやぴくりとも身動きできない。死が潜在的に、あらゆる物体に内在していた。デスクの上にある手製の真鍮灰皿も異様になり、その対称性欠如の中でそれは射影平面を獲得した。それは突き出す表面で、トゲのようになっており、近づくほど愚かなら自分を切り裂きかねないものだった。

机の上の視覚電話箱が鳴った。ヴァージル・アッカーマンの秘書ルシール・シャープだ。

「スイートセントさん、アッカーマンさんがオフィスにおいでくださいとのことです。今日お買いになった『素敵なあなた』のレコードもお持ちになったほうがよいかと。興味があるとおっしゃっていたので」

「わかりました」とキャシーは言ったが、その努力だけで押しつぶされそうだった。呼吸が止まり、胸郭が動かず、基本的な生理プロセスがその圧力の下で鈍り、だんだん死にゆく。するとそこで、どういうわけか、一息できた。肺を満たして騒々しく音をたてつつ吐き出した。とりあえずは逃れられた。でもすべて悪化している。次はなんだろう？　彼女は足をふんばって立ち上がった。JJ-180に中毒するってこんな気持ちなのね。彼女はなんとかデッカ盤レコードを手にとった。その暗い縁は、オフィスを横切ってドアに向かって運ぶ間も、手に切りつけるナイフの刃のようだった。自分に対するその敵意、自分に対して破壊を行おうという、生命もないのに熾烈な欲望は、圧倒的になった。彼女は円盤の触感に身をすくめた。

そしてそれを落とした。

レコードは分厚いじゅうたんの上で、割れてはいないようだ。でももう一度拾い上げるにはどうすればいい？　それを取り巻く首筋、背景からどうやって引きはがせばいいものか？　というのもレコードはもはや別の物体には思えなかったからだ。融合していた。じゅうたんと、床と、壁と、そしていまやオフィス内のあらゆるものと、それはいまや単一の不可分で不可変な表面を見せ、一切の切れ目がない。この立方体じみた空間性の中にはだれも出入りできない。あらゆる場所がすでに満たされ、完全だ——あらゆるものがすでに存在するので、何一つ変化できない。

どうしよう、と思いつつキャシーは、足下のレコードを見下ろしたまま突っ立っていた。自分を解放できない。このままここから動けずに、みんなこんな状態のあたしを発見して、何かがひどくおかしいのを悟るわ。これ、カタレプシーよ！

そのまま突っ立っているとき、オフィスのドアが開いて、ジョナス・アッカーマンが勢いよく、すべすべの若い顔に快活な表情を浮かべて入ってくると、彼女に歩み寄り、レコードを見て、何のためらいもなくかがみこむと、それをそっと持ち上げ、彼女の伸ばした手に置いた。

キャシーは、のどの詰まったような声でゆっくり言った。「ジョナス、あたし——医者がいるわ。気分が悪いの」

「どう悪いんです？」ジョナスは心配そうにキャシーを見つめた。その顔はよじれあがり、ヘビの巣のようにうごめいていた。ジョナスの感情に彼女は圧倒された。それは気分の悪くなるような悪臭を放つ力だった。「まいったな、よりによって今日か——エリックは今日はいなくてシャイアンに行ってるし、その後任はまだきてない。でもティファァナ政府クリニックまで運転していってあげましょうか。症状は？」とジョナスはキャシーの腕をつかみ、その肉をつまんだ。「エリックがいなくなったんで、落ち込んでるだけでしょう」

キャシーは何とか口にした。「上の階のヴァージルのところに連れてって」

「おやまあ、確かにかなりつらそうですね。ええ、喜んで上の階の爺さんのところに連れて行きますよ。何とかしてくれるかもしれない」とジョナスはオフィスの出口へと導いた。

「レコードはぼくが運んだほうがいいかな。いまにもまた落としそうだし」

ヴァージル・アッカーマンのオフィスまでは二分もかからなかったはずなのに、キャシーにはその苦悶にすさまじい時間がかかったように感じられた。やっとヴァージルの顔が目に入ったときには、もう疲れ切っていた。あえいで息をつき、何もしゃべれない。とにかく負担が大きすぎた。

不思議そうに彼女を眺め、それからハッとした様子で、ヴァージルはその細い刺すような声で言った。「キャシー、今日はもう帰りたまえ。女性誌をたくさん持って、ドリンクを用意してベッドに入り——」

「ほっといてちょうだい」という自分の声が聞こえた。「どうしよう」と言って、それから絶望のあまりこう言った。「ほうっておかないでください、アッカーマンさん、お願いです！」

ヴァージルは彼女を観察し続けた。「おいおい、どっちにするんじゃ？　エリックがここを離れてシャイアンに行くのが、あんたには――」

「いいえ、大丈夫です」症状が少し軽くなった。ヴァージルから強さを少しもらったような気がした。たぶん、ヴァージルが強すぎるからだろう。「ワシン35用のいいアイテムがあります」と彼女はジョナスのほうを向いてレコードを示した。「当時最も人気のあった曲の一つです。これと『ザ・ミュージック・ゴーズ・ラウンド・アンド・ラウンド』ですね」。レコードを手に取って、キャシーはそれをヴァージルのために、大きなデスクに載せた。あたしは死なないぞ、と彼女は思った。これを切り抜けて健康を回復するんだ。

「他にも、あたりのついたものがあるんですよ、アッカーマンさん」と彼女はデスク横の椅子にすわった。少しでもエネルギーを節約したかったのだ。「当時、アレクサンダー・ウールコットが自分のホスト番組『町の触れ役』に出ているのを、だれかが私的に録音したんです。だからこんどワシン35に行ったときは、ウールコットの本当の声が聞けるんです。いまのようなイミテーションではなくて」

「『町の触れ役』か！」とヴァージルは子供っぽい歓声をあげた。「お気に入りの番組だ！」

「たぶん手に入れられると思いますよ。もちろん実際に支払いをするまではまだ落とし穴があるかもしれません。最終的な交渉でボストンまで飛ぶ必要があります。録音はあるんですが、持ち主がいささか狡猾なオールドミスで、エディス・B・スクラッグスというんです。パッカードベル社のフォノコードで作った録音だ、とやりとりの中で彼女は言っています」

ヴァージル・アッカーマンは言った。「キャシー、本当にアレクサンダー・ウールコットの声の本物の録音を手に入れられたら——あんたの給料を上げるぞ、だから是非とも。スイートセント夫人、愛しい子や、こういうことしてくれるから、あんたを愛しとるぞ。ウールコットのラジオ番組を放送していたのは、WMALだったか、それともWJSVだったかな？　調べといてくれんかな？　『ワシントンポスト』の一九三五年版を調べとくれ——ちなみにそれで思い出した。サルガッソー海の記事が載った、あの『アメリカンウィークリー』誌じゃがな。たぶんやっと、ワシン35からは外すことにしていいだろう。わしが少年だった頃、両親はハーストの新聞は取らなかったからじゃ。わしがそれを見たのは後に——」

「ちょっと待ってください、アッカーマンさん」とキャシーは手を挙げた。

ヴァージルは、待ち受けるように首を傾げた。「なんだね、キャシー」

「あたしがエリックの後を追ってシャイアンに行くのはどうでしょう？」

「でも——」とヴァージルは身振りとともに悲痛な声をあげた。「わしはあんたが必要なんじゃ！」

「しばらくだけです」。それで十分かもしれない、と思ったのだ。それ以上は要求されないかもしれない。「だってエリックは手放したじゃないですか。エリックはあなたの命を支えてたんですよ。エリックのほうがあなたにとって、ずっと重要だったはずです」

「じゃがモリナーリがエリックを必要としとる。そしてモリナーリにはあんたは要らん。ベビーランドも作っとらんし。あいつは過去にはちっとも興味がない――未来についてばかり、ふかしよる。思春期の若者みたいに」ヴァージルは打ちひしがれた様子だった。

「あんたは手放せない。エリックだけでもかなりつらかったが、そのときの取り決めは、わしが困ったことになったらすぐに呼び戻せるってことだった。手放さざるを得なかったんじゃよ。それが愛国的な行動だった。戦時中でもあるし――わしとしては嫌じゃった。実はエリックがいなくて死ぬほどびくついとる。でもあんたはダメだ」。その口調が哀れっぽくなった。「いや、それはあんまりだ。エリックはワシン35にいたとき、あんたは絶対にいっしょに行きたがらないと確約してくれたんじゃ」。そしてかれは、暗黙の訴えるような視線をジョナスに向けた。「この人を引き留めてくれ、ジョナス」

あごを考え深げにこすりながら、ジョナスは言った。「あなた、エリックを愛してないでしょう、キャシー。あなたとかれと両方と話をしましたよ。どっちも家庭内問題を愚痴る。お二人ともこれ以上はあり得ないくらい疎遠で、犯罪に走る寸前だ……理解できませんよ」

「エリックがいたときは、あたしもそう思ってました。でもそれは自分をごまかしていたんだわ。いまはもう本心がわかったし、エリックも絶対同じ気持ちよ」

ジョナスは詰問するように言った。「本当かなあ？　映話してよ」とヴァージルの机の映話機を指した。「当人が何というか。正直言って、ぼくはお二人が距離をおいたほうがいいと思うし、絶対エリックもそう思ってるはずだ」

キャシーは言った。「失礼させてもらっていいかしら？　下の自分のオフィスに戻りたいので」腹具合がおかしく、痛々しいほど怯えていた。損傷したヤク中の身体が救いを求め、そしてその苦悶の中で自分の行動を導こうとしている。エリックを追ってシャイアンに行けと無理強いしているのだ。アッカーマン一家が何を言おうと。もう止まらなかったし、その混乱の最中のいまですら将来が見通せた。ドラッグJJ-180からは逃れられない――スターマンたちの言う通りだ。連中のところに戻り、コーニングがくれた名刺を活用するしかない。ちくしょう、ヴァージルに話せたら。だれかには話さないと。

そこで考えた。エリックに言おう。医者だもの、助けてくれる。シャイアンに行くのはそのためなのよ、連中のためじゃないわ。

「一つだけお願いがあるんだ」とジョナス・アッカーマンが話しかけていた。「まったく頼むからキャシー、聞いてくださいよ」とかれは、またも彼女の腕をつかんだ。

苛立たしそうにキャシーは言った。「聞いてるわよ。だから離して」と腕をふりほどき、怒りを感じつつジョナスから後退した。「こんな扱いしないでよ。ふざけないで」とにらみつける。

慎重に、意図的な落ち着いた声でジョナスは言った。「旦那さんの後を追ってシャイアンに行かせてあげるけれど、でも出発前に二十四時間待つと約束してくれないとダメだ」

「どうして？」理解できなかった。

「別離のショックの初期段階がおさまるための時間だよ。二十四時間たったら、もうちょっと頭がはっきりして気が変わるのを願っているんだ。そしてその間――」とかれはヴァージルに目をやった。老人も同意してうなずいた。「ぼくがいっしょについていよう。一日中、必要なら夜もずっと」

唖然として彼女は言った。「あり得ない。絶対にそんなの――」

ジョナスは静かに言った。「きみがどこかおかしくなってるのはわかる。一見して明らかだ。一人きりにはさせられない。何も起こらないよう確認するのがぼくの責務だ」。そして低い声で付け加えた。「きみはわれわれにとって、取り返しのつかないことをするには価値が高すぎるんだ」。そしてこんどはがっしりと彼女の腕をつかまえた。「さあ行こう。下のきみのオフィスに行こう――仕事に没頭したほうがいい。ぼくはじっとすわって、邪魔しないから。仕事が終わったら今夜は、ロスまで飛んで、夕食にスピングラーズに連れて行くよ。シーフードが好きなのは知ってるから」。そして彼女をオフィスのドアに連れて行った。

彼女は思った。逃げ出してやるわ。あなた、それほど賢くないのよ、ジョナス。今日のうちに、今晩かもしれないけど、あなたを振り切ってシャイアンに行ってやる。そして彼女は吐き気と、さっきの恐怖の復活とともに考えた。それともむしろ、ティファナの夜の町という迷路の中で、あんたを振り切り、放り出して、逃れ去ってやろうか。そこではいろんなことが起こるのよ。ひどいこともあるし、すばらしくて美しいこともある。ティファナはあんたの手には負えない。あたしの手にだってほとんど負えないくらいだもの。そしてあたしは結構そこを知ってるのよ。夜のティファナで、実に多くの時間、多くの生涯を過ごしてきたんだから。

そしてそれがどんな結果になったことか、と彼女は苦々しく思った。人生で純粋で謎めいたものを見つけたかったのに、結局あたしたちを憎み、人類を支配する連中と絡むはめになってしまった。それがあたしたちの同盟相手。むしろあいつらと闘うべきなのに。いまではっきりわかる。シャイアンでモリナーリと二人きりで話ができたら——できるかも——それを言ってやろう。同盟相手をまちがえてるし、戦う相手をまちがえてるって。

彼女は、緊急事態だと言うようにヴァージルのほうを向いた。「アッカーマンさん、シャイアンに出かけて事務総長に告げなくてはならないことがあるんです。あたしたちみんなに関係したことです。戦争と関連したことなんです」

ヴァージル・アッカーマンは淡々と言った。「わしに話したまえ、伝えるから。そのほうが見込みが高い。絶対にあいつには面会できんよ……あいつの子供だとかいとこだとかでもない限り」

「まさにそれなんです。あたし、あの人の子供なんです」。彼女にしてみれば、まったく筋の通った話だった。テラにいる万人は国連事務総長の子供だ。そして父親が安全へと導いてくれるのを期待していた。でもなぜか、かれは失敗したのだ。

彼女は無抵抗にジョナス・アッカーマンに従った。「あなたが何をしてるかお見通しよ。このチャンスに、エリックもいないしあたしもひどい状態だから、あたしを性的に収奪しようとしてるんだ」

ジョナスは笑った。「まあ、それはどうだか」その笑いに、罪悪感は感じられなかった。隙のない自信をうかがわせた。

「そうね」と彼女は、スター警官コーニングを思い出しつつ同意した。「あたしとヤれるかどうか、いずれわかるわ。個人的には、あまり見込みないとは思うけど」。かれの大きな決然とした手を肩からどけようとはしなかった。その手がすぐに戻ってくるだけだからだ。

ジョナスは言った。「やれやれ。あなたを知らなければ、これまでの振る舞いから、J

J‐180と呼ばれる物質を摂取したんじゃないかと思うところだよ」。そして付け加えた。

「でもまさかね。入手しようがないんだから」

かれを見つめてキャシーは言った。「いま何て——」でも先が続かなかった。

「うちの子会社が開発したドラッグ」

「リーグどもが開発したんじゃないの？」

「フロヘダドリンまたはJJ‐180は、ヘイゼルティン社というTF&D社が筆頭株主の企業が、デトロイトで去年開発したんだ。戦争での大きな武器だ——というか、それが量産されるようになったら武器になる。今年のうちにね」

「中毒性が高いから？」キャシーはぼんやり尋ねた。

「まさか。中毒性のドラッグなんてたくさんある。阿片誘導体を筆頭にね。このドラッグが使用者に引き起こす幻覚の性質のせいだよ。これはLSDみたいに幻覚性なんだ」

「その幻覚について教えて」

「無理だ。それは極秘の軍事情報だから」

鋭い笑い声をあげて、彼女は言った。「あらまあ——するとそれを知るには自分で飲むしかないのか」

「飲みようがない。市販されていないし、生産が始まっても、どんな状況であれそれを自国民に使わせることなんて容認することは考えられない——だって有毒なんだから！」とジョナスはにらんだ。「このクスリを飲むなんて口にも出さないでほしい。投与された実験動物は一匹残らず死んだ。ぼくがこの話をしたのも忘れてくれ。エリックがすでにこの話をしただろうと思ったんだ——ぼくも持ち出すべきじゃなかった。でもきみの行動が変だったから。それでJJ‐180のことを考えてしまった。だってだれかがどうにかして、それを国内市場で入手するんじゃないか、テラ市民のだれかが。そう思うと怖いんだ——みんな怖がってる」

「そうならないことを祈りましょう」キャシーは笑い出したい気分だった。それでも、話すべてがイカレていた。スターマンたちはあのドラッグをテラで入手したのに、リーグたちから手に入れたふりをしたんだ。かわいそうなテラ。このドラッグについてすら手柄を横取りされるなんて。こんな心を破壊する、有毒で破壊的な化学物質についてすら——ジョナスが言うように、有力な戦争兵器についてすら。そしてそれを使っているのは？　同盟相手よ。そしてだれに使っているのか？　あたしたちに。完璧な皮肉だわ。自業自得。それに真っ先に中毒するのがテラ人だってのは、まちがいなく宇宙的な正義ね。

ジョナスは顔をしかめて言った。「JJ‐180が敵の開発したものじゃないかと尋ねたね。するときみは、この話を聞いたことがあるわけだ。だからエリックは本当にこの話したんだね。かまわない。機密なのは、その効力だけで、存在自体は機密じゃないから。リーグたちは、われわれがドラッグ兵器の実験を二十世紀以来ずっと何十年もやってきたことは知ってる。テラの特産物の一つだね」と笑った。

「すると最終的には勝てるかも。ジーノ・モリナーリもそれで元気が出るわね。いくつか奇跡の兵器に支えられて、いまの地位を続けられるかもしれない。モリナーリはこの兵器をあてにしてるの？　存在を知ってるの？」

「知ってるに決まってる。ヘイゼルティン社は開発のすべての段階で報告を入れてる。でも頼むから外でこの話を――」

「あなたに面倒はかけないから」。あなたをＪＪ-180中毒にしてあげましょう、とキャシーは思った。それがあんたにはお似合いよ。開発に携わったみんな、それについて知ってる連中みんな。今後二十四時間にわたり昼も夜もあたしといっしょにいなさい。食事もいっしょで、いっしょに寝て、それが終わる頃にはあんたもあたしと同様に死を待つばかりとなる。そしてふと思いついた。エリックにこのクスリを飲ませてやる。だれよりもエリックよ。

シャイアンに持っていこう、とキャシーは決めた。そこのみんな感染させてやる。モリナーリもその仲間も。当然の報いよ。

みんな中毒治療方法を発見せざるを得なくなるわ。あたしのだけでなく、自分自身の命がかかってるから。そしてあたしだけの命なら、治療法を探すだけの価値はない。エリックですらやらなかっただろうし、コーニングとその一味だってまちがいなく気になんかしてない――結局のところ本音では、だれもあたしのことなんか気にしてない。あたしをシャイアンに送るとき、コーニングとその上層部はまるでこんなつもりじゃなかったはず。おあいにく様。あたしはこれをやるわ。

ジョナスは説明していた。「それを連中の水源に入れるんだ。リーグども――やつらは巨大な中央水源を持ってるんだ、かつての火星みたいに。そこにJJ‐180を投入し、それが連中の惑星全体にまわる。確かに、こっちとしてかなり追い詰められてるような感じではある。なんというか――ほら、力業とでもいうのか。でも実際には、とても合理的で理性的な手段なんだ」

「あたしは別に批判なんかしてない。それどころか、見事なアイデアに聞こえるけど」

エレベーターがやってきた。二人はそれに入って降下した。

「テラの一般市民は本当に何も知らないのね。楽しげに日常生活を送って……政府が一発で人を――あなたならどう表現する？　ロボ使い以下の存在にしてしまうドラッグを開発したなんて、思いつきもしない。ロボ使い以下ではないにしても、人間以下なのはまちがいないわ。進化の階層でどこに位置づけたらいいかしら」

「JJ‐180一発で中毒だなんて話してない。それはエリックが話したんだな」

キャシーは決めた。「ジュラ紀のトカゲどもと同じ階層ね。小さな脳とでっかい尻尾をもった爬虫類。ほとんど何の精神性もない生き物。生きることの外形だけ実行し、動きだけは見せても実際には意識もない生物よ。ちがう？」

「まあドラッグをくらうのはリーグどもだから。リーグどもに涙を無駄遣いする気はないので」

「あたしなら、ＪＪ－180に中毒させられたどんなものにでも涙を無駄遣いするわ。大嫌いよ。できれば――」そこでキャシーは口を止めた。「ああ気にしないで。エリックが去ったので気が動転してるんだわ。大丈夫だから」。そして内心では、コーニングを探しに行く機会がいつあるかを思案していた。ドラッグのカプセルをもっと手に入れるんだ。いまや自分が中毒患者になったのは明らかだった。そろそろそれを認めるしかなかった。

感じたのはあきらめだけだった。


正午に、シャイアンの上級政府当局の面食らうような仕組みを通じて提供された、きれいで現代的ながら、とんでもなく小さな共アパで、エリック・スイートセント医師は新しい患者のカルテを読み終えた――その大量の文書のどこでも単に「ブラウン氏」としか書かれていない人物だ。ファイルを侵入不能のプラスチック箱に戻して鍵をかけつつ、エリックは考えた。ブラウン氏は病人ではあるけれど、その病気はとにかく診断不能なのだ。少なくとも標準的な形では。というのも――そしてこれは奇妙ながらティーガーデンが予告してくれなかったことだけれど――患者は長年にわたり、主要な内臓疾患の症状を示していたのだ。これは心身相関症状とは関連づけられない症状だ。一度は、肝臓に悪性腫瘍があって、それが転移した——それなのにブラウン氏は死ななかった。そして腫瘍も消えた。いずれにしても、いまはそこにはなかった。過去二年にわたる検査でそれは証明された。検査のための手術がとうとう実施されたが、ブラウン氏の肝臓は、かれの歳の男性で予想されるような衰退すらみせていなかった。

十九歳か二十歳の若者の肝臓だった。

そしてこの奇妙さは、厳密に検査した他の器官でも観察された。でもブラウン氏は全体的な活力の点では衰退しつつあった。明らかに衰退途上にある——実際の年齢よりもはるかに年老いて見えたし、取り巻くオーラは病人のものだった。まるでかれの身体は、純粋に生理的な水準では若返っているのに、その本質、その全体の心理生物学的ゲシュタルトは自然に加齢したかのようだ——それどころか明らかに破綻しているかのようなのだ。

かれを臓器的には維持している生理的な力が何であるにせよ、ブラウン氏はそこから何ら便益を得てはいなかった。ただしもちろん、肝臓の悪性腫瘍や、それ以前に脾臓で検出された腫瘍や、二十代のあいだには検出されなかった、前立腺のまちがいなく致死性のガンで死なずにいるという便益はある。

ブラウン氏は生きていた——でもギリギリ何とか生きながらえているというだけだ。かれの身体のあらゆる部分は過労で、衰えつつあった。たとえば循環系を見てみよう。血圧は二二〇――経口で血圧降下剤を飲んでいるにもかかわらずこの数字だ。すでに視覚がはっきりと影響を受けていた。それでも、ブラウンはまちがいなくこれを、過去のあらゆる病気の場合と同じやりかたで切り抜けるだろう。ある日、それがあっさり消えてしまうのだ。言われた食餌療法を続けようとはせず、レセルピンでも何の効果もなかったのに。

とにかく事実として、ブラウン氏はどこかの時点で、既知のあらゆる深刻な病気ほぼすべてにかかってきたということだ。肺の梗塞症もあれば肝炎もある。病気の歩く一大シンポジウムのような存在で、決して元気にならず、決してきちんと機能しない。どの時点をとっても、体内のどこか重要な部分が病気だった。そしてそれが――

どういう形でか、かれは自分で自分を治療してしまっていた。それも人臓に頼らず。ブラウンが何か民間療法的なホメオパシー医薬だの、馬鹿げたハーブ療法だのをやっていて、それをかかりつけの医師たちに決して明かしていないかのようだった。今後も明かしたりはしないだろう。

ブラウンは病気になりたがっているのだ。かれの心気症は本物だ。その症状は単なるヒステリー性のものじゃない――本当の病気にかかっていて、通常はそれで患者は末期症状になる。これがヒステリー性の、各種の純粋に心理的な症状でしかないとしても、それはエリックがこれまでお目にかかったようなものではなかった。それでも、それにもかかわらず、エリックはこうした病気すべてには理由があるのだと直感していた。それはブラウン氏の心理の複雑性、明かされぬ深みから生み出されているのだ。

生涯三度も、ブラウン氏は自分をガンにしていた。でもどうやって？　そして――なぜ？

死の願望からくるのかもしれない。そして毎回、ブラウン氏は寸前で踏みとどまり、自分を引き戻す。かれは病気になりたがっている――でも死にたがってはいない。すると自殺願望はあてはまらない。

これはどうしても知っておくべきだった。もしこれが事実なら、ブラウン氏は生き延びるために戦うだろう――エリックを雇ってもたらそうとしているまさにそれと、戦おうとするだろう。

だからブラウン氏はとんでもなくむずかしい患者となる。控えめに言っても。そしてこのすべては――まちがいなく――無意識の水準で機能している。ブラウン氏はまちがいなく、自分の二つの対立する衝動に気がついていない。

共アパの入り口の呼び鈴が鳴った。ドアを開けた――すると、こざっぱりしたスーツ姿の、いかにも役人然とした人物が目の前にいた。身分証を提示してその男は名乗った。

「シークレットサービスです、スイートセント先生。モリナーリ事務総長がお呼びです。かなり苦しんでおられるので急がないと」

「もちろんです」エリックはクロゼットに駆け寄って上着を取った。一瞬後、シークレットサービスの男と一緒に駐車した車へと向かっていた。「腹痛がさらに生じたんですか?」

「こんどは痛みが左側に移ったようなんです。心臓のあたりに」とシークレットサービスの男は、車両を操縦して交通の流れに乗りながら言った。

「大きな手で押し潰されているみたいだとかは言ってませんでしたか?」

「いいえ、横たわってうめいていただけです。そしてあなたを呼べと」。シークレットサービスの男は、それをかなり平然と捉えているようだった。明らかにかれにとって、これはいつものおなじみの出来事なのだ。事務総長は結局のところ、いつでも病気なのだから。

間もなく二人は国連ホワイトハウスに到着し、エリックは入り口通路経由で下降していった。人臓さえインストールできたらなあ、とかれは考えた。そうすればこれがすべて終わるのに——

でもいまやファイルを読んだので、モリナーリが人臓移植を信条として拒絶した理由がわかった。もし移植を受け入れたら治ってしまう。自分の存在の曖昧さ——病気と健康の間をうろうろ——がなくなってしまう。二つの対立する衝動は、健康のほうを選ぶという形で解消されてしまう。それにより繊細な心理的ダイナミズムも乱れ、モリナーリは自分の中で主導権をめぐって争う二つの勢力のうち、片方に配送されてしまう。そしてこれはかれにとって、受け入れがたいことだったのだ。

「こちらです、先生」とシークレットサービスの男は廊下を先導し、制服警官数名の立つドアへと向かった。警官たちが脇にどいて、エリックは部屋に入った。

部屋の真ん中の、広大なしわくちゃのベッドにジーノ・モリナーリが、仰向けに横たわって天井に固定されたテレビを見ている。そして顔をこちらに向けて言った。「私は死にかけてるよ、先生。この痛みがいまや心臓からきているようなんだ。たぶんずっと心臓の問題だったんだろう」。その顔は、ふくれて赤らみ、汗で光っている。

エリックはいった。「EKGで調べてみましょう」

「いや、それは十分ほど前にやった。何も出てこなかった。私の病気はきみたちの機器が検出できないほど小さすぎるんだ。だからといって、そこにないってことじゃない。すごい心臓病でEKGにかかっても何も出なかった人もいると聞いたぞ。それは事実なんだろう？　なあ先生、私はきみの知らないことを一つ知っている。きみは私がどうしてこんな痛みが出るのかと不思議に思っている。われらが同盟相手――この戦争でのパートナーだ。かれらの持っているマスタープランは、ティファナ毛皮&染料社の接収も含まれている。その文書を見せてもらったよ――そのくらい自信があるんだ。すでにきみたちの会社にエージェントを送りこんでる。でも私がこの疾病で急死した場合のために話しておく。私はいつ死んでもおかしくないんだ。先生ならそれはご存じだろう」

「ヴァージル・アッカーマンにその話はしたんですか？」とエリック。

「話そうとはしたんだが——やれやれ、爺さんにどうやってこんな話をしたらいいものかね。かれは全面戦争でどんなことが起こるか理解できていない。こんなのは些末なことなんだ、テラの主要産業接収なんて。これはおそらく発端でしかない」

「私としてはそれを知った以上、ヴァージルに言うべきだと感じています」

「そうかい、じゃあ言ったらどうだい」モリナーリは嫌な口調で言った。「きみならやり方を思いつくかもしれん。私もワシン35にいたときに話そうとはしたんだが——」かれは苦痛にのたうちまわった。「なんとかしてくれ、先生。この痛みは死にそうだ!」

エリックはモルプロケインの静脈注射を行い、国連事務総長はそれでおとなしくなった。

モリナーリは穏やかでリラックスした声でつぶやいた。「きみにはとにかくわからないだろう。このスターマンども相手に私がどんなやりあいをさせられてるのかがね。私だってできるだけ連中を遠ざけておこうとはしたんだ」そして付け加えた。「もう痛みが感じられない。やってくれたことが効いたらしい」

エリックは尋ねた。「TF&D接収はいつ始まるんです? 近々ですか?」

「数日後か。数週間か。伸縮的なスケジュールだ。TF&Dは連中が興味を持っているドラッグを作ってるんだ……きみはおそらく知らないだろう。私もだ。実は、私は何も知らないんだよ、先生。それが私の状況についての秘密すべてだ。だれも何一つ教えてくれない。きみだってそうだ。たとえば私のどこがおかしいのか——きみもたぶん絶対に教えてくれないだろう」

見張りのシークレットサービスの一人にエリックは言った。「映話ブースはどこにありますか？」

モリナーリはベッドから半ば身を起こした。「行かないでくれ。痛みはすぐに戻ってくる。それがわかる。頼みたいんだが、メアリー・ライネケを連れてきてくれ。気分がよくなったので彼女と話をしなくては。なあ先生、私は彼女には伝えてないんだ、私がどれほどの病気かを。そしてきみも話さないでくれ。彼女は私について理想化されたイメージを抱き続けてくれなくては。女ってのはそういうもんだ。男を愛するには、見上げて崇拝し、称賛しないといけないんだ。わかるだろう？」

「でもベッドに横たわるあなたを見れば、彼女だって――」

「ああ、私が病気なのは知っている。ただ致死性だとは知らないだけだ。わかるか？」

「彼女には、これが致死性だとは教えないと約束します」

「致死性なのか？」モリナーリの目は衝撃で見開かれた。

「私の知る限りちがいます」とエリックは言って、慎重に付け加えた。「いずれにしても、ファイルを拝見したら、普通なら致死性の病気をいくつか切り抜けたとか。たとえばガン――」

「その話はしたくない。自分がガンに何度もかかっていると言われると気が滅入る」

「思うにむしろ――」

「自分が回復したことで気分がよくなるはずだって？　いや、だって次は回復しないかもしれないじゃないか。いいだろ。つまり、遅かれ早かれそれにやられることになるし、それもこの仕事が終わる前だ。そしてそうなったらテラはどうなる？　考えてみたまえ。状況を理解したうえで推測してごらん」

「ライネケさんを呼んできてあげます」とエリックは部屋のドアに向かった。シークレットサービスの男が一人、持ち場を離れて映話機のところまで案内してくれた。

外の廊下でシークレットサービスの男は低い声で言った。「先生、三階で病気が発生していて、ホワイトハウスの調理人の一人が一時間ほど前に意識を失いました。ティーガーデン先生がついていて、共談にきてほしいと」

エリックは言った。「もちろんです。映話をかけるまえに、寄るようにします」そしてシークレットサービスの男に続いてエレベーターに入った。

ホワイトハウスの医局で、ティーガーデン医師が見つかった。いきなり言われた。「あなたが人臓医師だから力を借りたい。これは明らかに狭心症で、すぐに臓植がいる。たぶん少なくとも一つくらいは心臓を持ってきたんでしょう？」

エリックはつぶやいた。「ええ。この患者は心臓疾患の既往歴があったんでしょうか？」

「二週間前まではありませんでしたよ。そのとき、軽い発作があったんです。もちろんドルミニルを一日二回処方しました。すると回復したようだった。でもいまや――」

「この人物の狭心症と事務総長の痛みとの間の関係は？」

「『関係』？　関係があるんですか？」

「不思議じゃありませんか？　どちらもほぼ同時に激しい腹部の痛みを発症していて――」

ティーガーデンはエリックをベッドに導いてきた。「でもこちらのマクニールの場合、診断はまちがいないものだ。でもモリナーリ事務総長だと、狭心症といった診断はまったくできない。症状がない。だから私には関係が見えないんだが」そして付け加えた。「どのみちここは、かなり厳しい場所なんだ。みんなしょっちゅう病気になる」

「それでもやはり――」

ティーガーデンは言った。「それでも問題は、純粋に技術的なものだ。新鮮な心臓を移植するだけでこれは完了だ」

「上で同じことができずに残念」エリックは、患者マクニールが横たわる寝台にかがみこんだ。するとこれが、モリナーリが自分にあると想像した症状を持っている人物か。どっちが先に起きたんだろう？　マクニールか、ジーノ・モリナーリか？　どっちが原因でどっちが結果なのか――そうした関係があるとすればの話だし、これはよく言っても、かなり貧弱な想定ではある。ティーガーデンの指摘した通りだ。

でも、たとえばジーノが前立腺ガンになったとき、身近のだれかが同じ病気だったかを調べるとおもしろいだろう……その他のガンや梗塞症、肝炎、その他もろもろについても。ホワイトハウス職員の病歴をチェックしてみるといいかもしれない、とエリックは憶測した。

「臓植で手伝いはいる？　そうでなければ私は事務総長のところに行く。手伝えるホワイトハウスの看護師もいる。一分ほど前にはここにいたんだが」とティーガーデン。

「必要ない。ほしいものがある。手近な人々が現在、身体面でどんな不調を訴えているか一覧がほしいんだ。毎日モリナーリと物理的な接触のある全員、職員も、公式の常客だろうと――役職はどうでもいい。わかるだろうか？」

「職員ならわかる。でも訪問者はわからん。かれらについて、私たちは医療ファイルを持っていないから。当然だけどね」とティーガーデンはエリックを見つめた。

エリックは言った。「新しい心臓をこのマクニールに移植したとたん、事務総長の痛みも消えるとにらんでるんだ。そして後の記録を見れば、まさにこの日、事務総長は狭心症から回復したと示されるはずだ」

ティーガーデンの表情がさまざまに混じり、曖昧になった。そして肩をすくめた。「まあ、手術に加えて形而上学とはね。あなたはずいぶん変な組み合わせの人だなあ、先生」

「モリナーリは共感力が強すぎて、身の回りのあらゆる人物が苦しむあらゆる疾病を生じてしまうんじゃないかと思うんです。それもヒステリー的なものにとどまらず、本当にまちがいなくそれを体験する。自分もその病気にかかる」

ティーガーデンは言った。「そんな共感能力は、それをあえて能力と呼ぶほど尊重するにしても、そんなものの存在は確認されていないよ」

「でもファイルは見ているでしょう」とエリックは静かに指摘した。そして道具ケースを開き、人工心臓の移植に必要なロボ使いと、自動誘導ツールの組み立てを始めた。

7

手術の後で——実働三十分ほどではあった——エリック・スイートセントは、二人のシークレットサービスの付き添いで、メアリー・ライネケのアパートに向かった。

「バカな女ですよ」と左側の男が見下すように言った。

もう一人のシークレットサービスは、もっと高齢で世知にたけているようだったが、こう言った。「『バカ』だって？　彼女はモリナーリの動かし方を知ってるんだぜ。他のだれもそんなの掘り出せてないぜ」

最初の——若い——シークレットサービスが言った。「掘り出すようなものなんかない。単に、二つの真空の出会いでしかなくて、そんなの一つのでかい真空と同じでしょう」

「ふん、大した真空だなあ。国連事務総長にのしあがるなんて。おまえや他のだれでもそんなことができるのかよ？　ここが彼女の共アパだ」と高齢のシークレットサービスは立ち止まってドアを示した。そしてエリックに言った。「彼女を見てもびっくりした様子は見せないでくださいよ。だって、会ってみたらほんの子供ですからね」

「聞いてます」とエリックは呼び鈴を押した。「もう全部わかってる」

左側のシークレットサービスがからかうように言った。「『全部わかってる』ですか。さすがですねえ――会ってもないのに。モリナーリがついに倒れたら、あなたが次期国連事務総長かもねえ」

ドアが開いた。驚くほど小柄で色の黒い、きれいな少女が、男物の赤いシルクシャツを着て、先細りの裾を外に出し、きついスラックスをはいた状態でこちらと対面していた。手には甘皮切りのはさみを持っている。どうやら彼女はツメを切って整えていたのだ。エリックの見たところ、そのツメは長く輝いている。

「医師のスイートセントです。ジーノ・モリナーリのスタッフに加わりました」。ほとんど「あなたのお父さんのスタッフ、いいいいいいい」と言いかけてしまった。すんでのところでそれを飲み込んだ。

メアリー・ライネケは言った。「知ってるわ。そしてあたしを呼んでこいと言われたのね。気分が悪いんでしょ。ちょっと待って」彼女はふりかえって上着を探し、一瞬姿を消した。

エリックの左側の男が首を振った。「高校生だよ。他の男ならだれでも犯罪になる」

「黙れ」と同僚がぴしゃりと言ったところで、メアリー・ライネケが戻ってきた。重たい紺色の、ボタンの大きい海軍式ジャケットを着ている。

「お二人ともずいぶんお利口さんね」とメアリーはシークレットサービス二人に言った。「ちょっと先に行ってくれない？　あんたたちにそのでかいデブな聞き耳をたてられずに、スイートセント先生と話がしたいから」

「わかったよ、メアリー」ニヤニヤしつつ、シークレットサービスの二人は姿を消した。

エリックは、重いジャケットとパンツとスリッパ姿の少女と、廊下で二人きりになっていた。

しばらく黙って歩いてから、メアリーが言った。「どんな様子？」

慎重にエリックは言った。「多くの点では異様に健康だ。ほとんど信じられないくらい。でも――」

「でも死にかけてる。いつも。病気なんだけど、でもそれがダラダラ続くばかり――さっさと終わってくれればと思うんだけど。かれが――」彼女は思慮深げに言葉を切った。「いや、そんなことは思ってないか。ジーノが死んだらあたしも蹴り出されちゃう。あいとこだの叔父だの息子どもだのといっしょに。この場所にごちゃごちゃたまってる残骸すべてが、一掃されちゃうことになるわ」。彼女の舌鋒は驚くほど辛辣で厳しかった。エリックはうろたえて、彼女にきつい目を向けた。「あなた、かれを治しにきたの？」とメアリーは尋ねた。

「まあ努力はする。少なくとも――」

け」

「それともあの人に――何だっけ？　最後の一撃を加えにきたの？　ほら。とどまだっ

「とどめ」とエリック。

「それそれ」とメアリー・ライネケはうなずいた。「で、どうよ。どっちをやりにきたの？　それとも知らないの？　あの人と同じくらい混乱してるの、そういうこと？」

「混乱なんかしてない」ちょっと間をおいてエリックは言った。

「ならやるべきことはわかってるのね。あなた、人臓の人なんでしょう？　臓植外科医の最高峰……『タイム』かなんかで、あなたの記事を読んだわ。『タイム』はあらゆる分野についてきわめて有意義な雑誌だと思わない？　あたし、毎週隅々まで読んでるわ。特に医学と科学のページ」

エリックは言った。「きみは――学校には通ってるの？」

「卒業はした。高校で、大学じゃない。いわゆる『高等教育』には興味ないから」

「何になりたいと思ってたの？」

「どういうこと？」彼女はいぶかるようにエリックを見つめた。

「つまり、どんなキャリア分野に向かおうとしていたの？」

「あたしはキャリアなんかいらないから」

「でもそれは昔はわからなかったはずだろう。自分がこんな――」と身振りをした。「ホ

ワイトハウスにやってくるなんてことは、知りようがなかった」

「あったわよ。ずっと昔から、生まれてこの方。三歳からずっと」

「どうやって?」

「あたし予知能力者《プレコグ》だったのよ――いまもそう。未来がわかるの」落ち着きはらった口調だった。

「いまもできるの?」

「もちろん」

「なら私がなぜここにいるかなんて、訊く必要もないだろう。未来を見て、私が何をするか見ればいい」

メアリーは言った。「あなたのやることは、そんなに重要じゃない。見えてこないから」そして彼女はにっこりして、美しいきれいに並んだ白い歯を見せた。

「信じられんな」とエリックは苛立って言った。

「だったら自分で自分の予知能力者《プレコグ》になってなさいよ。結果に興味ないなら、あたしの知ってることを訊いたりしないで。あるいは結果を受け入れられないなら。ここの環境は油断も隙もないのよ、このホワイトハウスは。百人もの連中がいつだって、一日二十四時間中ジーノの関心を惹こうと騒ぎ立ててる。群衆の中を戦って進まなきゃいけないの。だからジーノは病気になるのよ――というか、病気のふりをするのね」

『ふりをする』」とエリック。

「ヒステリー症なのよ、ほら、病気だと思うけど実は病気じゃないってやつ。あの人なりに、人々を遠ざけておくための手法なの。病気過ぎて相手ができませんっていう」彼女は楽しげに笑った。「それは知ってるんでしょう――診察したんだから。実際には何の病気でもないのよ」

「ファイルは読んだ？」

「もちろん」

「じゃあ、ジーノ・モリナーリが三度にわたってガンだったのも知ってるだろう」

「それがどうしたの？」と彼女は身振りをした。「ヒステリー性のガンよ」

「医学業界ではそんなものは存在――」

「どっちを信じるの、教科書、それとも自分の目で見たもの？」メアリーはじっとエリックを観察した。「ここで生き残るつもりなら、リアリストになりなさい。事実に直面したら、それを見分けるよう学ぶべきよ。ティーガーデンはあなたがきて喜んでると思うの？あなたはあの人の地位を脅かす存在よ。すでにあなたを失墜させる方法を探そうとしてるわ――それとも気がついてない？」

「うん、気がつかなかった」

「じゃあ絶望よ。ティーガーデンは目にもとまらない勢いであなたを――」そこでメアリーは口を止めた。先にあるのは病人のドアと、二列に並んだシークレットサービスだった。「どうしてジーノがあんな痛みを感じるか、ホントは知ってる？　お世話されたいからよ。みんなが赤ん坊みたいに仕えてくれるからよ。もう一度赤ちゃんになって、大人の責任を負わずにすませたいのよ」

エリックは言った。「そんな理論は、実に完璧に聞こえるし、実に軽薄で、実に言いやすくて――」

「でも事実なのよ、この場合は」とメアリーは、シークレットサービスを押し分けてドアを開け、中に入った。ジーノのベッドに歩み寄ると、それを見下ろして言った。「さっさと立つのよ、このでっかいグズのチクショウ野郎が」

目を開けて、ジーノはぐったりした様子で身をよじった。「おや、おまえか。すまんが私は――」

「すまんがじゃないわよ」とメアリーは鋭い声で言った。「あなたは病気なんかじゃないわ。起きて！　まったく恥ずかしいヤツね。みんなあなたを恥ずかしいと思ってるわよ。びびって赤ん坊みたいに振る舞って――こんな振る舞いをしてる人間を、あたしが尊敬できるとでも思ってるの？」

しばらくしてジーノは言った。「思ってないのかもしれんぞ」。かれは他の何よりも、少女の舌鋒で落ち込んでいるようだった。そこでエリックに気がついて、陰気に言った。

「この子の言うことを聞いたかね、先生？　この子はだれにも止められない。私が死にかけてるのに入ってきては、あんな口のききかたをする──私が死にそうな理由はそれかもしれないぞ」。そして大切そうに腹をこすった。「いまは何も感じないが。たぶん先生の注射が効いたんだろう。あれは何が入ってたんだ？」

エリックは思った。注射じゃないよ、陛下のマクニールの手術だ。あんたの病気が消えたのは、ホワイトハウス職員の調理助手がいまや人臓心臓をもらったからだ。おれの考えた通りだ。

「元気なら──」とメアリーが口を開いた。

モリナーリはため息をついた。「わかったわかった。起きるよ。ちょっと静かにしていてくれよ、頼むから」かれはもぞもぞして、ベッドから起き上がろうと苦闘した。「わかったよ──起きるから。それで気がすむのか？」その声は、怒りの叫びにまで高まった。

エリックのほうを向いてメアリー・ライネケは言った。「ほら見て。私はこの人をベッドから起こせる。男らしく二本足で立たせられるのよ」

「おめでとうさん」とジーノは、よろよろと立ち上がりながら不満そうにつぶやいた。「医療スタッフなんかいらん。おまえさえいればいい。でも実は、私の痛みを始末してくれたのは、こちらのスイートセント先生であって、おまえではないようだな。おまえなんか、私を怒鳴りつける以外に何をしたね？　私が起き上がれるのも先生のおかげだ」とかれは娘の横を通ってクロゼットに向かい、ローブを取った。

「この人、あたしを嫌ってるんだ。でも内心ではあたしが正しいのを知ってる」とエリックに告げる彼女は、完全に平穏で自分の言うことを確信していた。腕を組んで立ち、事務総長が青いローブのひもをゆわえて鹿革のスリッパを履く様子を見ている。

「いやまったくだ」とモリナーリはメアリーのほうをあごで示しつつエリックにつぶやいた。「この子に言わせると、物事を仕切ってるのは彼女らしい」

「この子の言う通りにしなくてはいけないんですか？」とエリックは尋ねた。

モリナーリは笑った。「もちろん。他にどうしろと？」

「従わなかったらどうなります？　天が落ちてきますか？」

モリナーリはうなずいた。「そうとも。こいつはすべてを引き下ろしてしまえる。こいつの超精神的な才能なんだ……女であるってのはそういうものだ。きみの奥さんのキャシーみたいなもんだよ。この子がまわりにいてくれてうれしいんだ。気に入ってる。私に怒鳴り散らしても気にしない――結局のところ、私は確かにベッドから起き上がったし、それで痛みもしなかった。彼女の言う通りだった」

「仮病なんかすぐわかるんだからね」とメアリー。

「いっしょにきてくれ、先生。連中が私に見せようとして設置したものがあるんだ。いっしょに見てほしい」とモリナーリはエリックに言った。

シークレットサービスを従えて、二人は廊下を横切り、警備員つきの鍵のかかった部屋に入った。そこは映写室だとエリックは気がついた。遠くの壁は、巨大規模の常設ビデオ画面になっていた。

「私が演説をしているところだ」と二人がすわるとモリナーリは説明した。合図をするとビデオテープがまわりはじめ、それが大画面に映し出された。「明日の晩、あらゆるテレビネットワークで流される。事前に意見がほしい。何か変えるべきところがあるかもしれないからね」とかれは小ずるそうにエリックを見た。まるで口には出さない話が他にあるかのようだった。

どうしておれの意見なんかほしいんだろう、とエリックは、国連事務総長の映像が画面いっぱいに映るのを見ながら不思議に思った。テラ軍の最高司令官として全身軍服姿のモリナーリ。勲章や腕章やリボンや、何よりも堅い元帥帽で、その日よけ部分が大きいあごをした丸い顔を部分的に隠し、垢まみれの下あごだけが、その不穏なほど厳しいしかめっ面とともに見えていた。

そしてその下あごはどういうわけかブヨブヨはしていなかった。エリックにはまるで理由が思いつかなかったけれど、それは張り詰めて決然としたものになっていた。画面の上に出ていたのは岩のような厳しい顔で、それまで見たこともないほどの内的な権威により、決然として強化されていた。それとも、見たことがあっただろうか?

そういえば見たな。でも何年も前にモリナーリが初めて着任したとき、もっと若くてこんな押しつぶすような責任がなかった頃の話だ。そしてこんどは画面上でモリナーリはしゃべった。そしてその声——それは過去の時代からの古いオリジナル音声だった。十年前、このひどい負け戦以前のものとまったく同じだった。

クスクス笑いながら、モリナーリはエリックの隣にある発泡ゴムの深い椅子にすわって話しかけてきた。「私はかなりかっこいいよな、え？」

「確かに」。演説は朗々とつづき、ときには畏怖の念を抱かせるような、壮大な様子もときどきはうかがわせた。そしてまさにそれこそ、モリナーリが失ったものだった。哀れな存在になってしまったのだ。画面上では、成熟した堂々たる軍服姿の人物は、文章をためらいなくはきはきと繰り出す声で、主張を明瞭に述べた。国連事務総長は、ビデオテープの中では、要求し、宣告し、懇願などせず、テラの有権者に助けを求めたりしなかった……この危機の時期に何をすべきか命じたのだ。そしてそうあるべきなのだ。でもどうやってこれを実現したんだろう？　このグチまみれの心気症的無能、永遠の死にかけ苦情まみれのこの人物が、どうやって立ち上がってこれを実現したのか？　エリックは面食らった。

隣でモリナーリが言った。「偽物だよ。あれは私じゃない」。エリックがまずかれを見て、それから画面を見る様子を眺めつつ、モリナーリは大喜びでニタついた。

「じゃあだれなんです？」

「だれでもない。ロボ使いだ。ゼ《G》ネラルロ《R》ボ使い召《S》使いエンタープライズ社が私のために作ってくれたんだ――この演説がその初舞台となる。なかなかのできだ。昔の自分自身と同様、見ているだけで若返った気分になる」。そしてエリックの見たところ、国連事務総長は確かに、昔のかれに近くなったように見える。画面のシミュラクラをすわって見ているうちに、本当に元気が出てきたようだった。モリナーリは、他のみんなをはるかに超えて、この代用スペクタクルに夢中だった。真っ先に改宗者となったのだった。「この実物を見たいかね？　もちろん極秘だ――知っている人物は三、四人しかいない。それ以外にはＧＲＳエンタープライズ社のドーソン・カッターはもちろん知ってるが。でも連中は秘密を守る。連中は戦時契約の請負いで、機密事項の扱いには慣れている」。そしてモリナーリはエリックの背中をどやした。「きみは国家機密の一つを教わったんだ――気分はどうだね？　現代国家はこんなふうに運営されてるんだ。有権者が自分自身のためにも知らないこと、知るべきでないことがあるんだ。あらゆる政府はこういう形で機能してきた。私のこの政府に限ったことじゃない。私の政府だけだと思ったのか？　もしそうなら、おめでたいね。私は演説を代行するロボ使いを使っている。というのも現在の私は――」とかれは身振りした。「――どうも適切な視覚イメージを提供できないからだ。メーク技術者たちががんばってはくれてもね。とにかく無理だ」。ここでかれの冗談めかした部分は消え、むっつりした口調になった。「だからもうあきらめた。現実主義的になるんだ」そして陰気に自分の椅子にすわり直した。

「演説はだれが書いたんです?」

「私だ。私はいまでも政治マニフェストならとりまとめられる。状況を描き出し、どういう立場にあるかを告げ、どこへ向かうのか、何をすべきかを述べるんだ。心はまだここにある」とモリナーリは巨大なふくれたおでこを叩いた。「でも当然ながら、支援は受けた」

「『支援』」エリックは繰り返した。

「会ってほしい人物がいる――実に聡明な新人の若手弁護士で、極秘顧問を務めてくれている。それも無料で。ドン・フェステンバーグ、天才だ。会えばきみも私と同じくらい感嘆する。かれは内容を練り直し、集約し、抽出して、それを短い凝縮した文章で表現するコツをわきまえている……私は周知の通りいつも、ダラダラと引き延ばしすぎる傾向があった。でももうそれはない、フェステンバーグがいてくれるからな。かれはあのシミュラクラをプログラミングしたんだ――ホントに命拾いしたよ」

画面上で、かれの合成イメージが命令するようにこう言っていた。「――そして多くの民族社会で構成される集合的勝利を集め、われわれはテラ人として、強力な連合体となる。それは一つの惑星以上ではあるが、いまのところはリリスター級の惑星間帝国よりは確かに小さい……それでもいずれ――」

「いや、その――できればこのシミュラクラは見たくないんですが」

モリナーリは肩をすくめた。「せっかくの機会なのに、興味ないとか、気に障るとかいうなら――」とかれはエリックを見た。「きみは私に関する自分の理想主義的なイメージを維持したいんだな。画面に出てしゃべっているあのモノが本物の私だと空想するほうがいいのか」と笑った。「医者ってものは、弁護士や神父と同じように、ありのままの生命を見るショックに耐えられると思ってたがな。真実こそがきみの日常的な糧だと思っていたよ」。かれは気遣うようにエリックのほうに身を傾けた。その下で、椅子が過剰な体重の下で歪み、文句を言うようにきしんでみせた。「私は歳を食いすぎた。もう見事な演説はできん。できればやりたいのはやまやまなんだがね。でもこれは解決策の一つだ。あっさりあきらめたほうがいいのか？」

「いいえ」とエリックは認めた。それでは問題の解決にはならない。

「そこで私は代役のロボ使いを使い、ドン・フェステンバーグがプログラムした台詞をしゃべらせる。重要なのは、先へ進むということだ。そしてそれこそが肝心なことだ。だから、そう悩みなさんな、先生。大人になりたまえ」。モリナーリの顔はいまや冷たく、強情だった。

「わかりました」エリックは間をおいてから言った。

モリナーリはかれの肩を叩き、低い声で言った。「スターマンたちは、このシミュラクラやドン・フェステンバーグの仕事については知らないのだ。連中には知られたくないんだよ、先生。連中にも感銘を受けてほしいからね。わかるかね？　実は私は、このビデオテープのプリントをリリスターに送るつもりだ。すでに輸送中なんだ。本当のことを教えてあげようか、先生？　正直言って、私は自国民に感銘を与えるより、連中に感銘を与えるほうに興味があるんだ。そう聞いてどう思う？　正直に答えてくれ」

エリックは言った。「私たちの窮状を赤裸々に告げるものとしか思えません」

モリナーリは陰気にかれを見つめた。「そうかもな。でもきみにわかってないのは、こんなのどうでもいいということだ。もしいまやろうとしていることを少しでも――」

「いやもうこれ以上は言わないで。いまはやめてください」

画面上で、ジーノ・モリナーリのイミテーションが見えないテレビ観衆に向かって、吠え、説き伏せ、身振りをしていた。

「はいはいそうだな」とモリナーリはなだめるように同意した。「私の悩みなんかをそもそも聞かせてすまなかった」。うつむいたその顔は、以前よりしわが増え、疲れたようだった。そして視線を画面に戻した。健康で、精力的で、完全に合成されたかつての自分自身の映像に。

共アパの台所で、キャシー・スイートセントは苦労しつつ小さな果物ナイフを持ち上げ、紫タマネギを切ろうとしたが、我ながら信じられないことに、なぜか自分の指を切り裂いてしまった。彼女は押し黙ってナイフを持ったまま立ち尽くし、深紅の滴が指をつたい落ちて、手首にかかった水と融合する様子を見つめていた。もはや、きわめて普通の物体すら扱えなくなっているのだ。あのろくでもないドラッグ！　と彼女は苦々しい怒りとともに思った。一分ごとにますます無力になってしまう。いまやあたしはすべてに負けている。いったいどうやって夕食を作れというの？

彼女の背後に立ったジョナス・アッカーマンは心配そうに言った。「何か手当が必要だよ、キャシー」。そして彼女が洗面所にバンドエイドを取りに行く様子を眺めた。「こんどはそこらじゅうにバンドエイドをばらまいてる。バンドエイドすら扱えずにいるじゃないか」。かれは文句を言った。「どうしたのか話してくれれば、何が――」

「バンドエイドを貼って、お願い」彼女は切った指をジョナスがバンドエイドで包む間、黙って立っていた。「JJ-180なの」いきなり彼女は、事前に何も考えずに切り出した。「あれを飲んでしまったの、ジョナス。スターマンどもの仕業よ。助けて、中毒から立ち直れるようにして。お願い」

ショックを受けてジョナスは言った。「いや――ずばりどうしたもんか。だって実に新しいドラッグだから。もちろん子会社とはすぐに連絡を取る。そして全社的にきみを支援するよ、ヴァージルも含め」

「いますぐヴァージルに話をして」

「いま？　きみの時間感覚ときたら、キャシー。そんなに焦るのはドラッグのせいだよ。明日ならヴァージルに会える」

「ちくしょうめ、あたしはこのドラッグのせいで死ぬつもりはないの。だから今夜中にヴァージルに会ってよ、ジョナス。わかった？」

しばらく間をおいてからジョナスは言った。「映話するよ」

「映話線は盗聴されてるわ。スターマンたちに」

「それは被害妄想だよ。ドラッグのせいだ」

彼女は震えていた。「あいつらが怖いの。何でもできるから。すぐヴァージルに直接会ってきて。映話だけじゃダメ。それともあたしがどうなってもいいの？」

「もちろんよくない！　わかった。爺さんに会ってくる。でも一人で大丈夫？」

「ええ。居間にすわって何もしないから。何か助けを連れて戻ってくるまで待つわ。何もしようとせず、そこにすわってるだけなら何も起きないわよね？」

「病的な興奮状態に陥るかもしれない。パニックにはまってしまうかもしれない……駆け出したり。もしＪＪ‐180を飲んだのが本当なら――」

キャシーは怒鳴った。「本当よ！　冗談だとでも思ってるの？」

「わかったよ」ジョナスは気圧《けお》されて言った。そして居間のソファに彼女を連れて行き、すわらせた。「まったく頼むから無事でいてくれよ——ぼくがヘマをしてないといいけど」。かれは汗をかいて顔は青ざめ、不安で顔はしわだらけとなっていた。「三十分ほどしたらまたね、キャシー。まったく何かよくないことが起きたら、エリックは決して許してくれないだろうし、それも当然だな」。アパートのドアがかれの背後で閉まった。さよならさえ言わなかった。

キャシーは一人きりだった。

すぐに彼女は映話器まで行くとダイヤルした。「タクシーを」そして住所を告げるとそれを切った。

一瞬後、肩に上着をかけて夜の暗い歩道へと歩み出た。

自走式タクシーに拾われると、コーニングがくれた名刺を使って指示を出した。

もっとこのドラッグが手に入ったら、頭もはっきりして、どうすべきか理性的に考えられる。いまの状態だとまともに考えられない。いまこの状態で決めることはすべて、まがいものになる。自分の能力の通常機能——というか望ましい機能——を回復させるのが重要よ。それがないと、計画も生存も不可能であたしは破滅だわ。あたしにとっての唯一の出口は自殺なのはわかってる、と彼女は必死に考えた。最大でも数時間でそうなる。ジョナスはそんな短時間であたしを救えない。

ジョナスを始末できた唯一の方法が、あたしがいま選んだ手法なのね、と彼女は気がついた。自分の中毒について告げること。そうでもしないと、ジョナスは永遠にあたしにつきまとって、コーニングのところに出かけてドラッグをもっと入手する機会は絶対になかった。これで必要な機会は手に入れた。でもいまやアッカーマン一族はあたしの問題を理解したから、ますますがんばってあたしのシャイアン行きを止めて、エリックと再会させないようにするはず。今夜すぐに向かうべきかも、アパートに戻るのもやめたほうがいいかも。カプセルをもらったら即座に出発。持ち物はすべて残して、捨て去る。

まったく、ここまで頭がイカレてしまうなんて、と彼女は思った。それもJJ-180をたった一回摂取しただけで。それを繰り返し摂取したらどうなっちゃうことか……二回の摂取だけでも？

未来は彼女にとって、ありがたくも不明瞭だった。本当にわからなかった。

「着きました、お嬢さん」とタクシーは、ある建物の屋上にある着陸台に停まった。「料金は米ドルで一ドル二十セント、それにチップ二十五セントです」

「あんたもチップもクソ食らえ」とキャシーはハンドバッグを開けた。手が震え、お金を取り出すのもかなりの苦労だった。

「わかりました、お嬢さん」自走式タクシーは諾々と言った。

支払いをすませて外に出た。鈍い誘導灯が下りの通路を示していた。スターマンたちがいるにしては、なんとオンボロな建物かしら。まちがいなくあの連中にはかなり不満なものでしょう。テラ人のふりをしてるだけね。唯一の慰めも、かなり苦々しいものだった。スターマンたちは、テラと同じく戦争で劣勢だったし、いずれ敗北を喫する。その考えを楽しみつつ、キャシーは歩調を早め、もっと自信が出てきた。もうスターマンたちを単に憎んでるだけじゃない。いまや一時的とはいえ、連中を軽蔑できるのだ。

こうして少し心強さを覚えつつ、彼女はスターマンたちの持つ共アパにやってきて、呼び鈴を鳴らして待った。

ドアを開けたのはコーニング自身で、その背後には見たところ他のスターマンたちが、会議を開いているようだった。秘密裏の会議ね、あたしはそれを邪魔してるんだ、と彼女は思った。残念でした。こいといったのはコーニングよ。

「スイートセント夫人」とコーニングは背後の人々を振り返った。「なんとも素敵な名前ですな。入ってください、キャシー」とドアを大きく開ける。

「ここで待ってるからここでちょうだい」と彼女は玄関にとどまった。「これからシャイアンに行くから。そう聞いてうれしいでしょう。だから時間を無駄にしないで」と手を伸ばした。

哀れみの表情が――驚いたことに――コーニングの顔に一瞬浮かんだ。それは実にうまく押さえ込まれた。でも彼女はそれを見たし、これは、これまで起きた他の何よりも、中毒そのものや禁断症状での苦しみすら上回って――コーニングの哀れみほど衝撃を与えたものはなかった。スターマンすら動かせるほどの哀れみって……彼女はたじろいだ。どうしよう、あたし、本当に困ったことになってるんだわ。死にかけてるにちがいない。

彼女は理性的に述べた。「ねえ、あたしの中毒はいつまでも続かないかもしれない。あなたたちがウソをついてるのは突き止めたのよ。このドラッグはテラ産で、敵からのものじゃないし、遅かれ早かれうちの子会社があたしを解放してくれる。だから怖くなんかない」。彼女が待つ間、コーニングはドラッグをとりに出かけた。少なくとも、彼女はコーニングがそのために出かけたのだと推測した。どこかに姿を消したのはまちがいない。

他のスターマンの一人が、彼女をなにげなく眺めて言った。「リリスターなら、そのドラッグを十年出回らせても、それに依存するほど不安定なヤツは一人も見つからんよ」

キャシーは同意した。「そうね。それがあなたたちとあたしたちのちがいね。見た目は似ていても、内側ではあなたたちはタフで、こちらは軟弱。まったくうらやましいわ。コーニングさんはいつまでかかってるの？」

そのスターマンは言った。「すぐ戻る」。そして仲間に向かって言った。「きれいな人じゃないか」

「ああ、動物的にきれいだな。するとおまえ、きれいな動物がお好みなのか？　だからこの仕事に配備されたのか？」

コーニングが戻ってきた。「キャシー、カプセル三つあげよう。一度に一つだけにしておいてほしい。さもないと、その毒が心臓の活動にとって致命的になる」

彼女はカプセルを受け取った。「わかった。水をくれない、一つすぐに飲みたいから」

コーニングはコップを持ってきて、カプセルを飲み込む彼女を同情するように立って見つめた。彼女は弁解した。「あたしがこうしているのは、頭をはっきりさせて、やるべきことを計画できるようにするためよ。友人たちが助けてくれているわ。でもシャイアンには行くわよ。一応は約束ですからね、相手があなただろうと。だれか現地の人の名前を教えて――ほら、必要に応じてもっとこれを供給してくれる人とか。万が一、必要になったらの話ではあるけど」

「シャイアンできみを助けてくれる人はだれもいない。大変恐縮ではあるが、三つのカプセルがなくなったら、またここに戻ってくるしかない」

「するとあなたがたのシャイアン潜入活動なんて、大したことないのね」

「そうだねえ」と言いつつコーニングは別に狼狽した様子もなかった。

「さよなら」とキャシーは、ドアから離れかけた。そして、アパート内部のスターマン集団に向かって言い放った。「いいざまだわ。あんたたち、とにかく虫酸が走る。自信たっぷりで。こんな勝利なんて、まったくどんな――」そこで彼女は口を止めた。そんなことを言ってどうなる？「ヴァージル・アッカーマンはあたしの状態を知ってる。たぶんなんとかしてくれるわ。あの人はあんたたちなんか怖くない。大人物すぎるから」

コーニングはうなずいた。「はいはい。そういう心落ち着く妄想を大事にすることだね、キャシー。一方で、他のだれにもこの話はしないでほしい。話すようなら、もうカプセルはないから。アッカーマン一族にも言うべきじゃなかったけれど、それは大目に見よう。なんといっても、ドラッグが切れて朦朧としていたからね――それはわかっていた。パニック状態でやったことだ。ご幸運を、キャシー。間もなくまた連絡がいただけるはずだね」

「いまのうちにもっと指示を出しといたらどうだい」とスターマンの一人が背後からコーニングに言った。眠そうな目つきでカエルのような表情で、質問も間延びした口調だった。

「もうこれ以上は何も頭に入らないよ。すでにこの人にはかなりの重荷を背負わせたんだし。いまでも精一杯なのが見ればわかるだろう」とコーニング。

「お別れのキスでもしてやれよ」と背後のスターマンがうながした。そしてふらりと前に出てきた。「それで彼女の気が晴れないなら――」

アパートのドアが、キャシーの面前で閉められた。

キャシーは一瞬立ち尽くしてから、廊下を戻って屋上への斜路へと向かった。めまいを感じつつ、彼女は思った。あたし、ぼんやりしてきてる――タクシーまでたどりつけるかしら。タクシーに入ってしまえば安心よ。まったく、ひどい扱いを受けたわ。腹を立てるべきだけれど、でも本当に腹も立たない。JJ-180のカプセルが二つ手元に残ってるんだから。それにもっと手に入る。

そのカプセルは、生命そのものの凝縮形態のようでもあり、同時にそこに含まれているすべてのものが、完全な妄想から作り上げられたものでもあった。ひどいもんだわ、と彼女は力なく考えつつ、屋上の発着場にたどりついて、自走式タクシーの赤い点滅灯を探した。とにかく――ひどい。

タクシーを見つけ、その中にすわり、シャイアンに向かう途中でドラッグの効き目が感じられた。

その最初のあらわれには困惑させられた。その出来事から、このドラッグの本当の効き目についてヒントが得られるのではと思った。それがとんでもなく重要に思え、手持ちの精神力をすべて使い切ってそれを理解しようとした。実に単純ながら、実に深い意味を持つように思えたのだ。

指の切り傷が消えてしまったのだった。

彼女はその傷のあった場所を検討し、なめらかで傷一つない肌に触れた。切れ目はない。傷跡もない。指は、以前とまったく同じ……まるで時間が巻き戻されたかのように。バンドエイドすら消えていて、それが決定打に思えた。認知能力が急速に衰えていても、この事態なら完全に理解できるように思えたのだ。

彼女は手を掲げてタクシーに見せた。「あたしの手を見て。怪我の跡が何か見える？

三十分ほど前に手をかなり深く切ったと言ったら信じる？」

タクシーは、アリゾナの平らな砂漠上空を通過して、ユタ州に向けて北上していた。

「いいえお嬢さん。あなたは怪我をしていないようにうかがえます」

いまやあのドラッグの作用がわかった。なぜそれが、モノやヒトの実体をなくしてしまうのか。そんなに魔術的ではないし、単に幻覚性でもない。あたしの切り傷は本当に消えてる――いいいいいいいいいいい。これは幻影なんかじゃない。後になってもこれは思い出せるのかしら？　ひょっとすると、ドラッグのせいで忘れてしまうかも。もうしばらくして、ドラッグの効き目がもっと広がり、ますますあたしを飲み込むにつれて、切り傷なんかそもそもなかったことになるのかも。

「鉛筆はある？」と彼女はタクシーに尋ねた。

「はいどうぞ」目の前のシートバックのスロットから、ノートパッドにスタイラスがついたものが出てきた。

慎重にキャシーは書いた。**ＪＪ‐180はあたしが指に深い切り傷を負った以前の時に連れ戻した。**「今日は何日？」と彼女はタクシーに尋ねた。

「五月十八日です、お嬢さん」

彼女は、それが正しいか思い出そうとしたけれど、いまや頭が混乱していた。すでに忘れつつあるんだろうか？　メモを書いておいてよかった。それとも書いたっけ？　ひざの上には、スタイラスつきのノートパッドがあった。

メモにはこうあった。JJ‐180はあたしが
それっきり。残りは単なる意味のない細やかな落書きへと変わっていた。

それでも自分が、なんだか知らなくても文を最後まで書いたのは覚えていた。でもいまやその中身は思い出せなかった。ほとんど反射的に、彼女は自分の手を調べた。でも自分の手に何の関係があるんだっけ？　彼女は自分の人格の残りがだんだん流れ去るのを感じて、慌てて尋ねた。「タクシー、ついさっきあたしは何を訊いた？」

「日付です」

「その前」

「書くための道具と紙をご所望でした」

「その前には何か？」

タクシーはためらったようだった。でもそれも彼女の気のせいかもしれない。「いいえお嬢さん、それ以前は何も」

「あたしの手についいて何か訊かなかった？」

こんどは疑問の余地はなかった。タクシーの回路は確かに逡巡した。ついに、うめくようにそいつは言った。「いいえ、お嬢さん」

「ありがとう」とキャシーは、シートにもたれ、おでこを撫でながら考えた。この機械も

混乱してるのね。するとこれは単に主観的なものじゃない。本当に時間がもつれて、あたし自身と周辺の両方が巻き込まれてる。

タクシーは、助けにならなかったことに対するお詫びのような形でこう言った。「着くまで数時間かかりますので、テレビをお楽しみになりますか、お嬢さん。画面は真ん前にございます。ペダルに触れるだけです」

反射的に彼女はつま先で画面をつけた。即座にそれが明るくなり、キャシーは気がつくとおなじみの映像を見ていた。指導者ジーノ・モリナーリが演説の真っ最中だったのだ。

「このチャンネルでよろしいでしょうか？」とタクシーはいまだに申し訳なさそうに尋ねた。

「ええ大丈夫。どのみちこの人が立ち上がってわめきだしたら、どのチャンネルもそれだけだから」。それが法律だった。

でもここでも、このおなじみの光景の中で、何か奇妙な印象が彼女をとらえた。画面を見つめて彼女は思った。この人、若く見える。子供時代のあたしが記憶していた通りの姿よ。心を沸き立たせ、活気に満ち、興奮で叫び、あの昔ながらの強度で目を輝かせている。だれも忘れられない元のかれの姿だけれど、もうずっと昔に失われてしまった。でも明らかにそれはずっと昔になんか失われていない。いまそれを自分自身の目で目撃していて、まったくもって困惑させられていた。

JJ-180がこれをやっているんだろうか、と自問したが、答はなかった。

「モリナーリ氏をごらんになって楽しみますか？」とタクシーは尋ねた。

「ええ。楽しみます」とキャシー。

「ではあえて申し上げますと、現在立候補している役職をこの方は手に入れられるでしょうか、国連事務総長の地位を？」

「このバカな自走式ロボ使いマシン、モリナーリはもう何年も事務総長よ」とキャシーは力なく言った。立候補中ですって？　そういえばモリナーリは、何十年も前の選挙戦ではこんな姿だった……それでタクシーの回路が混乱したのかも。「ごめんなさいね。でもあなたいったいどこにいたの？　二十二年にわたり自動車工場修理ガレージにでも停められてたの？」

「いいえお嬢さん、ずっと稼働しておりました。恐れながら、あなたご自身の正気が混乱なさっているようです。医療支援をお求めになりますか？　現時点では砂漠上空におりますが、間もなくユタ州セントジョージ市を通過いたしますので」

彼女は苛立って爆発しそうになった。「医療支援なんかいらないに決まってるでしょう。あたしは健康よ」。でもタクシーの言う通りだった。ドラッグの影響がいまや全面的に効いていた。気分が悪くなり、目を閉じて指をおでこに押しつけ、拡大する心理的現実のゾーン、私的な主観的自我の領域を押し戻そうとするかのようにした。あたし、こわいんだわ、と気がついた。自分の子宮が抜け落ちそうな気分。こんどは以前よりずっと効きが強いわ。前とはちがう。ひょっとして、グループの中にはおらず、一人きりだからかも。でも耐えるしかないわ。可能であれば。

いきなりタクシーが言った。「お嬢さん、行き先をもう一度おっしゃっていただけませんか？　忘れてしまいました」。その回路はすごい勢いでカチカチ音を立て、機械的な窮状にあるかのようだった。「お願いです。お助けください」

「あんたの行き先なんか知らないわ。そっちの問題よ。自分で考えなさい。思い出せないなら、とにかく飛び回って」。どこに行こうとあたしにはどうでもいいんだ。あたしに何の関係があるの？

「シで始まる場所でした」とタクシーはおずおず尋ねた。

「シカゴ」

「そうではないと思います。でも本当に確信されているなら──」行き先を変えようとして、そのメカニズムが脈動した。

あなたもあたしもこれにはまってるのね、とキャシーは気がついた。このドラッグ起因の遁走《フーガ》に。コーニングさん、監督なしでこのドラッグをよこすなんて、大間違いだったわね。コーニング？　コーニングってだれ？

「行き先ならわかるわ。コーニングよ」と彼女は口に出した。

「そんな場所はありません」タクシーは言い放った。

彼女はパニックを感じた。「絶対あるわ。データを調べ直して」

「本当にないんです！」

「だったらあたしたち迷子だわ」とキャシーは言って、あきらめた。「まったく、ひどいもんだわ。今晩コーニングに着きたいのに、そんな場所はないなんて。どうしよう？　なんか提案してよ。あなただけが頼りだわ。こんなふうに身動きとれない状態で放っていかないで——気が変になりそうよ」

タクシーは言った。「ニューヨークの最高配車サービスに実施支援を要請いたします。ちょっと待って」そしてタクシーはしばらく沈黙した。「お嬢さん、ニューヨークには最高配車サービスなんかありません、あってもそれが出てこないんです」

「ニューヨークには何があるの？」

「ラジオ局が山ほどあります。でもFM周波数やUHFにはテレビ放送がまったくない。わたしたちの使う周波数帯には何もない。現在、わたしが拾えるのは『メアリー・マーリン』と題する番組の放送だけです。主題曲としてドビュッシーのピアノ曲が使われています」

キャシーは歴史の話なら詳しかった。結局のところ彼女は骨董コレクターで、歴史が仕事なのだから。「それをオーディオシステムにかけて、聞かせて」と彼女は指示した。

一瞬後、女性の声が聞こえてきた。だれか別の女性によるひどい苦労の物語を詳述しているもので、どう見てもかなり陰気な話だ。でもそれを聞いてキャシーは、狂乱するほどの興奮を覚えた。

連中はまちがってる、と彼女は思った。その頭は最高の働きぶりを示していた。あたしはこれで破滅したりはしない。連中は、この時代があたしの専門だというのを忘れていたのよ——あたしはこの時代のことなら、現代と同じくらい熟知している。この体験には、あたしにとって怖いものや意識崩壊をもたらすものは何もない。それどころか、これはチャンスだわ。

「ラジオは消さないで。それととにかく飛び続けて」と彼女はタクシーに告げた。そしてタクシーが飛び続ける中、彼女はソープオペラに一心に耳を傾けた。

8

昼間になった。これは自然法則にも理性にも反している。そして自走式タクシーはこれがいかにあり得ないことか知っていた。それは痛々しいほどの金切り声で、キャシーにこう告げた。「下のハイウェイを見てください！　実在するはずのない大昔の車です！」そして低空飛行に入った。「ご自分の目で見てください！　ほら！」

見下ろしてキャシーも同意した。「そうね。一九三二年式A型フォード。そしてあなたの言う通り。A型フォードはもう何世代も存在してない」素早く、正確に彼女は考えてから言った。「着陸して」

「どこに？」明らかに、自走式タクシーはそれを渋っていた。

「あの先にある村。そこの屋根に着陸して」。彼女は落ち着いた気分だった。でも心の中では、ある一つの認識が圧倒的になっていた。これはドラッグのせいだわ。ドラッグしかあり得ない。これはドラッグが自分の脳代謝サイクル内で機能する間しか続かない。JJ－180は何の警告もなしに彼女をここに連れてきたし、いずれ彼女自身の時代に連れ戻すことだろう――これまた予告なしに。キャシーは声に出して言った。「銀行を見つけよう。そして貯蓄口座を開くの。そうすれば――」そこで自分が、この時代の通貨をまったく持っていないのに気がついた。だから自分が取引を行う方法がまったくない。では何ができるだろう？　何もできないのか？　ルーズベルト大統領に電話して、真珠湾について警告しようかしら、と彼女は苦々しく考えた。歴史を変えてやる。今後数年で、原爆を開発したりしないよう示唆するとか。

無力に感じた――その一方で、自分の潜在的な力に圧倒されていた。両方の気分を同時に体験し、その混合が激しく不快に感じられた。何かこっちの物を35年版ワシン向けに現代に持って帰る？　それとも研究上の課題についてチェックし、歴史的な論争をいくつか解決する？　本物のベーブ・ルースを捕まえて連れ帰り、あたしたちの火星のベビーランドに住まわせる？　まちがいなく迫真性が出るだろう。

彼女はゆっくりと言った。「ヴァージル・アッカーマンはこの時代に少年として生きているはずよ。それは何かヒントになる？」

「いいえ」とタクシー。

「これでかれに対してすごい力を行使できるわ」と彼女はハンドバッグを開いた。「かれに何かあげよう。手持ちのコインとかお札とか」。アメリカの参戦日をこっそり教えようか。その知識を後で、何らかの方法で使える……なんとか方法を見つけるわ。ヴァージルはいつも賢いの。あたしよりずっと賢かったから。まったく、これだという方法が思いつけば！　何に投資しろと教えようか？　ゼネラルダイナミクス？　あらゆる試合でジョー・ルイスに賭けろとか？　ロサンゼルスの不動産を買え？　今後百二十年間についての正確で完全な知識を持っているとき、八歳だか九歳だかの男の子に何を言えばいいだろう？

タクシーが哀れっぽく言った。「お嬢さん、空中にあまりに長くいすぎたので、燃料が切れかかっています」

ひやりとして彼女は言った。「でもあなた、十五時間は飛べるはずでしょう」

タクシーは、不承不承ながら認めた。「もともと少なくなっていたんです。私のヘマです。申し訳ありません。ちょうどスタンドに向かうところでお呼びいただいたもので」

「このろくでもないバカな機械め」と彼女は怒って言った。でもしょうがない。ワシントンDCにはたどりつけない。少なくとも一六〇〇キロは離れているから。そしてこの時代はもちろん、このタクシーに必要な高品質超精製プロトネックスはない。そこでどうすべきか突然思いついた。タクシーが意図せずしてアイデアを与えてくれたのだった。プロトネックスはこれまで開発された最高の燃料だ——そして海水から得られる。だからプロトネックスの入った容器をヴァージル・アッカーマンの父親に郵送し、それを分析させるよう指示して、特許を取れと言えばいい。

でも郵送する方法がない。切手を買うお金がないのだ。財布の中には、端の折れた切手の束が入ってはいたけれど、もちろんすべては自分の時代、二〇五五年からのものだ。チクショウめ、と彼女は頭にきて自分に怒り狂った。ここ、目の前に自分のやるべきことについての解決策があるのに——それが実行できない。

彼女はタクシーに尋ねた。「この時代、同時代の切手なしに手紙を送るにはどうすればいい？　それを教えて」

「切手なしに返送用住所も書かずに投函しなさい、お嬢さん。郵便局は、料金不足の張り紙をつけて配達してくれます」

「そうね、当然だったわ」。でも普通郵便の封筒にプロトネックスは入れられない。小包扱いにせざるを得ず、小包は無料配達の対象ではないから、配達されない。「ねえ、あなたの回路にはトランジスタがある？」

「いくつかは。でもトランジスタはすでに陳腐化していて——」

「一つよこしなさい。それであなたがどうなろうとかまわない。引っこ抜いてこっちによこして、小さければ小さいほどいいわ」

すぐに目の前のシートバックからトランジスタが転がり落ちた。それが落ちるところを彼女はつかまえた。

タクシーは文句を言った。「これで無線送信機が使えなくなりました。その分も請求させていただかないと。かなり高価ですよ、というのも——」

「黙れ。それとあの町に着陸して。できるだけすぐに」。彼女はノートパッドに急いで書いた。「これは未来からのラジオの部品よ、ヴァージル・アッカーマン。だれにも見せず、一九四〇年代初期までとっておきなさい。そしてこれをウェスティングハウス社かゼネラルエレクトリックか、その他エレクトロニクス（無線）会社にどこでもいいから持っていくこと。お金持ちになれます。あたしはキャサリン・スイートセント。あたしのおかげだというのをずっと忘れないで」

タクシーはきわめて慎重に、その小さな町の中心にあるオフィスビルの屋上に着陸した。下の歩道では、田舎くさい古くさい格好の通行人が啞然としていた。

キャシーはタクシーに指示し直した。「通りに着陸して。これを投函しないと」。そしてハンドバッグから封筒を見つけ、急いで35年ワシンのヴァージルの住所を書き付けて、トランジスタとメモを中に入れると封をした。眼下に、古い車だらけの街路が迫ってきた。

一瞬後、彼女は郵便ポストに駆け寄った。そして手紙を投函して、あえいだ。

やったわ。これでヴァージルの経済的将来が確保され、したがって自分の将来も安泰だ。これでかれのキャリアも自分のキャリアも永遠のものになる。

あんたなんかくたばれ、エリック・スイートセント、と彼女は思った。もうこれで、あんたとなんか結婚しないですむ。もうあんたなんか置き去りよ。

でもそこで、彼女はがっかりして気がついた。スイートセントという名前を得るためには、やっぱり結婚しないとダメか。そうでないとヴァージルは、現代に戻ったときの未来にあたしを認識できない。すると自分のやったことは、まったく意味がなかったわけか。

とぼとぼと、彼女は駐車したタクシーに戻った。

タクシーは言った。「お嬢さん、燃料を見つけるのを手伝ってくれませんか？」

「ここでは燃料なんか見つからないわよ」とキャシー。タクシーが状況を理解しようとしない――または理解できない――ので腹が立った。「六十オクタンのガソリンで走れるのでもない限り、絶対無理ね」

麦わら帽子をかぶった中年男の通行人が、自走式タクシーを見て凍りついていたが、呼びかけてきた。「ようご婦人、それってそもそも何？　軍事演習用のアメリカ海兵隊秘密兵器かなんか？」

キャシーは答えた。「ええそう。それとさらに、後にはナチスを止めるのよ」。タクシーに乗り込むと、彼女は遠巻きにしつつもおそるおそる集まった人々の群れに向かってこう告げた。「一九四一年十二月七日という日を覚えておきなさい。忘れられない日になるから」。そしてタクシーのドアを閉めた。「行きましょう。あの連中に話してあげられることはいくらでもあるのに……でも話す甲斐がほとんどなさそう。中西部の田舎者どもだから」。この町は、見たところカンザス州かミズーリ州にあるようね。正直言って、虫酸が走った。

タクシーはおとなしく上昇した。

スターマンたちは一九三五年のカンザスを見るべきよ、と思った。見たらテラを制圧しようなんて思わないだろう。そんな価値はないように見えるはず。

彼女はタクシーに言った。「草原に着陸して。あたしたちの時代に戻るまでじっとしていましょう」。たぶんもうそんなにかからないはず。この時代を食い荒らす非物質性の印象がだんだん出てきた——タクシーの外の現実は、ガス状の性質を伴うようになっており、これは前にドラッグを使ったときと同じだったのだ。

タクシーは言った。「ご冗談を。わたしたちが本当に別の時代にいるなんてことがあり得るとは——」

彼女は厳しい口調で言った。「問題はわたしたちの時代に戻ることじゃない。問題は、何か価値あることを達成するまでドラッグの影響下にとどまる方法を見つけることなのよ」。とにかく時間が短すぎた。

「何のドラッグですか、お嬢さん」

「あんたなんかの知ったことじゃないわ。でしゃばりな自走式の非存在のくせに、でっかい出歯亀回路を全開にして動かしたりなんかして」と彼女はタバコに火をつけて、シートにもたれ、ぐったりした。いままでもかなりきつい一日だったし、もっときつい仕事がこの先待っているのは、もう切実に感じられた。

血色の悪い若者は、不思議なことにすでにかなり腹が出ていて、肉体的にここ、惑星の金融と政治の首都における肉欲的な快楽を身体的に拒絶できなかったような感じだった。それが湿った手でエリック・スイートセントの手を握った。「ドン・フェステンバーグです、先生。加わっていただけると聞いてうれしく思いますよ。オールドファッションドはどうです？」

「いや結構」とエリック。フェステンバーグはどうも気に入らない部分があったけれど、それがずばり何なのかはわからなかった。その肥満と顔色の悪さにもかかわらず、フェステンバーグはなかなか親しげに見えたし、まちがいなく有能だった。結局重要なのは、有能かどうかだ。でも――とエリックは、自分用にドリンクを作るフェステンバーグを見つめながら思った。いや、それはおれが、だれも事務総長の代弁なんかすべきじゃないと思っているからなんだろう、とエリックは思った。フェステンバーグのやる仕事をする人なら、おれはだれでも嫌うはずだ。

フェステンバーグは部屋の中を見回した。「他にだれもいないから、私をもう少し気に入っていただけるようなことを申しましょう」とかれは、訳知り顔でにやりとした。「あなたが何を感じてらっしゃるかはわかる。こんな肥満型体型でも、敏感なんですよ。仮に私が、実は入念な策略がうまく実施され、あなたさえもそれにだまされたと示唆したらどうでしょう。あのたるんだ、高齢の、完全に意気消沈して心気症のジーノ・モリナーリ——あなたが実際に会って、本物の国連事務総長として受け入れた人物——それが——」とフェステンバーグは怠惰そうにドリンクをステアして、エリックを見つめた。「あれこそが、ロボ使いシミュラクラなんです。そしてついさっきビデオテープでごらんになった、頑健でエネルギッシュな人物こそが本物の生きた人物なんです。そしてこの策略はもちろん、他ならぬわれらの愛する同盟相手スターマンたちの目をそらすために維持されねばならない」

「なんだって？」驚いてエリックはあえいだ。「どうしてそんなこと——」

「スターマンは私たちを無害で、軍事的な関心を向けるに価しないと思っていますが、それは私たちの指導者が目に見えて虚弱でいる限りの話です。目に見えて責任を果たせない——言い換えると、どんな面でもかれらの競合や脅威にはならない場合だけです」

しばらく間をおいてエリックは言った。「信じられんね」

フェステンバーグは肩をすくめた。「まあ、象牙の塔、つまり知的な観点からすればおもしろい考えでしょう。そう思いませんか？」とグラスの中身をまわしながらエリックのほうにやってきた。そしてかなり近くに立って、その有害な吐息をエリックの顔にはきかけてこう言った。「本当かもしれないでしょう。そして実際にジーノを集中身体検査にかけない限り、本当かどうかはわからない。あなたの読んだファイルの中身すべては——偽造かもしれないから。巨大で考え抜かれたペテンを裏づけるように設計されたものかもしれない」。かれの目は無慈悲におもしろがって輝いた。「私がイカレてるとでも？　分裂症患者みたいに、面白半分でアイデアを弄び、その実際の帰結を気にしないとでも？　そうかもしれない。でもいま私が話したことが真実でないとは証明できない。そしてそうである限り——」かれはドリンクをぐいっと傾けると、しかめっ面をした。「アンペックス・ビデオテープで見たものを軽蔑したりはしないでくださいよ。いいですね？」

「でもあなたが言った通り、身体検査をすればそれはすぐにわかってしまう」。そしてその身体検査もすぐだ、とエリックは思った。「だからよろしければこの会話は打ち切りたい。ここで自分の共アパすら満足にしつらえられてないんだから」

「奥さんは——なんとおっしゃいましたっけ、キャシーでしたか？——いっしょじゃないんでしょう、ね？」とドン・フェステンバーグはウィンクした。「お楽しみもアリじゃないですか。私ならお手伝いできるんですがね。それが私の縄張りでして、違法なもの、野性的なもの、さらに——まあ変わったものとでも言っておきましょう。異常なものとは言わずにね。でもあなたはティファナからいらしたんですよね。私ごときが教えることは何もないでしょう」

エリックは言った。「いや十分教えてくれてますよ、軽蔑すべきはビデオテープで見たものだけでなく——」そこで口を止めた。フェステンバーグ個人の生き方は、結局のところ当人の問題なのだから。

「それだけでなく、それを作った連中も軽蔑すべきだ、というわけですか」とフェステンバーグが文の終わりを引き取った。「先生、中世の支配者たちの宮廷には、生涯を瓶の中で暮らし、一生を……完全に縮小されて、赤ん坊のうちに入れられてその瓶の内部でしか――少なくともある程度は――成長が許されなかった人もいたんです。そんなものは現在はない。それでも――シャイアンは現代版の王者の玉座だ。ご興味があればですが、いくつかお目にかけられる見世物はいくつかある。もしかして、純粋に医学的な観点から――一種の専門家的な利害抜きの――」

「あなたが私に見せたいものがなんであれ、シャイアンにきた決断をさらに後悔させるものでしかないと思う。だから正直言って、それが何の役に立つのか理解できないね」とエリックは言った。

フェステンバーグは手を掲げた。「待った。たった一つだけ。この一つの展示だけ。すべてきちんと入念に密封され、この物体を永遠に、あるいはあなたがおそらく気に入る表現では、吐き気がするまで維持してくれる液体に漬けてある。そこにお連れしていいでしょうか？　ホワイトハウスの私たちが3‐C室と呼んでいるものに置かれているんです」とフェステンバーグはドアのところに出かけて、エリックのためにそれを開けた。

ちょっとためらってエリックはそれにしたがった。

しわくちゃでプレスもかかっていない、ズボンのポケットに手を突っ込んだまま、フェステンバーグは次々と廊下を先導し、ついに地下にきて、高位のシークレットサービス二人が常駐している金属強化ドアの前にやってきた。そこにはこうある。**極秘：許可なき人物の入室を禁ず**

フェステンバーグは愛想よく言った。「私は許可があるんです。ジーノはこのウサギ小屋の仕切りを任せてくれたもんでして。私はえらく信用されてるんですよ。そのおかげであなたは、通常なら千年かかっても見ることが許されない国家機密を見ることになるんです」。制服のシークレットサービス二人の横を通って、ドアを押し開けながらかれは付け加えた。「でも、ここに一つがっかりさせるような面があるんです。ごらんにはいれますが、説明はしません。説明したいところなんですが――はっきり言って見当もつかないんです」

その淀んだ寒い部屋の真ん中には棺桶があった。フェステンバーグの言った通り、入念に密封されている。ポンプが鈍く脈動して、棺桶内部に横たわるものがなんであれ、それを超低温に保つ仕事をこなしている。

「見るんだ」とフェステンバーグが厳しい口調で言った。

意図的に立ち止まり、エリックはタバコに火をつけると、近くに歩み寄った。

棺桶の中には仰向けに、ジーノ・モリナーリがいて、その顔は苦悶状態で固定されている。死んでいた。血が見える。首に乾いた血の滴がある。制服は破けて泥まみれだ。両手が上がって指がねじ曲がり、自分を殺しただれか――何か――にいまでも反撃しようとするかのようだ。そうだな、これは暗殺の結果だ、とエリックは思った。これは指導者の死体で、かなりの高速銃弾を使う武器からの銃弾を浴びせられたものだ。男の死体はよじれ、ほとんど引き裂かれかけている。かなり壮絶な攻撃だった。そして――その暗殺は成功した。

しばらく間をおいて、フェステンバーグは大きな音を立てて息を吸い込んだ。「ま、このアイテム――シャイアンフリークショーの展示物一番とでも言おうか――を説明する方法はいくつかあります。仮にこれがロボ使いだとしましょう。こうして隠れて、ジーノが必要とするときまで待っている。GRSエンタープライズ製、発明の才能あるドーソン・カッターのお作というわけだ。この人物にはいつか是非会ってほしいですね」

「どうしてモリナーリがこんなものを必要とする?」

フェステンバーグは鼻を掻いた。「理由はいくつか考えられます。暗殺計画があったら――それが失敗したら――これを見せて、ジーノが隠れている間に目をそらせる。あるいは――自信たっぷりの同盟相手のためかもしれない。ジーノは内心の奥深くで、何かとんでもなく複雑で壮大な計画が必要になると思っているのかもしれない。連中がかけている圧力により、ジーノが引退するような話が必要になりかねないとでも思っているのかも」

「これは本当にロボ使いなのか？」エリックには、棺桶の中のモノは本物に見えた。

「そう思うとすら言えないし、ましてや本当はどうなのかまったく知りませんね」とフェステンバーグはあごで合図すると、シークレットサービスの二人が部屋に入ってきたのが見えた。明らかに、死体を検分するわけにはいかない。

「いつからこれはここにあるんだ？」

「ジーノしか知らないし、かれは教えてくれない。小ずるそうに笑うだけなんですよ。秘密めかした言い方でこう言うんです。『まあ待ってろって。私はこいつででかいことをやるんだから』」

「そしてこれがロボ使いじゃないなら――」

「だったらそれは、機関銃の銃弾で引き裂かれて横たわるジーノ・モリナーリですね。機関銃は、原始的で陳腐化した兵器ではあるけれど、臓植修理の可能性すらないように被害者を殺せるのはまちがいない。頭蓋骨に穴が空いているのがわかるでしょう――脳が破壊されている。これがジーノなら、どこからきた？　未来？　ある仮説があって、あなたの企業ＴＦ＆Ｄと関係してるんですがね。その子会社が、利用者を自由に時間を行き来できるようにするドラッグを開発したとか。それについてはご存じですか？」とかれはエリックを一心に見つめた。

「いいや」とエリックは認めた。その噂は聞いてない。

「とにかく、ここにこの死体はあるわけだ。毎日毎日ここに転がっていて、気が変になりそうですよ。ジーノが暗殺された、別の現在からやってきたのかもしれない。リリスターの後押しを受けた、テラの分派政治集団により、きついやり方で失脚させられたというわけだ。でもこの理論はさらに追加の可能性をもたらしかねなくて、それが本当に私を不安にさせるんです」。フェステンバーグの口調はいまや重々しかった。もはや冗談気分ではないようだった。「その可能性は、あのテープを作った男らしい尊大なジーノ・モリナーリについて、あることを示唆するものです。あれもロボ使いではないし、GRSエンタープライズもあれも製造していない。あれもまた本物のジーノ・モリナーリで、別の現在からやってきたものなんだということです。そこでは戦争が起こらず、テラがそもそもリリスターなんかと厄介なことになっていないんです。ジーノ・モリナーリはもっとしっかりした世界に出かけて、自分の健康な対応人物を引っこ抜いて、ここに連れてきて手助けさせているということになります。どう思います、先生？　そんなことがあり得るでしょうか？」

面食らってエリックは言った。「あのドラッグについて何か知っていたら――」

「ご存じだと思っていたんですがね。がっかりしましたよ。あなたをここにお連れしたのもそのためだったんですから。とにかく――もう一つ別の可能性があります……論理的にはね。この暗殺された死骸が示唆するものです」。フェステンバーグはためらった。「これはあまり言いたくないんですよ。あまりに異様すぎて、他の憶測についても色眼鏡で見られるようになりかねませんから」

「言ってください」エリックはきつい口調で言った。

「ジーノ・モリナーリは実在しないというものです」

エリックはうめいた。やれやれ、と思った。

「その全員がロボ使いなんです。ビデオテープの健康なやつも、あなたが会った疲れた病人も、この棺桶の死んだやつも——だれか、たとえばGRSエンタープライズ社とかが、これを仕組んでスターマンたちが地球を乗っ取るのを防ごうとしてるんです。いままでは、病気のやつを使ってきました」とフェステンバーグは身ぶりをした。「そしてこんどは健康なヤツを担ぎ出してきて、そいつの最初のテープを作った。そして他にもいるかもしれない。論理的に言えば、十分あり得る。他の代替ジーノがどんなものかを想像してみようとしましたよ。どうでしょうね。すでに登場した三体以外に、何が残ってるでしょう？」

エリックは言った。「明らかにそれは、通常よりも高い力を持つヤツを作り出す可能性を示すことになる。単に健康だというにとどまらないヤツだ」。そして、モリナーリが致命的な病気から次々に回復していることを思い出した。「でもすでにそれはいるのかもしれない。医療ファイルは見たんだろう？」

フェステンバーグはうなずいた。「はい。そしてそこにはとても興味深い性質が一つあるんです。検査を行った人物はすべて、現在かれの医療スタッフに加わっていないんです。ティーガーデンはどれ一つとして許可していない。検査はティーガーデン以前のものばかりだ。そして私の知る限り、ティーガーデンもあなたと同じく、ジーノに対してほんの形式的な身体検査すらできていない。そして今後もできないと思いますよ。さらには先生、あなたもできないと思う。ここに何年間も引き留められたとしても」

エリックは言った。「ずいぶんとんでもないことばかり思いつくねえ」

「私は腺病質ってことですか？」

「それはこれとは何も関係ない。でも、自分の頭からその場しのぎの思いつきを山ほど繰り出してきたのは確かだ」

「でも事実に基づいたものです」とフェステンバーグは指摘した。「ジーノが何を企んでいるのか知りたいんです。あの人は死ぬほど賢い人だと思います。いつでもスターマンどもを出し抜けるし、連中が持っているような経済リソースや人々を持っていたら、モリナーリが主導権を握れるのはまちがいない。でも現状では、かれは場末の惑星一つを仕切っているだけで、連中は星系全体に広がる十二の惑星と月八個の帝国を持っている。ジーノがこれまでのような成果を挙げられてきたことすら不思議ですよ。ねえ先生、あなたは何がジーノを病気にしているのかを突き止めにきた。私に言わせれば、それはまるで問題じゃない。かれがなぜ病気なのかなんて、明らかすぎる。このクソみたいな状況すべてですよ。本当の問題はですね、何がかれを生かし続けているのか、ということです。それこそが本当の謎です。この奇跡が何かということが」

「確かにその通りだね」。不承不承ながら、フェステンバーグは嫌悪を催す人物とはいえ、知的で独創的だという点は認めざるを得なかった。かれは問題を適切な形で見ることができている。モリナーリがこいつを雇ったのもむべなるかな。

「あのじゃじゃ馬女学生には会いましたか？」

「メアリー・ライネケ？」エリックはうなずいた。

「まったく、ここにこの悲劇的にややこしい大混乱があるってのに。病人が世界、テラそのものの重荷を背負いつつ、戦争に負けているのを知り、奇跡的にリリスターにやられなくても、リーグどもにはやられるのを知りつつ、なんとかギリギリで一日を乗り切っているのに——それに加えてメアリーまで背負い込まされている。そして最後の実に痛々しい皮肉ってのは、メアリーがじゃじゃ馬で、単細胞でワガママで強情で、その他基本的な人格障害として挙げられるものすべてであることにより——それにより確かにジーノの命をつないでるってことなんです。彼女がジーノをベッドからたたき起こして制服に戻し、再び活動させたのを見たでしょう。禅についてはご存じですか、先生？これは禅のパラドックスですよ。というのも論理的な観点からすれば、メアリーはジーノを完全に破壊し尽くす、最後のダメ押しになるはずなんです。人間の生涯における逆境の役割すべてを考え直したくもなりますよ。正直言ってね、私は彼女を見下げ果てた女と思ってます。彼女も私を見下げ果てたヤツと思ってますよ、当然ながら。私たちの唯一のまともなつながりというのは、ジーノを通じてのものなんです。二人ともジーノに生き延びてほしいんです」

「彼女は健康なモリナーリのビデオテープを見せられたのか?」

フェステンバーグは即座に顔を上げた。「賢明な発想ですね。メアリーはテープを見たか? はい、もしかすると、いいえ——どれか一つを選べ。私の知る限りでは見てません。でも私の別の現在からきたという仮説を採用し、あのテープに映っているのがロボ使いでないと考えるなら、つまりあの魅力的で火を噴くようなエネルギーを持った熱血の神様もどきが人間だとするなら、そしてメアリーがそれを見たら——次のことはまちがいない。まず他のモリナーリたちは姿を消す。というのもあのテープでごらんになったものは、まさにジーノがこうあるべきだとメアリー・ライネケが求めている——要求している——ものだからです」

これはとんでもない発想だった。エリックは、ジーノが状況のこの側面に気がついているのだろうかと不思議に思った。もし気がついているなら、なぜかれがこの戦術を使うまでこんなに待ったかが説明できるかもしれない。

エリックはフェステンバーグに言った。「メアリー・ライネケの存在から見て、あの私たちの知る病気のジーノがロボ使いだというのはあり得ないと思うんだが」

「どうして？　なぜあり得ないんです？」

「婉曲な言い方をすると……メアリーはＧＲＳエンタープライズ製品の愛人になるのは、いささか不気味に思うんじゃないだろうか？」

「そろそろ疲れてきましたよ。この議論はこれで終止符としましょう——あなたは連中が、ここシャイアンでの忠実な奉仕のためにあなたに提供した、最先端の新しい共アパをしつらえるといいですよ」とフェステンバーグは、ドアに向かった。最高位のシークレットサービス二人は脇にどいた。

エリックは言った。「私自身の意見を言っておこう。ジーノ・モリナーリに会った身としては、ＧＲＳがあれほど人間らしいものを構築できるとは信じられない——」

フェステンバーグは静かに言った。「でも連中が撮影したほうには会ってないでしょう。なかなか面白いですよ、先生。時間のよじれの中に存在したかわりの自分を利用することで、ジーノは同盟相手と対決できるだけのアンサンブルを集めたのかもしれない。ジーノ・モリナーリが三人か四人で、委員会を形成したら、なかなか手強いでしょう……そう思いませんか？　その組み合わさった独創性はなかなかですよ。集合的に働くことで、そいつらが思いつける得体の知れない、巧妙でとんでもない手口はどんなもんでしょうかね」。そしてドアを開けつつ、かれは付け加えた。「病気のヤツには会って、健康なヤツはかいま見た――あなただってすごいと思ったでしょう?」

「うん」とエリックは認めた。

「いまならあなた、ジーノをクビにしたいと思っている連中に投票しますか? それなのに、ジーノが実際にやったことで何がそんなにすごいのかを具体的に考えてみると――何もないんです。戦争に勝ちつつあるとか、リリスターによる地球制圧を押し戻しているとかがあるなら……でもそんなものはない。するとジーノのやったことで、そんなにあなたが感銘を受けていることというのは、具体的には何なんでしょうか、先生? 教えてください」とフェステンバーグは答を待った。

「私は――なんというか具体的には言えない。でも――」

ホワイトハウス職員の制服ロボ使いが登場し、エリック・スイートセントのところにやってきた。「モリナーリ総長がお探しですよ、先生。オフィスで面会をお待ちです。ご案内いたします」

フェステンバーグは、無念そうに、そして同時にかなり不安そうに言った。「しまった。どうやら長くお引き留めしすぎたようです」

それ以上の会話なしに、エリックはロボ使いについて廊下をエレベーターのほうに向かった。った。これはおそらく重要なんだろう。そう直感した。

オフィスでモリナーリは車いすにすわり、ひざに毛布をかけ、顔は灰色で暗かった。エリックが姿を見せたとたんにかれは言った。「どこへ行ってたんだ！　いやそれはどうでもいい。先生、聞いてくれ――スターマンたちが会議をしたがっていて、出席する間いっしょにいてほしいんだ。万が一に備えて常時待機していてほしい。あまり気分がよくないし、このろくでもない顔合わせは避けるか、少なくとも数週間延期したいとは思っていたんだ。でも連中がどうしてもと言うので」とモリナーリは、車いすを転がしてオフィスから出ようとした。「さあきてくれ。今にも始まりそうだ」

「ドン・フェステンバーグに会いましたよ」

「頭の切れる野郎だろう、あいつは。我々の将来的な成功については、あいつに全幅の信頼をおいている。何を見せられた？」

モリナーリに、あなたの死体を見ていたと告げるのは不適切に思えた。特にこの人物が、いましがた気分が悪いと述べたことを考えればなおさらだ。そこでエリックは単に「建物をいろいろ案内してくれました」と言うにとどめた。

「フェステンバーグがこのあたりを仕切っている――それは私があいつを信頼しているからだ」。廊下の曲がり角で、速記者、通訳、国務省職員、武装警備員たちがモリナーリを迎えた。その車いすは組織の群れに飲み込まれて見えなくなった。でもエリックは、かれが相変わらずしゃべり続けて、これから何が待っているかを説明しているのが聞こえた。

「フレネクシーがきている。するとかなりきつい会議になるな。連中が何を求めているのか見当はつくが、これはふたを開けてみないと。予断は禁物だ。変に予断を持つと、連中のお先棒をかつぐはめになる。何と言うか、自分で自分の首を絞めて、ついには死に至ってしまう」

フレネクシーか、とエリックはゾッとした。リリスターの首相が、自らこのテラにきているのか。

モリナーリが気分悪くなるのも当然だ。

9

慌てて招集された会議のテラ側の代表団は、長い樫製テーブルの片側にすわり、そしていまやその向かいに、リリスターからの要人たちが脇の廊下からあらわれて席に着きはじめた。全体としては、そんなに邪悪には見えない。それどころか、戦争遂行の苦労のため、テラと同じように過労で苦しみ、切羽詰まっているようだった。明らかに時間を無駄にはできないのだ。明らかに死すべき存在だ。

スターマンの一人が英語で言った。「通訳は人間存在により実施され、機械では行わない。機械は永続的な録音をしかねないからで、これはここでの我々の願いに反するものだからです」

モリナーリはうなりつつ、うなずいた。

そこでフレネクシーが登場した。スター代表団とテラ人の一部は、表敬のため立ち上がった。スターマンたちが拍手をする中、代表団の中央の席に、このはげて痩せた、奇妙に頭蓋骨の丸い人物がすわって、前置きなしに文書入りブリーフケースを開けはじめた。

でもその目。フレネクシーがちょっとモリナーリに目を向けて、歓迎の意を示すためににっこりしたとき、エリックは偏執狂の目だと思ったもの――そして臨床でもそう認識されるもの――をかれが持っているのに気がついた。いったんこれを見分ける方法を学んだら、その後それを同定するのは、一般的には簡単になった。これは通常の猜疑心がもたらすギラギラした落ち着かない凝視ではない。これは微動だにしない凝視であり、内面からの能力全体が集まって、単一のまったく動じない心理運動的集中を創り出すものだ。フレネクシーは、意図的にそうしようとしたのではない。実はどうしようもなく、その仲間も敵も同じように、この果てしない縛り上げるような凝視で対面せざるを得なくなっているのだ。その注目ぶりは、共感的な理解を不可能にしている。その目は何ら内面的な現実を反映していない。それは見る者に対し、その当人の実像をずばり送り返すものだった。その目はコミュニケーションを完全に終えてしまう。それは墓場のこちら側では決して貫通できないバリアーなのだ。

フレネクシーは官僚ではないし、自分をその役職に従属させたりはしなかった――やろうとしてもできなかっただろう。フレネクシーは人間であり続けた――悪い意味で。かれは、公的な業務の忙しい活動のさなかでも、純粋に私的なものの本質を維持し、まるで自分にとってはすべてが熟考され、意図的なものだとでも言うかのようなものだった――つまりそれが人と人との競争であり、抽象的な問題や理念的な問題の争いではないのだ、とでも言うようだった。

フレネクシー大臣がやっているのは、他のみんなからその役職による聖域を奪ってしまうということなのだ、とエリックは気がついた。自分の肩書きつき地位が持つ、安全を生み出す現実を取り去ってしまうのだ。フレネクシーと対面すると、生まれたままの姿になってしまう。孤立して一人きりで、自分が代表するはずの制度組織からは一切支援を受けられなくなるのだ。

たとえばモリナーリ。正式には、モリナーリは国連事務総長だ。個人としてのモリナーリは、その役職に溶け込んでしまった――そしてそうあるべきだ。でもフレネクシー大臣と対面すると、裸の寄る辺ない孤独な男が再浮上する――そして大臣に対し、この不幸な無窮の形で対決しなくてはならない。存在の通常の関係性、揺れ動くとはいえおおむね適切な安全を保っている他の人との関係性が、消え去ってしまうのだ。

かわいそうなジーノ・モリナーリ、とエリックは思った。フレネクシーと対面すると、モリナーリは国連事務総長でないも同然なのだ。そしてその間にフレネクシー大臣はますます冷たく、ますます生気ない存在となっていた。かれは破壊しようとか支配しようといった欲望をたぎらせてはいない。単にその敵対者が持っているものを奪ってしまうだけだ――そして相手を、文字通り何もないどこにもいない状態にしてしまう。

この時点でエリックには、なぜモリナーリは致死性の病気が続いても生き延びているのか、完全に明らかになった。そうした病気は単に、かれが置かれているストレスの症状というだけではなかった。それは同時に、そのストレスに対する解決策でもあるのだ。

まだ病気がフレネクシーへの対応として機能するにあたり、どう作用するのかは厳密には解明できていなかった。でもエリックは、それも間もなくわかるという深く強烈な直感を感じていた。フレネクシーとモリナーリとの対決はほんの数瞬後に控えていて、モリナーリは生き延びるために、手持ちのすべてを繰り出さざるを得ない。

エリックの隣で国務省の下級職員がつぶやいた。「ここは息がつまりますよね。窓を開けるか換気システムをつければいいのに」

エリックは思った。機械式換気システムではここの空気は晴れない。というのも息がつまる感じは、おれたちの向かいにすわった連中から生じているからで、連中が席を立つまで空気は晴れない——いや立っても晴れないかも。

エリックのほうに身を乗り出してモリナーリは言った。「隣にすわってくれ」と椅子を引く。「なあ先生、道具のかばんは持ってきたか？」

「共アパに置いてあります」

モリナーリは即座にロボ使いの使い走りを送り出した。「常時そのかばんは持っていてくれ」。そして咳払いをすると、テーブルの向かいにすわった連中に顔を向けた。「フレネクシー大臣、私は、えー、声明を用意したので読み上げたい。この声明は現在の地球の状況を戦局との関連で――」

フレネクシーはいきなり英語で言った。「事務総長、声明の読み上げに先立ちA前線での戦局について説明したい」。フレネクシーは立ち上がった。副官が即座に地図の投影図を開き、それが奥の壁に映し出された。部屋は暗くなった。

うなりつつモリナーリは声明の原稿を制服上着の内ポケットに戻した。それを読む機会は得られないだろう。露骨な形で先回りされてしまった。そして政治的な戦略家にとって、これは大敗北だった。モリナーリは主導権を取ろうとしたのに、いまはそれが失われてしまった。

フレネクシーは宣言した。「我々連合軍は、戦略的な狙いで戦線を短くしている。リーグどもはこの地域に極端な人員や物資を投下している」と地図のある領域を示す。それはアルファ星系の両惑星の真ん中あたりだった。「これをそんなに長く続けることはできない。かれらの兵力はいまから一カ月未満――テラの単位で――で破綻すると予想される。リーグたちはまだこれが長期戦になると理解していない。かれらにとって、勝利は即決以外の形では得られないものだ。でも我々は――」とフレネクシーはポインターをふりまわして地図全体を示した。「我々はこの闘争が持つ総合的な戦略的意味をしっかりと理解しているし、それが空間的にも時間的にもどれほど長く続くかもわかっている。また、リーグたちは薄く展開しすぎている。ここで大規模な戦闘が起きたら――」とフレネクシーはある地点を示した。「――連中はすでに投入した軍を維持できない。さらにテラ年末までに、追加で二十前線師団を動員できる。これは約束だ、事務総長。我々はまだここテラでいくつかの階級を招集していない。これに対してリーグどもはもう兵員が底をついている」。フレネクシーは間をおいた。

モリナーリはつぶやいた。「かばんはもう届いたか、先生？」

「まだです」とエリックはロボ使いの使い走りを探した。まだ戻ってきていない。

エリックのほうに身を寄せてモリナーリはこうささやいた。「聞いてくれ。最近私が何を体験しているかわかるか？　頭の中の雑音だ。流れるような音がする――ほら、耳の中で。シュー、ジューッという具合。何の音か見当つくか？」

フレネクシー大臣は再開していた。「新兵器もあって、これは帝国第四惑星から発射されるものだ。事務総長、それが戦術投入されたときのビデオクリップを見たら驚愕しますぞ。その精度は恐ろしいほどだ。ここではそれを細かく説明したりはしない。テープが手に入るまで待つほうがいい。私自身がその設計と製造を監督したのだ」

頭をほとんどエリックに触れんばかりにしてモリナーリはささやいた。「それと頭を左右に揺すったときに、首の付け根からはっきり割れるような音がする。聞こえるか？」と頭を左右にまわし、ゆっくり硬直したようにうなずいてみせた。「これは何だろう？　それが耳の中でとんでもなく不快に響くんだ」

エリックは何も言わなかった。フレネクシーを見ていて、隣の人物からのささやきにはほとんど耳を貸していなかった。

フレネクシーは間をおいてから述べた。「事務総長、我々の共同作戦で、次の面を考えてほしい。リーグどもの宇宙船駆動装置の生産は、我が方のW爆弾の成功により著しく制約されている。最近連中の組立ラインから出てきたものは――MCIからの情報によれば――信頼性が低く、戦線用宇宙船では深宇宙に入ったところで、きわめて破壊的な汚染が大量に生じているそうだ」

ロボ使いの使い走りが部屋に入ってきた。エリックの器具入りかばんを持っている。これを無視してフレネクシーは続けた。その声は厳しく断固としている。「またここで指摘したいのがだね、事務総長、青戦線でテラ旅団はあまり戦果を挙げていない。これはまちがいなく適切な装備がないせいだ。もちろん我が方の勝利はまちがいない――いずれは。だが現在、我々はリーグに対して戦線を維持する兵員が、適切な資材なしに敵と対面させられるようなことがないようにしなければならない。そんな状況で兵に戦わせるのは犯罪的なことだ。そう思わないか、事務総長？」そして返事も待たずにフレネクシーは続けた。「したがって、テラによるあらゆる戦略武器装備や兵器の生産を増大させる緊急性はおわかりいただけるだろう」

モリナーリはエリックの器具入りかばんを見て、ホッとしたようにうなずいた。「やっときたか。すばらしい。万が一に備えて、用意しといてくれ。私としては、いまの頭の雑音の原因が見当つくんだが。高血圧症だ」

慎重にエリックは言った。「可能性はあります」

いまやフレネクシー大臣は口を止めていた。その無表情な顔はもっと厳しさを増し、自分の強烈さの真空の中にさらに引きこもったようだった。その真空、つまり非存在こそは、フレネクシーの主要な性質に思えた。モリナーリがよそに気を取られているのに苛立って、フレネクシーは自分自身の反存在という蓄えを活用しているのだな、とエリックは判断した。そうやって会議室とその内部の人々に、自分の原理原則を投影し、まるでみんなを一歩ずつお互いから遠ざかるよう強制しているようだ。

「事務総長、これはいまやきわめて重要なのだ。戦場の我が将軍たちは、リーグどもの新しい攻撃兵器、連中の――」

モリナーリはうめくように言った。「待ってほしい。隣にいるこの同僚と相談したい」。エリックのほうに極度に身をかがめ、その柔らかい汗ばんだ頰がエリックの首に押しつけられた状態で、モリナーリはささやいた。「あと他にもあるんだ。なんだか目がおかしい。まるで完全に目が見えなくなりつつあるようだ。頼みがある、先生。いますぐ血圧を測ってくれ。危険なほど高くないか確かめるだけだ。正直言って、ずいぶん高いように思うんだ」

エリックは器具かばんを開けた。

壁の地図のところでフレネクシー大臣は言った。「事務総長、先に進む前に、この決定的な細部に注目する必要がある。テラの兵員は、リーグどもの新しい恒常性爆弾への耐性が低い。だから私は当方の工場労働者百五十万人を配転し、制服を着せて、帝国の工場はそのかわりにテラ人労働者を使いたい。これはそちらにとって有利な話ですぞ、事務総長。テラ人たちは戦線で戦って死ぬことはなく、帝国工場の中で安全にいられるのだから。しかしこれは、やるならすぐさまやるしかない」。そしてこう追加した。「だからこそ、高官レベルで即座に会議を開催したいと考えたのだ」

エリックは検査用ディスクでモリナーリの血圧二九〇という読みを得た。異様なほど高く危険な水準だ。

「かなりひどいだろう？」とモリナーリは、頭をエリックの腕にもたせかけた。そしてロボ使いに指示を出した。「ティーガーデンを連れてこい。スイートセント先生と相談してほしい。この場で診断を出すよう告げてくれ」

フレネクシーは言った。「事務総長、私の発言に集中してくれなければ先に進めない。テラ人男女百五十万人を帝国の工場で働かせてほしい――聞こえたのか？　この重要な徴発はすぐさま承認されねばならない。こうした人員の輸送は、そちらの時間で今週末を待たずに開始されねばならない」

モリナーリはつぶやいた。「うむ、えー、聞こえましたよ、大臣。いまその要求を思案しているところです」

フレネクシーは言った。「思案する話ではない。いまやリーグどもの圧力が最大となっているC前線を維持するつもりなら、すぐに実施が必要だ。ここはいますぐにも破られかねず、テラ旅団はいまだに――」

長い間をおいてからモリナーリは言った。「労働長官と相談が必要だ。承認をもらわないと」

「そちらの人々百五十万人がどうしても必要なのだ！」

上着に手を突っ込んで、モリナーリはたたんだ紙の束を取り出した。「大臣、私が用意したこの声明――」

フレネクシーは要求した。「約束をいただけますかな？　そうすればいますぐ他の議題に移れる」

「私は病気だ」とモリナーリ。

沈黙が訪れた。

ついにフレネクシーは思慮深げに言った。「事務総長、あなたの健康状態が何年もあまりよくないのは承知している。だから私は、この会議に帝国の医師を独断で連れてきた。こちらはゴーネル医師だ」。テーブルの奥に、ひょろ長い顔のスターマンがいて、モリナーリに慇懃に会釈した。「かれに診断させてほしい。あなたの肉体問題を永続的に矯正するために」

モリナーリは答えた。「ありがとう、大臣閣下。ゴーネル医師をお連れいただいたご配慮には深く感謝します。だが私は自前の医療スタッフを持っている。こちらのスイートセント先生だ。かれとティーガーデン医師は、私の高血圧の原因を突き止めるべく、診察をするところだ」

「いま、ここで？」とフレネクシーは、初めて本当の感情の痕跡を示した。驚愕まじりの怒りだ。

「血圧が危険なほど高いのですよ。これが続くと目が見えなくなる。実はすでに、視覚がかなりやられているんです」そしてモリナーリは低い声でエリックに言った。「先生、まわりすべてが暗くなっている。すでに目が見えなくなっているようだ。ティーガーデンはいったいどこにいるんだ？」

エリックは言った。「事務総長、高血圧の原因は探れます。必要な診断器具は手元にありますから」とかばんの中に再び手を突っ込んだ。「最初は放射性塩を注射して、それが血流の中を運ばれ――」

モリナーリは言った。「わかっている。そしてそれが、血管収縮の根本に溜まるんだろう。やってくれ」と腕まくりして毛むくじゃらの腕を差し出した。エリックは、注入管の自己清掃ヘッドを肘近くの血管に押しつけ、タブを押した。

　厳しい口調でフレネクシー大臣が言った。「何が起きているんだね、事務総長。会議を続けるわけにはいかないのか？」

うなずいてモリナーリは言った。「いや、お続けください。スイートセント先生は単に検査の――」

「医療の話はどうでもいい」とフレネクシーは割り込んだ。「事務総長、追加で提案をさせていただく。まず、私の連れてきたゴーネル医師をそちらのスタッフに加え常駐させて、医療ケアの監督にあたらせたい。さらに、このテラ上で活動する帝国防諜機関から、テラの参戦を終わらせようとする不穏分子があなたの暗殺を計画しているという情報を得た。したがって、あなたの安全のため、スターマン特殊部隊の武装警護を常駐させたい。かれらはその極度の勇敢さと決意と効率性により、常時あなたを保護できる。総勢二十五名だが、その特別な資質を考えれば十分な数だ」

「なんだと？」とモリナーリは身震いした。「どう思うね、先生」かれは混乱したようで、エリックと会議の進行の両方に注意を払い続けられなくなっていた。「大臣閣下、待ってくれ」。そしてエリックにつぶやいた。「結果はいったいどうなんだ、先生？　それともすでに教えてくれていたか？　すまん」とかれはおでこをさすった。「目が見えない！」

その声はパニックに満ちていた。「なんとかしてくれ、先生！」

エリックは、モリナーリの循環系を移動する放射性塩の動きを追う追跡グラフを検討した。「どうやら右の腎臓を通る腎動脈の狭窄があるようです。リング状の——」

モリナーリはうなずいた。「わかっている。狭窄が右の腎臓にあるのは知っていた。前にもあった。手術をしてくれ。リングを切ってくれ。さもないと死ぬ」。もはや頭を上げられないほど弱っているようだった。すわったまま前のめりになって、顔を手に埋めている。「ああ、ひどい気分だ」とつぶやく。そして頭を上げてフレネクシーにこう言った。「大臣閣下、私は即座に矯正手術を行ってこの動脈狭窄を治療しなくてはならない。この議論は延期するしかありません」。そして立ち上がり、ぐらついて、そして大きな音を立てて倒れた。エリックと国務省からの男がそれを捕まえ、手伝って椅子に戻した。モリナーリはとんでもなく重くて生気がないようだった。エリックは手伝いがあってもほとんど支えきれないほどだった。

フレネクシーは宣言した。「会議は継続しなければならない」

モリナーリはあえいだ。「わかりました。あなたが話す間に手術を受けましょう」。そして弱々しくエリックにうなずいた。「ティーガーデンを待たなくていい。始めてくれ」

「ここでですか？」とエリック。

モリナーリは泣きそうな声を出した。「仕方ないだろう。狭窄を切除してくれ。そうでないと死ぬ。私は死にかけてる——自分でわかる」そして、倒れてこんどはテーブルに寄りかかった。そして今回は、自分ですわった位置まで戻ろうとはしなかった。その状態で留まっていた。不要になって投げ捨てられた大きな袋か何かのように。

テーブルの反対の端から、国連副事務総長のリック・プリンドルがエリックに言った。「始めてください、先生。総長が言ったように緊急事態だ。言うまでもない」。明らかにかれ――そして出席している他の人々――はこれを前にも経験しているのだ。

フレネクシーは言った。「事務総長、プリンドル氏があなたにかわってテラ＝リリスター交渉の公式な責任者になるよう権限移譲してもらえないか？」

モリナーリからの答はなかった。意識を失っていたのだった。

かばんの中からエリックは小さな手術用恒常性ユニットを取り出した。これでこのデリケートな手術にも十分だろう――とかれは願った。このツールは、自分で侵入口を開け、開けた穴を自分で閉じながら進み、皮膚層を通り抜けて大網を貫通し、やがて腎動脈の狭窄にたどりつき、きちんと機能するなら動脈の該当部分にプラスチックのバイパスを作る。現時点では、そのほうが狭窄リングを切除しようとするより安全だ。

ドアが開いてティーガーデン医師が入ってきた。早足でエリックに近づき、モリナーリが意識を失ってテーブルに頭を載せつつ横たわっているのを見た。「手術の用意はできたんですか？」

「機器はある。準備はできてます」

「人臓なしですね、もちろん？」

「不要ですから」

ティーガーデンはモリナーリの手首を取り、脈を測った。それから聴診器を取り出して、事務総長の上着とシャツのボタンをはずし、心音を聴いた。「弱くて不安定だ。冷やしたほうがいい」

「そうですね」とエリックも同意して、かばんから冷却パック組み立て装置を取り出した。

フレネクシーがやってきてそれを眺めた。「手術中に体温を下げるのか？」

「そうです。冷却します。代謝プロセスは――」

フレネクシーは遮った。「どうでもいい。生物学的な話には興味がない。私が気にしているのは、事務総長が現在明らかにこの議論を続けられないということだ。この議論のために何光年も旅をしてきたのに」。その顔は、抑えきれない鈍く困ったような怒りを示していた。

エリックは言った。「どうしようもないんです、大臣。モリナーリは死にかけている」

「それはわかる」フレネクシーは拳を握りしめて歩き去った。

まだモリナーリの心拍を聴いていたティーガーデンが言った。「医学的にはすでに死んでいる。すぐに冷凍装置を起動して、先生」

エリックはすぐに冷却パックをモリナーリの首に当て、その自立型圧縮回路を起動させた。そこから冷気が放出された。エリックはそれを離し、注意を手術器具に向けた。

フレネクシー大臣は自国語で、帝国医師と相談した。そしてすぐに頭を上げて明瞭に述べた。「ゴーネル医師にこの手術に協力させたい」

副総長プリンドルが口を開いた。「認められません。モリナーリは、自分の身体に触れるのは、自分自身で選んだ自分自身の職員医師だけだと厳しく命じています」。そしてかれは、トム・ジョハンソンとそのシークレットサービス集団にうなずいた。かれらはモリナーリに近づいた。

「なぜだ？」とフレネクシー。

「既往病歴に詳しいからです」プリンドルが杓子定規に言った。

フレネクシーは肩をすくめて歩み去った。いまやもっと困っているようで、途方に暮れた様子ですらあった。そしてテーブルに背を向けて声に出して言った。「こんな事態が容認されるなど、私には考えられない。モリナーリ事務総長の身体状態がここまでひどいところまで劣化するに任されているとは」

ティーガーデンに向かってエリックは言った。「これは前にもあったんですか？」

「モリナーリがスターマンとの会議中に死んだことがあるかという意味ですか？」ティーガーデンは思わず微笑した。「四回。まさにこの部屋で、まさにその椅子で。穿孔器を始動させてください」

エリックは恒常性手術器具をモリナーリの右脇下部に当てて起動させた。ショットグラスほどの大きさのその装置は、即座に活動を始め、まずは強力な局部麻酔を行ってから、腎動脈と腎臓への経路切開作業を開始した。

いまや室内の唯一の音は、器具の活動によるウィーンという音だけだった。フレネクシーを含む全員は、その器具がモリナーリの重たい不動のぐったりした身体に潜り込み、姿を消す様子を見つめた。

エリックは一歩下がってタバコに火をつけた。「ティーガーデン、ホワイトハウスのどこかで、高血圧の症例がなかったか調べたほうがいいと思うんだ。腎動脈の一部が狭窄した例とか――」

「すでに見つかっている。三階の女中だ。遺伝性の奇形ですよ、もちろん当然ですが。でもこの女性が過去二十四時間で危機になったのは、アンフェタミンの過剰摂取のせいです。目が見えなくなりはじめたので、我々は手術を進めることにしました――いま呼び出されたときもそこにいたんです。ちょうど手術を仕上げるところで」

「じゃあこれでわかったでしょう」とエリック。

ティーガーデンの声は低く、テーブル向かいの人々からは聞こえなかった。「わかったって、何が？　あとで議論しましょう。でも断言しますが、私は何もわかってなんかいない。あなただって」

二人のもとにフレネクシー大臣がやってきた。「モリナーリがこの議論を再開できるまでにどれだけかかる?」

エリックとティーガーデンは顔を見合わせた。そして視線を合わせた。

「何とも言えませんね」とティーガーデンが間もなく言った。

「数時間? 数日? 数週間か? 前回は十日だった」。フレネクシーの顔は、無力感で歪んだ。「私はとにかく、そんなに長くテラにとどまるわけにはいかない。もし七十二時間以上待たねばならないなら、この会議は年内のもっと後に延期せざるを得ない」。背後ではかれの顧問団や、軍事、産業、外交アドバイザーたちは、すでにノートをブリーフケースにしまい、引き揚げる準備をしていた。

エリックは言った。「おそらく、通常こうした症例で見込まれる二日間以内には強さを回復できないでしょう。全体的な状態があまりに——」

フレネクシー大臣はプリンドルに向き直った。「そしてあなたは、副総長として総長にかわり話す権限がまったくないと言うのか? なんとも忌まわしい状況だ! こんなことだからテラは——」そこで口を止めた。「モリナーリ事務総長は私の個人的な友人だ。かれの厚生については大いに重視している。でも、なぜリリスターがこの戦争で主な重荷を背負い込まされねばならないのか? どうしてテラがいつまでも手をこまねいていて許されるのか?」

プリンドルも、二人の医師も、何も言わなかった。

自国語でフレネクシーは使節団に何か言った。一同は一斉に立ち上がり、明らかに出発準備をしていた。

会議は、モリナーリの突発的な死亡寸前の病気により、中止となった。少なくともとりあえずは。エリックは圧倒的な安堵を感じた。

モリナーリは自分の病気を通じて逃れた。でも一時的なことでしかない。それでも、大したものだった。それで十分だったのだ。リリスター側が自分たちの工場向けに要求したテラ人百五十万人たちは徴発されたりはしない……エリックはティーガーデンをちらりと見て、一瞬の間に同意と理解の視線を交わした。一方、穿孔器は何の助けも借りずにウィーンと音を立てて作業を続けていた。

心身相関性の高血圧症が、大量の人々の生活を守った。おかげでエリックは医療の価値をはやくも考え直し、モリナーリの状態に対する「治療」をもたらすべきか迷うようになっていた。

活動する穿孔器の音を聴きつつ、自分が状況を理解しつつあるように思えてきた――そして、苦しむ国連事務総長に自分が何を本当は求められているのかについてもわかってきたように思えた。その事務総長は、会議テーブルにもたれかかって横たわり、何も見聞きできず、フレネクシー大臣との議論の問題が存在しない状態にあるのだった。

後に、厳重警備の寝室でジーノ・モリナーリは枕上に身体を起こし、手元に置かれた『ニューヨーク・タイムズ』の電送新聞を弱々しく検分していた。

「読むのは構わないんだろう、先生？」とかれは消え入りそうな声でつぶやいた。

「たぶん大丈夫です」とエリック。手術は大成功だった。高くなった血圧は平常に戻り、患者の年齢や一般的な条件に見合ったものに落ち着いた。

「ろくでもない新聞どもが何を嗅ぎつけたか見てくれ」とモリナーリは最初の記事をエリックにまわした。

政策会合、事務総長の病気で突然延期：
フレネクシーらスター代表団は隔離

モリナーリは駄々をこねるようにこぼした。「こいつら、どうやってこんなことを突き止めた？　まったく、私のメンツが台無しだ。ここぞというところで、ケツをまくったのがわかってしまう」とエリックをにらみつける。「私に多少なりとも根性があれば、あの労働力徴発要求についてフレネクシーと対決しただろうよ」と疲れたように目を閉じる。「あの要求がくるのはわかっていた。先週のうちからね」

「ご自分を責めないでください」とエリック。生理的な遁走《フーガ》的力学のうち、モリナーリはどの程度を理解しているんだろうか？　明らかにまったく理解していない。モリナーリは、自分の病気の目的を理解できていないにとどまらず、それをありがたく思ってすらいない。だからこれは無意識の水準で機能し続けているわけだ。

でもどこまでこれが続くだろうか、とエリックは思った。意識的な狙いと無意識の逃避願望との間でこれほど強力な二律背反があるなら……ひょっとしてついに、事務総長が決して回復できないような病気が生み出されるかもしれない。そうなったらそれは、致死性にとどまらない。本当に致命的になってしまう。

部屋のドアが開いた。メアリー・ライネケが立っていた。

彼女の腕をつかんで、エリックは廊下に連れ出して背後でドアを閉めた。「会えないってこと？」と彼女は強情そうに要求した。

「ちょっと待って」エリックは彼女を見つめ、いまだに彼女がどこまで状況を理解できているのかつかみきれずにいた。「一つ訊きたいことがあるんだ。モリナーリが何か精神医学療法とか精神分析とかを受けたことがあるか知らないか？」ファイルの中には何も記述がなかったが、エリックにはピンとくるものがあったのだ。

メアリーはスカートのジッパーを弄んでいた。「なんでそんな必要があるのよ。キチガイでもないのに」

確かにその通りではあった。エリックはうなずいた。「でもかれの身体的な――」

「ジーノはツキがないのよ。だからいつも病気なの。精神分析屋があの人のツキを変えるわけにはいかないでしょ」。そしてメアリー・ライネケは、気が進まない様子で付け加えた。「ええ、確かに分析医にかかってたわ、去年、何回かね。でもこれは極秘よ。電送新聞がかぎつけたら――」

「分析医の名前を教えてくれ」

「ふざけんじゃないわよ」彼女の黒い目が、敵対的に勝ち誇るようにねめつけた。まばたきもせずにエリックをにらみつける。「ティーガーデン先生にすら言わないわ、あの人のことは気に入ってるのに」

「ジーノの病気が実際に起こるのを見て、私はどうも――」

メアリーが割り込んだ。「分析医は死んだわ。ジーノが殺させたの」

エリックは彼女を見つめた。

「理由はわかるでしょ」と彼女は、ティーン少女の気まぐれな悪意をこめて微笑した。目的もないすばらしい残酷さだ。それを見て一瞬のうちにエリックは自分の少年時代へと連れ戻された。そうした少女たちに以前に味わわされた苦悶が蘇ったのだ。「その分析医が何か言ったせいらしいわよ。ジーノの病気について。それが何かは知らないけど、たぶん図星だったんじゃないかと思うの……あなたも自分が図星だと思ってるんでしょう。で、そんなお利口さんになりたいの？」

「きみを見ていると、フレネクシー大臣みたいだ」

彼女はエリックを押しのけてジーノのドアに向かった。「中に入るわね。さよなら」

「今日、会議室でジーノが死んだのを知ってるのか？」

「ええ、そうするしかなかったのよ。もちろんほんの数瞬よ。脳細胞をダメにするほどじゃないわ。それにもちろん、あなたとティーガーデンがすぐに冷やしたんでしょう。それも知ってるわ。なんであたしがフレネクシーなんかみたいなのよ、あんなガジミ野郎を！」メアリーはエリックのほうに戻ってきて、じっと観察した。「あんなヤツとは全然ちがうわ。あたしを怒らせたら口をすべらせて何か言うと思ってるんでしょう」

「私が何を言わせようとしていると思うんだい？」とエリック。

「ジーノの自殺衝動についてよ」と彼女は平然と言った。「ジーノにはある。みんな知ってることよ。だからこそ、あの人の親戚どもがあたしをここに連れてきたの。だれかが毎晩かならずいっしょにいて、ベッドの中でかれにぴったり寄り添っているか、眠れなくてウロウロしているときにも見張っていられるように。夜には一人にしておけないのよ。絶対にあたしが話し相手でいないと。そしてあたしは、あの人を正気に戻せる――ほら、朝四時に道理を吹き込んだりとか。結構難しいのよ、でもあたしはやる」。彼女はにっこりした。「ほらね？　あなたはそんなことしてくれる人がいるの？　あなたの朝四時の瞬間に?」

ちょっとためらって、かれは首を横に振った。

「それは残念。いたほうがいいわよ。あたしがやってあげられないのは残念だけど、一人で手一杯。どのみち、あなたはあたしの好みじゃないし。でもがんばってね——いつの日か、あたしみたいな人が見つかるかもよ」ドアを開けて、彼女は中に消えた。エリックは廊下に一人で立ち尽くし、無力感を覚えていた。そして、いきなり、とんでもなく寂しくなった。

分析医のファイルはどうなったんだろうか、とエリックは頭を仕事に切り換えて、機械的に考えた。ジーノが破壊させたのはまちがいない。スタードどもに見られないように。

確かにそうだな。いちばんきついのは確かに朝四時だ。でもきみみたいな人は他にだれもいないのか。仕方ないな。

「スイートセント先生?」

エリックは目を上げた。シークレットサービスの男が近づいてきたのだ。「はい?」

「先生、外に女性が来ていて、あなたの奥さんだと言ってるんですが。建物に入れろと言っています」

「ありえん」とエリックは恐怖とともに言った。

「いっしょにきていただけますか。本人かどうか確認していただきたいので。お願いしま何も考えずにかれは、シークレットサービスの隣に並んだ。「帰れと言ってもらえますか」いいや、これではダメだ、とエリックは思った。問題を解決するのにそんなやり方ではだめだ、杖を振り回す子供のようなことをしてはいけない。「キャシーなのはまちがいないと思う。結局ここまでついてきたのか。神様の名前において――なんとツイてないんだろう。そんな気分になったことはある?」とエリックはシークレットサービスに尋ねた。

「いっしょに暮らさなくてはいけない人物と、とてもやっていけないと思うことはある?」

「ないですねえ」とシークレットサービスの男は、先導しつつ気のない様子で答えた。

10

エリックの妻は、ホワイトハウスの待合室となる外部の建物の隅に立って、電送新聞『ニューヨーク・タイムズ』を呼んでいた。黒い上着を着て、かなり濃い化粧をしていた。でもその肌は青ざめていて、目は不安に満ちて巨大に見えた。

建物に入ると、彼女は顔を上げた。「あなたの話を読んでるところよ。どうやらモリナーリに手術をして命を助けたみたいね。おめでとう」とにっこりしたが、それは弱々しい、震えるような微笑だった。「どこかに連れてって、コーヒーでもちょうだい。いろいろ話があるの」

「話なんかない」とエリックは言ったが、声からショック混じりの狼狽を隠せずにいた。

「あなたが去ってから、大きな気づきがあったのよ」とキャシー。

「私もだ。別れたのは正しかったという気づきだ」

「変ね。あたしの気づきは正反対だったの」

「それはそうだろう。どう見ても。だってここにいるんだから。聞けよ。法的に私はきみと同居する必要はないんだ。必要なのは単に――」

キャシーは動じることなく言った。「あたしの言うことも聞いてよ。あなたがあっさり立ち去るなんて、道徳的にまちがってる。そんなの安易すぎるでしょう」

エリックはため息をついた。自分の狙いを実現させるためのお手軽な哲学。それでも、エリックははまってしまった。「わかった。その通りだな。ちょうどきみが妻だというのを正直に否定はできないのと同じで。じゃあコーヒーを飲みにいこう」。これは運命だという気がした。自分の自己破壊的な本能が、抑えられた形であらわれたのかもしれない。

いずれにしても、エリックは受け入れた。彼女の腕を取って通路を通り、ホワイトハウスの警備を通って最寄りのカフェテリアに向かった。「なんだかひどい様子だぞ。顔色とか。それにずいぶん緊張している」

彼女は認めた。「あなたが去ってからひどい気分だったのよ。たぶんあなたに本当に依存しているんだと思う」

「共生関係。不健康だ」

「そんなんじゃない!」

「いや、そうだとも。いまのこの状態がその証拠だ。いいや、私はもう昔の関係のまま、元の鞘におさまる気はないね」。エリックは――少なくともその瞬間は――決然とした気分だった。いま、この場で最後まで戦い抜くつもりだった。彼女を見つめてこう言った。

「キャシー、かなり具合が悪そうだぞ」

「それはあなたがモリナーリなんかのまわりをうろついてるからよ。病気の環境に慣れてるんだわ。あたしは完全に普通の気分で、ただちょっとくたびれてるだけ」

でも彼女は——小さく見えた。まるで内部の何かが縮小して消え、干上がってしまったかのようだった。ほとんど——加齢のようだった。でもちょっとちがう。二人が別れたことでこれほどのダメージが出てしまったのか？　考えにくいと思った。妻は、最後に会ったときから脆弱になっていて、それが何か気に入らなかった。敵意を抱きつつも、心配してしまった。

「全面検査を受けたほうがいい。完全に調べてもらうんだ」

「まったく。あたしは大丈夫だったら。というか、あたしたちが誤解を解いて元に戻れたら大丈夫になる——」

エリックは言った。「関係解消は、誤解じゃない。それは人生の再編だ」。かれは自分と彼女のコーヒーカップを取って、販売機で両方とも満たし、ロボ使いのレジ係に支払いをすませた。

二人がテーブルにつくと、キャシーはタバコに火をつけた。「わかったわよ、認めるしかないのね。あなたなしだと、あたしは完全に崩壊しそうよ。少しは心配してくれる？」

「心配はするが、だからといって——」

「あたしがかき消えて、いなくなっても構わないのね」

「すでに日夜つきっきりで世話をする病人が一人いるんだ。きみを同時に治すのは無理だ」。特に本気で治したいとは思っていないから、なおさらだ。

「でもあなたは単に——」キャシーはため息をついて、苦々しげにコーヒーをすすった。手が震えていて、ほとんどパーキンソン病まがいだ、とエリックは思った。「何もしなくていいのよ。単にあたしを元通り受け入れて。そしたら元気になる」

「いやだ。正直言って、信用できない。そんなものではすまないほど具合が悪いな。他に何か原因がある」。伊達で医学を仕事にしてるわけじゃないぞ。純然たる病気のパターンなら、見ればわかる。でもそれ以上の診断はできなかった。そこで率直に言った。「きみは自分がどうして病気なのか知ってるんだと思う。その気なら、それを話してくれることもできた。私としては、もうかつてないほどうんざりするばかりだ。きみは話すべきことを隠してる。正直でもないし責任ある態度でもないし、そんな状態で元通り受け入れろなんて——」

彼女はにらんだ。「わかったわよ！　あたしは病気よ！　それは認めるわ。でもそれはあたしだけの問題だってことにしてよ。あなたは心配しないでいいから」

「見たところ、神経障害が出てるね」

彼女はのけぞった。多少は残っていた顔の血色も、いまや消えうせた。

エリックは突然言った。「決めた。本当に拙速で大げさすぎると思うことをやろう。やってみて、どうなるか見てみよう。きみを逮捕させる」

「いったい全体どうして？」パニックに襲われてキャシーはかれを見つめたが、もう何も言えなかった。手は防衛するように挙げられたが、それが下ろされた。

エリックは立ち上がり、カフェテリアの従業員に近づいた。「お嬢さん、シークレットサービスをこちらのテーブルまでよこしてくれないか？」かれは自分の席を指さした。

「かしこまりました」女性は目をぱちくりしたものの、動じた様子はなかった。そしてフロア係の少年に合図すると、かれはそれ以上の相談もなしに厨房へと駆け込んだ。

エリックは席に戻り、キャシーの向かいにすわり直した。そしてコーヒーをまたすすり、平静を保とうとしつつ、同時にこれから起こるはずの場面に備えて身構えようとした。

「私の理屈では、それがきみ自身のためだということだ。もちろんまだわからないよ。でもそういう結果になると思う。そしてそれはきみもたぶんわかっているはずだ」

蒼白になり、恐怖に縮こまってキャシーは懇願した。「帰るから。サンディエゴに戻るから。ね、エリック――それでいいでしょう？」

「いいや。ここにくることで自らこの事態を招いたんだ。きみが私にこうさせたんだ。だから自業自得だよ。いわば」。エリックは自分が完全に理性的で、この場を支配しているように感じた。ひどい状況ではあったけれど、でもいまにも起ころうとしている、はるかにひどいことの可能性が感じられた。

キャシーはしゃがれ声で言った。「わかったわ、エリック。本当のことを言うわ。JJ-180に中毒したのよ。前に話したドラッグ、マーム・ヘイスティングスとかみんなと飲んだドラッグ。これでわかったでしょう。もう言うことはないわ。それですべてよ。そしてその後ももう一回飲んだ。そして一回摂取するだけで中毒するのよ。そんなことはまちがいなくわかるでしょうけど。だって医者なんだから」

「他に知ってる人は？」

「ジョナス・アッカーマン」

「ティファナ毛皮&染料社から手に入れたのか？　うちの子会社から？」

「そ、そうよ」彼女は視線をそらせた。しばらくして付け加えた。「だからジョナスは知ってるのよ。かれから手に入れたの——でもこれはだれにも言わないで。お願い」

「言わない」エリックの心は、またまともに機能しはじめた。ありがたいことだ。これがドン・フェステンバーグのほのめかしていたドラッグだろうか？　JJ-180という用語が、眠っていた記憶を呼び覚ました。それをなんとか整理しようとした。「きみはとんでもないまちがいをしでかした。その別名フロヘダドリンについて耳にした話からするとね。そう、ヘイゼルティン社が作っている」

テーブルにシークレットサービスの男があらわれた。「お呼びですか、先生」

「この女性が、本人の言う通り私の妻だと言っておきたかったんだ。それと、妻がここに一緒にとどまれるよう手続きをしてほしい」

「わかりました。規定でセキュリティチェックはかけます。でも大丈夫でしょう」とシークレットサービスの男はうなずいて立ち去った。

「ありがとう」とキャシーはしばらくして言った。

「こんな有毒ドラッグへの中毒は、私から見れば大病だ。この時代にあっては、ガンや重篤な心不全よりもひどい。明らかにきみを捨てるわけにはいかない。たぶん入院させることになる。それはすでにわかってるんだろう。ヘイゼルティンに連絡して、わかっていることは全部調べよう……でも絶望的かもしれないのはわかるだろう」

「ええ」と彼女は痙攣するようにうなずいて顔を伏せた。

「とにかく、きみは大した勇気の持ち主らしいな」とエリックは身を乗り出して彼女の手を握った。それはカサカサで冷たかった。生気がない。エリックはそれを離した。「それだけは昔から、きみに感心させられたよ――臆病ではない。もちろん、だからこそそもそもこんな状態になってしまったわけだ。新しい物質を試すだけの勇気があったことで。まあ、そういうわけで私たちは元サヤってわけか」。きみのおそらく致死性のドラッグ習慣で、お互いにしっかりくっつけられてる、とかれは陰鬱な絶望とともに考えた。結婚の再開理由としてはなんともひどいもんだ。エリックとしては、これはちょっとあんまりだった。

「あなたも捨てたもんじゃないわ」とキャシー。

「この物質はもっと手元にあるのか?」

彼女はためらった。「い、いいえ」

「嘘つけ」

「渡さないわ。それならあなたのところを去って、なんとか一人でやってみる」。彼女の恐怖はその瞬間、強情な反抗になった。「わかんないの? あたしがJJ-180中毒ってことは、手持ちの蓄えは絶対に渡せないってことなのよ——中毒ってそういうものなの! これ以上摂取したくなんかない。でも摂取するしかない。それに、もうほとんどないのよ」。彼女は肩をすくめた。「死にたくなるわ。そんなの言うまでもないんだけど。まったく、どうしてこんなことになったのかわからない」

「どんな体験なんだ? 何か時間に関係しているそうだけれど」

「そう、固定した参照点がなくなるの。簡単に行ったり来たりするわ。あたしとしては、だれかか、何かの役に立って、自分がドラッグの影響下にある期間を有効に使いたいわ。事務総長なら雇ってくれるかしら? エリック、あたしならこの戦争から逃れる方法がわかるかも。モリナーリが平和協定に調印する前に警告するのよ」。彼女の目は希望で輝いた。「やってみる価値はあると思わない?」

「そうかもな」。でもエリックは、この話についてのフェステンバーグの発言を思い出した。モリナーリはすでにＪＪ‐180を使っているのかもしれない。でもモリナーリは明らかに、協定以前の日々への道を試してはいない――あるいは見つけられないのかも。ドラッグの効き目は人によってちがうのかも。多くの刺激性幻覚ドラッグはそういうものだ。

「あなた経由で事務総長に会えるかしら？」

「たぶん――できるかも」。でも内心で何かがわき起こり、慎重になった。「時間がかかる。いまの総長は、腎臓手術からの回復中なんだ。どうやらそれは知っているようだが」

彼女は頭を振って、苦痛でうなずいた。「まったく、ひどい気分よ、エリック。もう生きていけないみたいな。ほら……大災厄が待ち受けているような。精神安定剤をたくさんちょうだい。少しは役に立つかも」とキャシーは手を差し出したが、それがひどく震えているのがわかった。どうもさっきよりひどくなっている。

エリックは腹を決めて立ち上がった。「この建物の医務室に入れてあげよう。とりあえずはね。どうするか考える間。でも薬は渡したくない。ドラッグがかえって強化されかねない。新しい物質だと何が起こるか絶対――」

キャシーが割り込んだ。「あたしが何したか知りたい？　あなたがシークレットサービスを呼びにいっている間に。ＪＪ‐180のカプセルをあなたのコーヒーカップに入れたのよ。笑わないで。本気よ。本当だし、あなたそれを飲んだのよ。だからこれであなたも中毒よ。

効果はいまにも生じるはず。このカフェテリアを出て、自分の共アパに戻ったほうがいいわ。効きがすごいから」。彼女の声は平板で単調だった。「あなたがあたしを逮捕させると言ったからやったのよ。そうするというので、信じたのよ。だから自業自得だわ。ごめんなさいね。やらなければよかったけど、でもとにかく、これであたしを治療する動機ができたでしょう。絶対に解決策を見つけるしかないわ。あなたの善意だけをあてにするわけにはいかなかったのよ。二人の間はもめごとが多すぎるから。そうじゃない？」

エリックは何とか口を開いた。「それは中毒患者一般に言えることらしい。他人を中毒させるのが好きなんだ」

「許してくれる？」とキャシーも立ち上がって尋ねた。

「いや」。エリックは怒りで頭がくらくらした。許さないだけじゃないぞ。おまえが治療を受けられないよう手を尽くしてやる。いまやおまえに復讐する以外、何一つ意味を持たない。おれ自身の治療ですら。キャシーに対する、純粋で絶対的な憎悪を感じた。そう、こいつはこういうことをするヤツだ。それが自分の妻なんだ。だからこそ、おれはこいつから逃げ出そうとしたんだ。

「一蓮托生よ」とキャシー。

できるだけ平静に、かれはカフェテリアの出口に向かって歩いた。一歩ずつ、テーブルや人の横を抜けて。彼女を置き去りにして。

ほとんど成功しかけた。ほとんど。

すべてが戻ってきた。でもまったくちがう。真新しい。変化している。

向かいでドン・フェステンバーグがふんぞり返っていた。「運がいいね。でも説明したほうがいい。ほら。カレンダーだ」。かれは真鍮製の物体をこちらに押しやった。デスク越しに、エリックはそれを見た。「きみは一年をちょっと超えるだけ未来に進んだんだ」。エリックは見つめた。何も見ることなく。入念な刻印。「いまは二〇五六年六月十七日だ。きみはドラッグがこういう効き目になる、幸せな少数派なんだ。ほとんどの人は過去に迷い込んで、並行宇宙の製造に没頭してしまう。ほら、神様役を演じたがっているうちに、やがて神経破壊が進行しすぎて、ランダムなパルスへと退行してしまうんだ」

エリックは、何か言うべき台詞を考えようとした。でも思いつかなかった。

フェステンバーグはエリックが苦闘するのを見た。「無駄だからやめとけ。しゃべるのはこっちがやる。きみはここに数分しかいられないんだから、言うことを言わせてくれ。一年前、きみが建物のカフェテリアでJJ-180を投与されたとき、私は運良く即座にそこに急行できたんだ。きみの奥さんは狂乱して、きみはもちろん――消えた。彼女はシークレットサービスに連行されて、自分の中毒を認め、何をやったかも白状した」

「おや」エリックは反射的にうなずき、それにつれて部屋が下がっては上がった。

「だから――気分はましになった？　とにかく、でもキャシーはすでに治ってるけど、その話は置いとこう。どうでもいいことだから」

「私の――」

「そう、きみの問題のほうだね。きみの中毒。一年前当時、治療法はなかった。でも、いまはあるんだ。ホッとしただろう。数カ月前にそれが登場したので、きみが登場するのを待ってたんだ――JJ‐180についてはずっと理解が進んだので、きみがいつ登場するかについては、ほとんど一分単位で計算できるだけの力があるんだ」。しわくちゃの上着ポケットに手を突っ込んで、フェステンバーグは小さなガラス瓶を取り出した。「これがTF&D子会社の作っている治療薬だ。ほしいか？　いま飲めば、二十ミリグラム飲めば、自分の時代に戻ってからも中毒からは解放される」とフェステンバーグはにっこりしたので、その黄ばんだ顔が不自然にしわくちゃになった。「でも――問題がある」

「戦争はどうなった」とエリック。

バカにしたようにフェステンバーグは言った。「どうでもいいだろう。やれやれスイートセント。きみの命はこの瓶次第なんだ――その物質に中毒したらどうなるか、わかってないだろう！」

「モリナーリはまだ生きてるのか？」

フェステンバーグは首を横に振った。「数分しかないってのに、モリナーリの健康状態が知りたいときた。聞けよ」とエリックのほうに身を乗り出し、口をへの字に曲げ、顔は興奮してふくれあがっている。「取引がしたいんだ、先生。この薬品錠剤と引き換えに頼みたいのは、驚くほどわずかなことなんだ。頼むから取引してくれ。こんどそのドラッグを摂取したら——治療されていなければ——こんどは十年未来に飛ぶことになる。そうなったら手遅れで未来に行きすぎてる」

エリックは言った。「あんたには手遅れでも、私にとってはちがう。そのときでもまだ治療法はある」

「私がかわりに何を要求したいかも聞かないのか?」

「聞かない」

「どうして?」

エリックは肩をすくめた。「何だか気に入らないもんでね。圧力をかけられているのが気にくわない——あんたなしでドラッグがどうなるか見てみる」。治療法があると知るだけで十分だった。その知識が不安を解消し、好きなように振る舞えるようになった。「明らかに、私にとっていちばん見込みが高いのは、生理学的に可能な限り何度もドラッグを使い、二度とか三度とか、毎回ずっと未来に出かけて、その破壊的な影響が大きくなりすぎたところで——」

フェステンバーグは歯を食いしばった。「一回使うだけで、取り返しのつかないほど脳がやられる。どうしようもないバカだな——いますでに使いすぎなんだよ。奥さんを見ただろう。自分もあんな障害を持ちたいのか？」

一瞬後、深く考えてからエリックは言った。「そこから得られるものの代償としてなら、かまわない。二度摂取した頃には、戦争の結果もわかっているし、それがまずいものなら、それをどう回避すべきかモリナーリに助言できる状態になる。それに比べたら、私の健康なんかどうでもいい」。そしてエリックは黙った。もはやすべてが完全にはっきりした。議論の余地はなかった。かれはドラッグの効果が薄れるのをじっと待った。自分の時代に戻るのを待った。

ガラス瓶を開けて、フェステンバーグは白い錠剤を取り出した。それを床に落として、かかとで粉々にすりつぶした。

「今後十年でテラが徹底的に破壊し尽くされ、TF&D子会社はもはやこの解毒剤を作れなくなっているという可能性は考えたのかい？」

それは考えていなかった。ひるんだものの、なんとかそれを表に出さずにすんだ。「いずれわかる」とエリックはつぶやいた。

「正直言って、私は未来については何も知らない。でも過去については知ってる——きみの未来についてはね。この過去一年についてだ」。かれは電送新聞を取り出し、それをエリックのほうに向けてデスクに広げた。「ホワイトハウスのカフェテリアでの体験から六カ月間のできごと。おもしろがってもらえると思うぜ」

エリックはトップ記事の見出しを流し読みした。

国連事務総長代行ドナルド・フェステンバーグに対する
毒殺の陰謀首謀者として
スイートセント容疑者が
シークレットサービスに逮捕

いきなりフェステンバーグは新聞をひったくり、それをくしゃくしゃにして背後に放り投げた。「モリナーリがどうなったかは教えない——自分で突き止めるがいいよ。私と理性的な合意に達するのに興味がないんだからな」

しばらく考えてエリックは言った。「『タイムズ』の偽造版を印刷する時間が一年あったわけだ。政治史ではそんな前例があったのを覚えているような気がするぞ……ヨシフ・スターリンは、レーニンの晩年にそれをやったっけ。『プラウダ』の完全インチキ版を印刷させて、それをレーニンに渡して、レーニンは——」

「私の制服はどうだ」とフェステンバーグは激しい口調で、顔をどす黒くして、まるで爆発寸前のように震わせた。「私の肩章を見てみろ！」

「それだって偽造できるだろう。別にそれが偽物だというんじゃないし、さっきの電送新聞もインチキかは知らない」。結局のところ、エリックはどっちか判断できる立場にはないのだ。「単にそういう可能性があると言ってるだけだ。それだけで自分の判断を保留するには十分なんだ」


すさまじく努力して、フェステンバーグは何とか部分的にせよ自制心を取り戻した。

「そうか、慎重に慎重を期すってわけか。この体験すべては混乱するものな――わかるよ。でも先生、ちょっと現実的になってくれよ。きみは新聞を読んだ。ここで詳述しない方法で、私がモリナーリの後を継いで国連事務総長になったのも知ってる。さらにきみ自身の時代から六カ月たつと、私はぼくに対する陰謀の現行犯で捕まるのも知っているだろう。そして――」

「国連事務総長代行だ」とエリックは訂正した。

「なんだって?」フェステンバーグはエリックを見つめた。

「一時的な状況が含意されていた。移行措置だ。それに私は『現行犯』なんかでは捕まらなかった――これからも。新聞は単に容疑を述べていただけだ。裁判もないし判決もない。無罪かもしれない。はめられるところかもしれない。それもあんたにね。ここでもスターリンの晩年を思い出そう。通称――」

「私の専門分野についての講義はたくさんだ! きみが言ってる状況は知ってるよ。スターリンが臨終のレーニンをいかに完璧にだましたかも知ってる。そして毒殺の陰謀についても知ってる。スターリンが臨終の病気のときに偏執狂的に仕組んだことだ。わかったよ――」とフェステンバーグの声は落ち着いていた。「降参だ。さっき見せたあの電送新聞――あれはインチキだ」

　エリックはにっこりした。

「そして私は国連事務総長代行なんかじゃない。でも実際に何が起きたかといえば――きみの憶測に任せるよ。いや憶測さえできない。いまから数瞬後には自分の時代に戻るけど、未来の世界については何も、何一つとしてわからないんだ――私とちょっとした取引さえしていたら、すべてがわかったのに」とフェステンバーグはエリックをにらみつけた。

「私はバカなんだろうね」とエリック。

「バカじゃすまない。多形倒錯だ。自分も、奥さんも、モリナーリも救えるだけのすさまじい兵器――もちろん比喩的な意味でだけど――を持って帰ることもできたのに。一年にわたり、ものすごく後悔するぞ……そのドラッグ中毒でそれだけ生き延びられればの話だけど。まあどうなることか」

　初めてエリックは、迷うような疑念を感じた。まちがいをしでかしただろうか？　なんといっても、その取引とやらを実現するために何を求められるかもわからないのだ。でもいまや解毒剤は破壊された。もう手遅れだ。いまはもう口先だけだ。

立ち上がってエリックは、シャイアンの街を窓からさっと見渡した。

街は廃墟だった。

それを立ち尽くして見つめている間に、その部屋の現実性、自分の見ているものの本質性が揺らぐのを感じた。それが自分から遠ざかり、エリックはそれを維持しようとして手を伸ばした。

「やるだけ無駄だよ、先生」とフェステンバーグがうつろに言って、そのかれもまた、霧のようなおぼろな存在となり、それが身の回りで灰色のはっきりしない形となりうねって、デスクや部屋の壁や、一瞬前まで完全に安定していたものの、解体された残滓と混じり合った。

よろめいた――そして体勢を立て直そうと苦闘した。バランスを崩して、無重量という気分の悪い体験へと落ち込んだ……そして、叩くような頭痛とともに顔を上げると、まわりにホワイトハウスのカフェテリアのテーブルや人々が見えた。

まわりに人だかりがしていた。心配はしているけれど、手をこまねいている。実際にエリックに触れたがってはいない。野次馬のまま。

「助けてくれてどうも」とかれは不機嫌な声を出して、よろよろと立ち上がった。

野次馬たちは後ろめたそうに、自分たちのテーブルに戻って、エリックを一人残した。

一人きり――キャシーを除いては。

「三分ほど気絶してたのよ」と彼女。

エリックは何も言わなかった。彼女と口をききたいとは思わなかったし、彼女と関わりを持ちたいとすら思わなかった。吐き気がして、脚がガクガクした。頭が割れるようで壊れた感じで、一酸化炭素中毒症はこういう体験にちがいないと思った。古い教科書にあった通りだ。死そのものを体験したような感じだ。

「手伝ってあげましょうか？　自分が最初のときにどんな気分だったか覚えているから」

「いますぐ診療所に連れて行く」とエリックは彼女の腕をつかんだ。そのハンドバッグがはねてエリックに当たる。「ドラッグはハンドバッグの中だな」と言ってそれを彼女からむしり取った。

一瞬後、エリックは細長い顆粒カプセルを二つ手に持っていた。それをポケットにおさめて、ハンドバッグはキャシーに返した。

「おありがとうございます」と彼女は、すさまじい皮肉をこめて言った。

「こちらこそありがとうございます、家内や。私たちはお互いに深い愛情を抱いているのだからね。この婚姻関係の新しいフェーズにおいては」とエリックはカフェテリアから彼女を連れ出した。彼女は抵抗もせず従った。

フェステンバーグと取引をしないでよかった、と思った。でもフェステンバーグは再び自分を追ってくる。これで終わりではない。それでも、エリックはフェステンバーグに対する優位性を一つ持っていた。黄ばんだ顔のスピーチライターがまだ――現時点では――知らないことだ。

一年後の会合で、フェステンバーグに政治的野心があるのがわかった。そしてかれが、何らかの形でクーデターを目論み、買収での支援を得ようとすることも。あの国連事務総長の制服はインチキではあったけれど、フェステンバーグの野心は本物だ。

そしてフェステンバーグが、キャリアの中でその段階を開始していないことも十分に考えられた。

フェステンバーグは、この時代ではエリック・スイートセントに不意打ちを食らわすことはできない。というのも現在のかれはまだ知らないことだが、一年後の未来にかれは手札を見せてしまったからだ。そしてそれをやったときに、自分の行動の持つ意味合いを理解できていなかった。

これは大きな政治的過ちで、取り返しのつかないことだった。特に、舞台に他の政治的戦略家たちがいることを考えれば。その中には、すさまじい能力を持つ人もいる。

その一人がジーノ・モリナーリだ。

妻をホワイトハウスの診療所に収容させてから、かれは映話をかけて、ティファナのTF&D社にいるジョナス・アッカーマンを呼び出した。

「キャシーの状況がわかったんだね」そう言うジョナスは、あまりうれしそうではなかった。

エリックは言った。「なぜあなたがあんなことをしたのかは、訊かないでおきます。映話したのは——」

「あんなことって、何を？」ジョナスの顔が歪んだ。「ぼくが彼女をあのヤク漬けにしたって言ったんだな、キャシーは。そうだろう？　ちがうからね、エリック。なんでぼくがそんなことをしなくちゃいけないんだ。考えてみてくれよ」

「それについて、いまは議論しないでおきましょう」。そんな暇はなかった。「まず、ヴァージルはJJ-180について何かご存じなんでしょうか」

「知ってるけど、ぼくと同じくらいだよ。わかっていることがそもそもあまり——」

「ヴァージルと話をさせてください」

不承不承、ジョナスは映話をヴァージルのオフィスに転送した。エリックは一瞬後に、あの老人と対面していた。老人は、映話の相手がだれかを見ると、屈託なしにあけすけに笑った。「エリック！　新聞で読んだぞ——すでにモリナーリの命を一回助けたんじゃな。あんたならやってくれると思っておった。さて、それを毎日できたら——」とヴァージルは楽しそうに笑った。

「キャシーがJJ-180に中毒してます。助けがいるんです。なんとか中毒を治さないと」

がそれて、喜びの感情がヴァージルの顔から消えた。「そりゃひどい！　でもエリック、わしに何ができるね？　助けたいのは山々じゃよ。ここらじゃみんな、キャシーが大好きじゃ。エリック、あんたは医者じゃろ。あんたこそ、何とかしてやれるんじゃないのか」。そのましゃべり続けようとしたのを、エリックが割り込んだ。

「子会社でだれに連絡すればいいか教えてください。JJ-180の製造元で」

「ああそうじゃな。デトロイトのヘイゼルティン社じゃ。えーと……だれと話をすればよいかな？　バート・ヘイゼルティン自らと話をすべきかな。ちょっとまった。ジョナスがこのオフィスに上がってきよった。何か言っとる」

ジョナスが映話画面に登場した。「さっき言いかけてたんだよ、エリック。キャシーの状態を知ったとき、ぼくはすぐにヘイゼルティン社に連絡したんだ。すでにだれかを送り出したって。その人がすでにシャイアンに向かってる。姿を消したキャシーがそっちに向かうだろうと思ったからね。何か進展があったら、ヴァージルとぼくに教えてくれよな。グッドラック」。かれは画面から姿を消したが、明らかに自分なりの貢献ができてホッとしている様子だった。

ヴァージルに礼を述べて、エリックは映話を切った。立ち上がってすぐにホワイトハウスの待合室に出かけ、ヘイゼルティン社の代表がすでにきているかどうかを調べた。

「ああ、いらしてますよ、スイートセント先生」と受付嬢がノートを調べて言った。「お二人が、ほんのいましがた到着されました。いま廊下やカフェテリアで先生に呼び出しがかかってます」。そしてノートから名前を読み上げた。「お一方はバート・ヘイゼルティン氏、もうお一方は女性で、バチス……バチスさんです。彼女の手書き文字を何とか読むと、なんかそんな感じです。お二人は上階の先生の共アパにお通ししてあります」

共アパに戻ると、ドアが半開きだった。小さな居間に、二人の人物がすわっていた。一人は中年男で、長いオーバーをしっかり着込んでいる。もう一人はブロンドの女性で三十代後半だ。メガネをかけ、顔立ちは重々しく有能そうだった。

「ヘイゼルティンさんですか？」とエリックは、手を差し出しながら共アパに入った。

男女の双方は立ち上がった。「こんにちは、スイートセント先生」。バート・ヘイゼルティンがエリックの手を握った。「こちらはヒルダ・バチスさんです。国連麻薬統制局の方です。こちらに奥さんの状態を通報する必要があったんです。法律ですから。でも——」

バチスさんが口を開いて明瞭に説明した。「私たちは、奥様を逮捕したり処罰したりするつもりはありません。彼女を助けたいんです、あなたと同じように。すでに彼女と面会の手筈は整えましたが、まずはあなたとお話ししてから、診療所に行きたいと思いまして」

静かな声でヘイゼルティンは言った。「奥さんは、どのくらいのドラッグ備蓄を持ってるんですか？」

「まったくなしです」とエリック。

ヘイゼルティンは言った。「では、習慣性と中毒のちがいについて説明させてください。中毒では——」

エリックはそれを抑えた。「私は医者です。基本的な説明は不要ですよ」。そしてすわったが、まださっきのドラッグ発作の影響が感じられた。まだ頭痛がするし、息をするたびに胸が痛む。

「では、あのドラッグが奥さんの肝臓代謝系に入って、いまや代謝の継続に必要とされているのもおわかりでしょう。ドラッグなしだと奥さんが死亡するまでに——」ヘイゼルティンは計算した。「奥さんはどのくらい摂取したんですか？」

「カプセル二、三錠ほど」

「ドラッグなしだとほぼ確実に二十四時間以内に死亡します」

「ドラッグがあれば？」

「だいたい四カ月は生きられます。その頃には解毒剤ができているかもしれません。努力してないわけじゃないんですよ。人臓移植だってやってみたんです。肝臓を切除してかわりに新しい——」

「ではもっとドラッグをやるしかない」と言いつつエリックは自分のことを考えた。自分自身の状況だ。「彼女が摂取したのが一回だけならどうですか。それだと——」

ヘイゼルティンは言った。「先生、おわかりにならないですか？　JJ－180は医薬品として設計されたものじゃない。戦争兵器なんです。一発で完全な中毒状態を作り出せるようになっているんです。大幅な神経障害や脳障害をもたらすように意図されているんです。無味無臭なので、食べ物とか飲み物とかに混ぜて飲ませてもわかりません。当初から、社員たちがうっかり中毒するという問題に直面してきたから、JJ－180を敵に使おうと思っていました。でも——」とかれはエリックに目をやった。「奥さんはうっかり中毒したんじゃない。意図して中毒させられたんだ。どこから手に入れたかはわかってます」とかれはバチスさんを見た。

バチスさんは言った。「奥さんは、ティファナ毛皮＆染料会社から入手したはずはないんです。このドラッグはヘイゼルティン社から一切親会社へは提供されていないので」

「同盟国です」バート・ヘイゼルティンが言った。「これは平和協定の条項だったんです。国連の命令で、私テラで生産される戦争兵器の見本はすべて提供することになっていた。JJ－180の一定量をリリスターに出荷しなければならなかった」。その顔は、いまやくたびれて怒る気力もしぼみ、緩んでいた。

「JJ－180の量は、安全保障上の理由から、五つの別々の便で、四つはリリスターに届きました。五つの別々の容器に入れてリリスターに出荷されました。

一つは不着です。リーグたちがそれを自動機雷で破壊したんです。そしてそれ以来、帝国内で活動する当方の諜報局から、スターのエージェントたちがこのドラッグをテラに運び戻して、テラ人たちに使っているという噂が根強く伝わってくるんです」

エリックはうなずいた。「わかった。ティファナ毛皮&染料社から入手したんじゃないんですね」。でもキャシーがどこから入手したかなんて、今更どうでもいい。

バチスさんは言った。「つまり奥さんは、スターの諜報エージェントに接触を受けてます。だからシャイアンに置いておくわけにはいきません。すでにシークレットサービスとは話をして、ティファナかサンディエゴに連れ戻すことになっています。他に道はありません。彼女自身は当然ながら認めてはいませんが、スターの手先として活動するのと引き換えにクスリの供給を受けているんです。彼女があなたを追ってここまできたのもそのせいかもしれません」

「でも、彼女のドラッグ供給を断ちきったら――」

ヘイゼルティンは言った。「そんなつもりはありませんよ。それどころか正反対です。彼女をスターのエージェントたちと切り離す最も徹底したやり方は、弊社の在庫から直接供給することです。こうした事例だとそれが正式な方針なんです……そしてあなたの奥さんが初めてというわけじゃない。前にもあったことなので、その点は信頼してください。どうすればいいかも知っている。とは言っても、使える限られた可能性の中での選択肢としては、ということではありますが。まず、奥さんは死なないためだけにもこのドラッグを必要とする。それだけでも、彼女にクスリを供給するのが不可欠だ。でも知っておくべき事実がもう一つあります。リリスターに送られたのに、リーグ機雷で破壊された出荷分……いまやリーグたちが、その船の一部を回収したことがわかっています。微量とはいえ、そこそこの量のＪＪ‐180が入手されたようです」とヘイゼルティンは間をおいた。「連中も治療法を開発中です」

部屋に沈黙が満ちた。

ヘイゼルティンは、しばらく黙ってから続けた。「テラ上にはどこにも治療法はありません。リリスターはもちろん、治療法を開発しようとさえしていないんです。奥さんに何と言ったかは知りませんが。単に自分が受け取ったあのドラッグを繰り出して、まちがいなく敵だけでなく私たちにも使っている。まぎれもない事実です。でも——リーグたちはすでに治療法があるかもしれない。これを話さないのは、不公正だし道徳的にまちがったことです。敵に寝返れと言っているわけではありませんよ。何も示唆したりはしない——単に正直に述べているだけです。四カ月で解毒剤ができるかもしれず、できないかもしれない。未来は知りようがありませんから」

エリックは言った。「あのドラッグは、利用者の一部を未来に移行させてくれる」

ヘイゼルティンとバチスさんは視線を交わした。

「その通りです」とヘイゼルティンはうなずいた。「それはもちろんご存じとは思いますが、極秘情報です。たぶん奥さんからお聞きになったんでしょうね。ドラッグの影響下で奥さんはその方向に動くんですか？　比較的珍しい症例です。通常は、過去に退行するんです」

用心深くエリックは言った。「キャシーとはその話はしました」

ヘイゼルティンは言った。「まあ、可能性はあります。少なくとも論理的には。未来に出かけて治療法を得て——それを大量に持ってくるのは無理でも、その合成方法くらいは持ってくる。記憶して現在に戻り、その合成方法をヘイゼルティン社の化学者たちに渡す。それで一件落着。あまりに安易すぎると思いませんか？　ドラッグの影響が、それを無化する作用物質を調達する手法を含んでいる。JJ-180にかわって肝臓代謝に入る、新しい、未知の分子が得られるとはね……思いつく最初の反論としては、そんな解毒剤は決してできないかもしれないということで、その場合には未来に行っても無意味です。結局のところ、いまだに阿片誘導体の中毒に対する確実な治療法すらないんですから。ヘロインはいまだに一世紀前とまったく同じように、違法で危険です。でも別の反論、もっと深いものも思いつきます。正直言って——そして私はJJ-180の試験の全段階を監督してきました——ドラッグの影響下で被験者が突入する時間区分は、インチキのように思えるんです。それが本物の未来だとも、本物の過去だとも思わない」

「なら何なんです？」とエリック。

「われわれがヘイゼルティン社で、当初から主張してきた通りのものです。私たちは、JJ‐180が幻覚性ドラッグだと言っていますし、これは文字通りのことです。幻覚が本物に思えるからといって、それを真に受けるべきだということにはなりません。ほとんどの幻覚は、原因が何であれ本物に感じられるんです。それがドラッグによるものだろうと、精神異常によるものだろうと、脳障害だろうと、脳の特定部位に直接電気刺激を与えた結果だろうと。そのくらいはご存じでしょう、先生。幻覚を体験している人物は、単に自分が、たとえばオレンジの木を見ていると思うだけじゃない――本当にそれを見るんです。その人物にとって、それは正真正銘の体験であり、あなたの居間にいるわれわれの体験と同じくらい本物なんです。JJ‐180を摂取して過去にいった人物は、だれ一人何か人工物を持ち帰ったりはしてない。姿を消したりもしないし、また――」

バチスさんが割り込んだ。「私はそうは思いませんよ、ヘイゼルティンさん。JJ‐180中毒患者といろいろ話をしましたけれど、過去についての詳細を話してくれて、そこに行ったのでもない限り知りようがないのは確実なことばかりです。証明はできませんが、信じてはいます。割り込んでごめんなさい」

ヘイゼルティンは苛立ったように言った。「埋没記憶だ。あるいは、やれやれ、前世の記憶かね。生まれかわりが本当にあるのかも」

エリックは言った。「もしＪＪ‐180が本当に本物の時間旅行を引き起こすなら、それはリーグ相手に使う兵器としては不適切になりかねないですよ。連中に幻覚症を引き起こすかもしれない。それを政府に売るおつもりならですが」

ヘイゼルティンは言った。「人格攻撃ですか。私の議論ではなく動機を攻撃するとはね。がっかりしましたよ、先生」。陰気な様子だ。「でもおっしゃる通りなのかも。私には知りようがない。摂取したことはないし、その中毒性が判明してからはだれにも投与していない。動物実験や、最初の――そして遺憾な――人間被験者や、スターマンたちが中毒者に仕立てた、あなたの奥さんみたいな最近の人たちしか手持ちがない。それと――」かれはためらったが、肩をすくめて先を続けた。「それともちろん、捕虜収容所のリーグどもには投与した。そうでないと、連中にどんな影響が出るか知りようがない」

「反応はどうです？」とエリックは尋ねた。

「おおむねこちらの人間と同じですよ。完全な中毒、神経面の衰退、圧倒的な幻覚で、実際の状況に対してまったく無関心になる」。そして半ば自分に言い聞かせるように付け加えた。「戦時中にはまったくひどいことをする羽目になる。ナチスがひどいとか言っておきながら」

バチスさんが言った。「戦争に勝たねばならないんですよ、ヘイゼルティンさん」

ヘイゼルティンは意気消沈して言った。「そうですな。いやまったく、とんでもなくおっしゃる通りですよ、バチスさん。なんとまあ実に正しい話でしょうかね」。かれは床にがっくりと視線を落とした。

「スイートセント先生に、ドラッグの在庫をあげてください」とバチスさんが言った。うなずいて、ヘイゼルティンは上着の懐に手を入れた。「ほら」と、平べったい金属の缶をよこす。「ＪＪ－180です。法的には、奥さんには渡せない。中毒者とわかっている人には供給できないんです。だからあなたが受け取ってください——もちろんあくまで形式的なものですが——それをどうするかは、お任せします。いずれにしても、その缶の中には、彼女が死ぬまで生かし続けられるだけの量が入ってる」。かれはエリックと目を合わせなかった。床を見下ろし続けた。

エリックは缶を受け取った。「あなた、自分の会社のこの発明品があまりうれしくないようですね」

ヘイゼルティンはおうむ返しに言った。「うれしい？　うれしいに決まってるじゃないですか。わかりませんか？　一見して明らかじゃないですか？　ねえ、変な話ですが、それを摂取したリーグ捕虜を観察するのは最悪です。あっさり縮こまって、しおれてしまうんだ。連中には寛解はまったくない……一度でも触れたら、ＪＪ－180の中で暮らすことになる。それに中毒して喜んでいる。幻覚はそれほど——なんと言うべきでしょうかね——かれらにとっては楽しいものなんだ……いや楽しいんじゃない。夢中になるというべきか。

わからない。でも、究極の何かをのぞきこんだような振る舞いになる。でもそれは、臨床的に言っても、生理学的に言っても、陰湿な地獄とも言うべき代物なんですよ」

「人生は短い」とエリックは指摘した。

「そして荒々しくイジワルだ」とヘイゼルティンは付け加えた。漠然と引用し、まるで無意識のうちに応答しているかのようだった。「先生、私は宿命論者にはなれない。あなたは幸運なのか頭がいいのか、そんなものなのかもしれないけれど」

エリックは言った。「いやいや、全然そんな」。陰気になるのは、もちろん望ましいことではない。宿命論は才能ではなく、長引く病気だ。「JJ‐180を摂取してからどのくらいで禁断症状が起きるんですか？　言い換えると、次の――」

バチスさんが言った。「投薬の間隔は十二時間から二十四時間ですね。すると生理的な欠乏、つまり適切な肝代謝の崩壊が始まります。これは――不快ですよ、言うなれば」

ヘイゼルティンが粗っぽい口調で言った。「不快だって――いやはやまったく、正直になりましょうよ。耐えがたいものです。死ぬような苦悶ですよ、文字通り。そして当人はそれを知っている。何かは指摘できなくても、それを感じる。結局のところ、死の苦悶を味わった人物なんて、この世に何人いるんですか？」

「ジーノ・モリナーリは味わっていますよ。でもあの人は独特だ」。JJ‐180の缶を上着のポケットに入れて、エリックは考えた。するとこのドラッグの次の一服までに、最大二十四時間あるのか。でも最短だと今晩くるかも。

するとリーグどもは治療法を持っているかもしれないのか。自分の命を救うために寝返ろうか？　キャシーの命のために？　どうだろう。自分でも本当にわからなかった。ひょっとすると、最初の禁断症状をくぐり抜けたあとでなら、わかるかもな。それがだめなら、自分の体内で神経損傷の最初の兆候が感じられたときに。

自分の妻が、これほどあっさり自分を中毒させたことで、エリックはいまだにクラクラしていた。なんという憎悪がうかがえることか。生命の価値に対するすさまじい軽侮がうかがえる。でも自分だって同じ気持ちじゃなかったか？　かれはジーノ・モリナーリとの最初の議論を思い出した。自分の感情がそのとき蘇り、それと直面したのだった。最終的に考えれば、自分はキャシーと同じ気持ちを抱いていた。これは戦争の大きな影響の一つだ。ある個人の生存なんかつまらないことに思える。だから、戦争のせいにすればいいのかも。そうすれば気が楽になるだろう。

でもエリックはそれほど愚かではなかった。

11

妻にドラッグ在庫を渡すため診療所に向かう途中、信じられないことだが、ジーノ・モリナーリのよろめいた病気の姿と対面することになった。車いすにすわった国連事務総長は、重たいウールのひざかけをして、目は別個の生き物のようにうごめいて、エリックを身動きできないようにしてしまった。

「きみの共アパには盗聴器がしかけられている。ヘイゼルティンとバチスとの話も聴かれ、録音され、その書き起こしが私のもとに届けられた」

「こんなにすぐ?」エリックはやっとのことでそう言った。自分自身の中毒については何も言わなかったのがありがたい。

モリナーリはうめくように言った。「キャシーをここから追い出せ。スターの犬だ。なんだってやる——知ってるんだ。これは前にも起きた」モリナーリは身震いしていた。「実を言えば、すでにキャシーはここにはいない。うちのシークレットサービスが捕まえて、飛行場に連れ出してコプターに乗せた。だから、自分でもなぜこんなに動揺してるのかわからん……頭では、もう状況が落ち着いたのはわかってるんだ」

「書き起こしがあるなら、バチスさんがすでにキャシーの――」

「知ってる！　わかってるって」モリナーリはゼイゼイと息をついた。顔は不健康で生々しい。その皮膚がしわしわになって垂れ下がっている。ゆるい肉が黒ずみしわくちゃにだぶついている。「リリスターの手口を見たか？　われわれ自身のドラッグをこちらに対して使うなんて。まったく実にろくでもない連中だ。しかもそれで喜んでやがるんだろう。あのドラッグを連中の上水道にぶちこんでやるべきなんだ。私がきみをここにこさせたら、奥さんもついてきた。あのクソを手に入れるためなら、あの惨めなドラッグを手に入れるためなら、彼女は何だって喜んでやるぞ――連中が頼めば私を暗殺だってする。フロヘダドリンのことは知り尽くしている。その名前を考案したのがこの私なんだから。ドイツ語の喜びを意味するフロ、ラテン語で快楽の語幹となるヘダ、そしてドリンはもちろん――」かれは口を止めた。そのふくれた唇がピクピクしている。「具合が悪いんだからこんなに興奮してはいけない。あの手術から回復しなきゃいけないのだからな。きみは私を治療しようとしてるのかね、それとも殺す気か、先生？　自分でもわかってないんじゃないか？」

「ええ、わからないんです」。エリックは混乱し、無力に感じた。これはあんまりだった。

「ひどい様子だな。きみにとってもこれはつらいだろう。セキュリティファイルを見ても、きみ自身の発言を見ても、きみは奥さんを心底嫌っていて――そして彼女もきみを嫌っているようだが。たぶん、いっしょにいてやれば奥さんは中毒にならなかったと思ってるんだろう。聴きなさい。だれしも自分自身の人生を生きるしかないのだよ。彼女自身が責任を負うしかない。きみが彼女にそうさせたわけじゃない。彼女自身がそうしようと決めたのだ。そう考えてみたらどうだ？　少しは気が楽になるか？」かれはエリックの反応を見ようと顔を見つめた。

「私は――大丈夫です」エリックは手短に言った。

「聞いて呆れる。奥さんと同じくらいひどい様子だぞ。あそこに行って奥さんを見てきたんだよ、どうしても我慢できなくてね。哀れなろくでもないご婦人。すでにあのブツが引き起こした破壊が見てとれた。そして新しい肝臓をあげて血を全部入れ替えてもだめだ。それは前に試したからね。すでにその話は聞いただろう」

「キャシーと少しでも話をしたんですか？」

「私が？　スターの犬と話を？」モリナーリはエリックをにらみつけた。「ああ、ちょっとばかり話をした。連中が車いすで彼女を運び出しているときにね。きみがどんな種類の女性とややこしい関係になるのか知りたかったんだよ。きみはマゾ的気質の大盤振る舞いをしていて、彼女はそれをまさに実証している。あれはガミガミ女だよ、スイートセント。化け物だ。きみが話していた通り。彼女が何と言っていたと思う？」モリナーリはニヤリとした。「きみのほうが中毒者なんだと。もめ事を引き起こすためなら何だってするわけだ、え？」

「そうですね」エリックは身をこわばらせた。

「どうしてそんな目で私を見るんだ？」モリナーリはエリックを観察した。その黒くはれぼったい目は、かれが自制心を取り戻しているのを示していた。「そんな話を聞いたら頭にくるだろう、な？　ここでのきみのキャリアを破壊するためなら、彼女はどんなことでもするんだとわかったら。エリック、もしきみがあのブッに手を出したと思ったら、ここから蹴り出すだけではすませない。きみを殺させる。戦時中には、私は人を殺す。それが私の仕事だ。きみだって、私だって、それを知っている。私たちはそれを話し合っている。いずれいまから遠からぬ時期に、きみが私を——」かれはためらった。「話した通りのことだ。私ですら殺す。そうだろう、先生？」

エリックは言った。「彼女にドラッグを渡さないといけません。失礼してよろしいでしょうか、総長？　彼女が出発する前に？」

「だめだ。行かせられない。というのも頼みがあるからだ。フレネクシー大臣はまだここにいる。それは知ってるね。一行とともに東ウィングに隔離されている」。かれは手を伸ばした。「先生、JJ-180のカプセルを一つくれ。よこして、この会話は忘れてくれ」

あんたが何をするか知ってるぞ、とエリックは内心で思った。というか、何をするつもりか知ってる。でもそんなことはさせない。ルネサンス時代とはちがうんだ。

「自ら手渡すつもりだ。それが本当に相手に届いて、途中でどっかのポン引きが飲んでしまわないようにするんだ」とモリナーリ。

「だめです。絶対に拒否します」とエリック。

「なぜだ？」モリナーリは首を傾げた。

「自殺行為です。テラの万人にとって」

「ロシア人どもがどうやってベリヤを始末したか知ってるか？　ベリヤはクレムリンに拳銃を持ち込んだんだ。これは違法だった。ベリヤはそれを自分のブリーフケースに入れていたので、みんなでそのブリーフケースを盗んで、本人の拳銃でベリヤを射殺した。トップだと物事が必ずややこしいものだと思ってるのか？　平均的な人がいつも見逃す、単純な解決策はあるんだ。それが大衆的な人間の大きな欠陥——」モリナーリは中断して、いきなり手を胸に当てた。「心臓が。止まったようだ。いまは動いているが、一瞬脈がなかった」。顔面蒼白で、これはいまや落ち込んでささやきになっている。

「車いすを部屋まで運びましょう」とエリックはモリナーリの車いすのうしろについて、押しはじめた。モリナーリは文句も言わず、前のめりにすわって、その肉厚の胸をマッサージし、探るように身体に触れ、しかもバラバラになりそうな圧倒的な恐怖でためらいながらそれをやっていた。他のすべてが忘れ去られた。かれは、自分の病んだ破綻しつつある身体以外の何も知覚していなかった。それがかれの宇宙となっていた。

看護師二人の支援で、エリックは何とかモリナーリをベッドに戻した。

モリナーリは、枕にもたれかかりながらささやいた。「なあスイートセント。あのブッは、別にきみから手に入れる必要はないんだぞ。ヘイゼルティンに圧力をかければ、すぐにでも持ってくる。ヴァージル・アッカーマンは友人だ。ヴァージルは、是が非でもヘイゼルティンに言うことを聞かせるだろう。それと、私の仕事に口を出すな。きみは自分の仕事をして、私は自分の仕事をやる」かれは目を閉じてうめいた。「クソッ、心臓近くの動脈がいま破裂したのがわかる。血が漏れているのが感じられる。ティーガーデンを呼んでくれ」かれは再びうめいて、顔を壁のほうに向けた。「なんという一日だ。でもあのフレネクシーには、いずれ目にもの見せてくれる」。そして突然目を開いて言った。「バカな思いつきだとはわかってたんだがな。でも最近思いつくのはそんなアイデアばかりだよ。そういうバカなアイデア。それに、他に私に何ができる？　何か思いつくかね？」かれは待った。「いいや。だって、他に何もできないんだから」。かれは再び目を閉じた。「ひどい気分だ。こんどこそ、本当に死ぬんだと思う。きみですら私を救えない」

「ティーガーデン先生を呼んできます」とエリックはドアに向かって歩き出した。

モリナーリは言った。「きみが中毒患者なのは知ってるぞ、先生」と少し身体を起こす。

「だれかがウソをついているときには、ほぼまちがいなくわかるし、きみの奥さんはウソをついていなかった。きみを見た瞬間にすぐわかった。自分がどれほど変わったか気がついてないだろう」

しばらく絶句してエリックは言った。「どうなさるおつもりですか」

「まあ見てなさいよ、先生」とモリナーリ。そして再び顔を完全に壁に向けてしまった。

JJ-180の蓄えをキャシーに届ける作業が終わってすぐ、エリックはデトロイト行き高速船に乗った。

四十五分後、かれはデトロイト飛行場に着いて、タクシーでヘイゼルティン社に向かっていた。こんなに素早く動いたのは、ドラッグではなくジーノ・モリナーリのせいだった。晩まで待つことすらできなかった。

「着きましたよ」タクシーの自律回路が敬意をこめて言った。ドアをすべるように開けて、エリックが出られるようにする。「あそこの灰色の一階建ての建物、根本に緑の包葉をつけた、バラ色の萼《がく》の茂みのある建物です……あれがヘイゼルティン社です」。外をのぞくと、その建物が見えた。芝生とヒースの茂みもある。工場施設としては、あまり大きなものではなかった。するとこれが、JJ-180をこの世に送り出した場所なのか。

かれはタクシーに指示した。「待った。水を一杯もらえるか?」

「もちろんです」。エリックの前のスロットから、紙コップ入りの水が出てきて、それがスロットの縁に当たりカタカタ揺れて止まった。

タクシーにすわったまま、エリックは持ってきたＪＪ－180のカプセルを飲み込んだ。キャシーに渡す分から盗んだものだ。

数分が過ぎた。

「どうして外に出ないのですか？　何か私がまちがったことをしたのでしょうか？」とタクシーは尋ねた。

エリックは待った。ドラッグが効きはじめるのを感じたとき、タクシーに支払いをして、赤杉に囲まれた道を歩き、ヘイゼルティン社のオフィスに向かった。

建物は、雷の一閃に打たれたかのように輝いた。そして頭上では、空が水平によじれた。見上げると、日中の青空がとどまろうとしてグズグズするのが見え、そしてそれが崩壊した。あまりにクラクラしたので、エリックはたまらず目を閉じた。外部の物体の参照点があまりに希薄となってしまったのだ。エリックは一歩ずつ、行く先を探るようにして、身をかがめて歩いた。どういうわけか、どんなにゆっくりでも動きを続けようという動機を感じていたのだ。

苦痛だった。これは最初の使用とはちがい、自分に押しつけられた現実構造の大規模な再調整だった。足音がしないのに気がついた。芝生の上にさまよい出ていたのだ。それでもエリックは目を閉じたままにした。別世界の幻覚だ。ヘイゼルティンの言う通りだろうか？　パラドックスではあるが、いまの疑問には幻覚そのものの内部で答えられるかも……もしこれが幻覚ならばの話だが。でもそうは思えなかった。ヘイゼルティンはまちがっている。

ヒースの枝が腕に当たったところで目を開いた。片脚が花壇の柔らかい黒土に踏み込んでいた。半分潰れた球根ベゴニアの上にいるのだ。ヒースの茂み越しに、ヘイゼルティン社の灰色の側壁が以前とまったく同じようにそびえ、その上の空は真っ青で、不規則な雲が北に向かって流れている。エリックのわかる限りではほぼ同じ空だ。何が変わっただろうか？　赤杉に囲まれた道に戻った。中に入ろうか、と自問した。通りのほうを振り返る。タクシーは消えていた。デトロイトの建物やランプウェーが、なんだか作りものめいて思えた。でも、このあたりは知らない地域だった。

ポーチにたどりつくとドアが自動で左右に開き、きれいなオフィスをのぞきこむ形になった。ゆったりした革張りの椅子、雑誌、絶えずデザインが変わり続ける、織りの深いカーペット……開いた戸口越しに、執務空間も見えた。会計機械と、何か普通のコンピュータ、同時にそのさらに向こうの研究室自体から、活動のうなり音が聞こえてきた。

すわろうとしたところへ、四本腕のリーグがオフィスに入ってきた。その青いキチン質の顔は無表情で、まだ生えたての翼はなだらかで金属的な光沢の背中にぴったり張り付いている。エリックに対して歓迎の口笛音を立て――エリックはリーグたちのことは聞いていなかった——戸口から出て行った。別のリーグが、その二重関節の腕の複雑なネットワークを活発にあやつりながら登場し、エリック・スイートセントのところにやってきて、立ち止まると、小さな四角い箱を取り出した。
箱の側面に英語の単語が形成されて、素早く横切るように流れた。それに注目しなければならないのだと、ハタと気がついた。このリーグは、自分と話をしようとしているのだ。

ヘイゼルティン社にようこそ

その言葉を読んだものの、どうしていいかわからなかった。これは受付係だ。そのリーグが雌なのがわかった。どう返事をしたらいいんだろう？　リーグはブンブン音を立てつつ待っていた。その身体構造はあまりに複雑なので、完全に静止していることはできないようだった。その複眼は、部分的に頭蓋骨に埋没しては、圧しつぶしたコルクのように押し出されて、縮んでは拡大した。知らなかったら、目が見えないと思っていたことだろう。そしてそのとき、それが偽の目だということに気がついた。本物の複眼は、上側の腕の肘についているのだ。

「御社の化学者のどなたかとお話ししたいんですが」とエリックは言った。すると本当に戦争に負けたんだ。こいつらに。そしていまやテラは占領されている。そしてその産業はこいつらが運用している。でも、人間はまだ存在している。だってこのリーグは、おれを見てもまるで当惑していないんだから。おれの存在を当然のものとして受け入れている。だから人間は単なる奴隷になったわけでもないんだ。

どういったご用件でしょう?

エリックはちょっとためらった。「あるクスリです。ここでかつて生産されていたもので。フロヘダドリンか、JJ‐180と呼ばれています。どちらも同じ製品を指しています」

少々お待ちください

雌リーグはカサカサと、ビジネスオフィスに続く奥の戸口を通って、完全に姿を消した。立ったまま待ちながらエリックは、これが幻覚なら、どう考えても自発的なものじゃないぞと考えた。

もっと身体の大きなリーグ、雄のリーグが登場した。その関節は硬いようで、エリックはそれが高齢だと認識した。リーグたちの寿命は短く、年ではかるよりは月ではかれる期間しかない。このリーグはほとんど寿命が近かった。

翻訳箱を活用して、高齢の雄リーグは言った。

ＪＪ‐180についてのお問い合わせはなんですか？　手短にお願いします

エリックは身をかがめ、手近のテーブルにある雑誌を手にとった。英語ではなかった。表紙はリーグ二匹の写真で、文章はむずかしい絵文字的なリーグ文字だった。エリックはびっくりしてその雑誌を見た。『ライフ』だ。なぜだかそれが、実際の敵の姿を見るよりもエリックに衝撃を与えた。

さあ

高齢リーグは待ちくたびれて苛立っている。

「私は中毒性のクスリＪＪ‐180の解毒剤を購入したいんです。中毒から抜け出すために」

そんな話なら私を呼ぶまでもない。受付で十分に対応できた

高齢リーグはきびすをかえしてもがくようにぎこちなく戻っていった。すぐにも仕事に戻りたいのだ。エリックはたった一人で取り残された。

受付係は小さな茶色の紙袋を持って戻ってきた。そしてそれを差し出したが、関節の腕ではなく、下あごで差し出した。エリックはそれを受け取り、中を見た。錠剤の瓶だ。これか。これ以上何もすることはない。

四ドル三十五セントになります

受付係は、エリックが財布を取り出すのを眺めた。エリックは五ドル札を取り出して渡した。

申し訳ありません。この古い戦時通貨はもう使われていません

「受け取れないんですか?」

ルールで禁止されております

「そうなんですか」とエリックは口ごもり、どうしようか考えた。彼女に止められるより速く、瓶の中身を飲み下してもいい。でもそれだと逮捕され、その先はすぐに想像がつく。警察がこちらの身分証を調べたら、過去からきたのがわかってしまう。そして、戦争の結果――いまのリーグにとっては明らかに有利な結果だったはずだ――に影響する情報を過去に持ち帰りかねないのもわかるはずだ。それは警察には容認できないだろう。自分を殺すしかなくなる。いまや人間とリーグが共生していても。

「私の時計がある」とエリックは腕時計をはずし、雌リーグに渡した。「十七石、七年もつ電池です」。そして思いつきでこう付け加えた。「骨董品で、完璧に保存されている。戦前からのものなんですよ」

少々お待ちください

腕時計を受け取った受付係は、長く伸びた脚を使ってビジネスオフィスに向かい、エリックからは見えないだれかと相談していた。錠剤を飲み込もうとはせずに、そのままエリックは待ち続けた。押しつぶすような高密度の膜にとらわれたような気分で、行動もできず、行動から逃れることもできず、何か中途半端な領域にとらわれた感じだった。

ビジネスオフィスから、何かがあらわれた。エリックは顔を上げた。

人間だった。若い男で短く刈り込んだ髪をして、シミのついたしわくちゃの作業用スモックを着ている。「どうしたんだい、旦那？」その背後にはリーグの受付係がいて、触角をカチカチ言わせている。

エリックは言った。「お手間をとらせてすみません。内密でお話しできますか？」

男は肩をすくめた。「いいよ」とエリックを部屋から連れ出し、どうも物置らしきところに連れ込んだ。扉を閉めて、男は穏やかにエリックを見た。「その時計は三百ドルの価値がある。彼女はどうしていいかわからないんだ――600型の脳しかないもんで。ご存じの通り、D階級はこれだからしょうがない」。そう言ってかれはタバコに火をつけて、箱――キャメル――をエリックに差し出した。

「私は時間旅行者なんです」とエリックはタバコを受け取った。

「そいつはすげえや」男は笑った。そしてマッチをエリックに差し出した。

「JJ-180の作用を知らないんですか？　ここで製造されたのに」

男は考え深げに間をおいた。「でも何年も前の話だ。その中毒性と有毒性で生産中止になっている。というか、戦争以来まったく作られていない」

「やつらが勝ったんですか？」

「『やつら』って？　どのやつら？」

「リーグどもです」

「リーグどもは、やつらじゃない。こちらだ。やつらといったらリリスターだ。時間旅行者なら、オレより詳しく知っているはずだ」

「平和協定は——」

「『平和協定』なんてない。なあ旦那、おれの大学での副専攻は世界史だったんだぜ。先生になるつもりだったんだ。前の戦争のことなら何でも知ってる。それが専門だったからね。ジーノ・モリナーリ——紛争が始まる直前の当時は国連事務総長だった——がリーグたちと、『共通理解時代議定書』に調印し、するとリーグとスターマンたちが戦いはじめて、モリナーリは議定書があったからリーグ側と手をむすび、おれたちが勝ったんだ」と男はにっこりした。「それで、あんたが中毒してるというその物質だが、それは二〇五五年にヘイゼルティン社が開発した兵器だったんだ。戦争中リリスターに対して使うためにね。でも成功しなかった。フレネクシー一味は薬学ではおれたちよりも進んでいて、すぐに解毒剤を開発したんだ——あんたがいま買おうとしているやつだよ。まあ、連中も必死で開発したよ。そのブツを連中の飲料水に入れたんだからな。モール自身の発案で」。そしてかれは説明した。「モールってのは、モリナーリのあだ名だよ」

「わかった。その話はそこまでにしよう。この解毒剤を買いたい。この時計と交換したい。受け取ってくれますか？」エリックはまだ茶色の紙袋を持っていた。中に手を突っ込んで、瓶を取り出す。「水を持ってきてください。ここでクスリを飲んで、行かせてください。自分の時代に戻るまでにあとどのくらい時間があるかわからないので。何か問題はありますか？」エリックは声を抑えるのに苦労した。勝手に声がうわずって出てきてしまう。そして身震いもしていたけれど、その理由はわからなかった。怒りか、それとも恐怖か——むしろ困惑だろうか。この時点では、自分が困惑しているかどうかさえわからなかった。

「落ち着けよ」タバコを唇からぶら下げたまま、男は立ち去った。どうやら水を探しにいくらしい。「コークでもクスリは飲めるか？」

「はい」とエリック。

男は、飲みかけのコカコーラの瓶を持ってきた。そしてエリックが錠剤を次々に飲み下すのを眺めた。

戸口に雌リーグ受付係があらわれた。

この人、大丈夫ですか？

「うん」と男が言うと同時に、エリックはなんとか最後の錠剤を飲み下した。

腕時計はそちらで処理していただけますか

リーグから腕時計を受け取った男は言った。「もちろん。これは社の資産になる。言うまでもなく」。そして物置から出ようとした。

「戦争末期に、ドナルド・フェステンバーグという事務総長はいましたか?」とエリック。

「いや」と男。


腕時計の対価としてこの方は薬に加えて現金も受け取るべきです

このメッセージを表示して点滅する箱が、雌リーグにより男に差し出された。男は立ち止まり、顔をしかめ、それから肩をすくめ、エリックに言った。「現金で百ドル。即決で行こう。おれにしてみればどうでもいい」

「それでいい」とエリックは言って、後についてビジネスオフィスに入った。男が現金を数えるうちに――エリックがこれまでお目にかかったこともないほど、ヘンテコでなじみのないお札だ――別の質問を思いついた。「ジーノ・モリナーリの任期はどんなふうに終わったんですか?」

男は顔を上げた。「暗殺」

「射殺ですか?」

「そう、昔ながらの鉛の銃弾でね。狂信者にやられたんだ。ゆるい移民政策で、リーグたちをここ、テラに定住させたからといって。血の汚染に怯える人種差別的な一派がいたんだ……リーグと人間で混血できるわけもないのにな」と男は笑った。

するとフェステンバーグが見せてくれた、銃弾まみれの死体をモリナーリが手に入れたのはこの世界からかもしれないな、とエリックは思った。あのヘリウム充塡棺桶の中で、身をよじって血を飛び散らせて横たわっていた、あの死んだジーノ・モリナーリだ。

背後から、ドライで事務的な声が言った。「スイートセント先生、JJ-180の解毒剤を奥さんに持って帰ろうとするつもりはないんですか?」

それはまったく目のない生命体で、それを見てエリックは子供時代にでくわした果物を思い出した。雑草まみれの草に転がる爛熟した洋梨で、そこに腐敗の甘い香りに引きつけられたスズメバチが這いずって層をなし、覆っている。その生物はおおむね球形だった。でもその柔らかい身体を拷問のように締め上げる固定装具《ハーネス》に収めていた。テラ環境でうろつくにはそれが不可欠なんだろう。でもこの生物にとって、それに何の得があるのだろうとエリックは思った。

「この人、本当に時間旅行者なの?」レジのところで男はエリックのほうに首をよじって尋ねた。

球体生物は、プラスチック製固定装具《ハーネス》におさまって、その機械式音声システムを通じて言った。「そうですよ、タウブマンさん。その通りです」。そしてエリックのほうに浮遊してきて、地上三十センチで止まり、かすかに吸い込むような音を立てた。その人工管を通して流体を吸入しているかのようだった。

タウブマンはエリックに、球体生物を示して告げた。「こいつはベテルギウスからきたんだ。ウィリー・Kという。うちの最高の化学者の一人でね」とレジを閉じた。「テレパスなんだよ。ベテルギウスの連中はみんなそうだ。おれたちやリーグたちの心をのぞきこんで喜んでるんだが、無害だ。おれたちも気に入ってるんだ」。かれはウィリー・Kのところに近づいて、かがみこんだ。「なあ、もしこいつが時間旅行者なら――ほら、ここからあっさり立ち去らせるわけにはいかないだろ。危険だったり、何か価値があったりしないの？　少なくとも市警察を呼ぶべきじゃないの？　頭がおかしいか、おれをからかってるんだと思ったんだが」

ウィリー・Kはエリックのちょっと近くに浮遊してから引き下がった。「この人をここにとどめておくのは無理ですよ、タウブマンさん。ドラッグが切れたら、この人は自分の時代に戻ってしまいます。でもここにいる間、ある程度は尋問したいのです」。そしてエリックに言った。「もしお嫌でなければの話ですが」

「どうだろう」とエリックは、おでこをこすりながら言った。ウィリー・Kがキャシーについて尋ねるのを耳にするのは、あまりに予想外のことだった。完全に不意打ちで、いまやここを立ち去りたいだけだった――この状況には何の好奇心も興味も抱けなかった。

ウィリー・Kは言った。「状況はお察しします。いずれにしても、あなたを公式に尋問するなんて形だけです。いまのままでもわたしは必要な情報をすべてあなたから得ているんですから。わたしがやりたかったのは、できるならこちらの質問の尋ね方を通じて、あなた自身の質問に少し答えてあげることでした。たとえば奥さんについて、実に相反する感情を抱いています。ほとんどは恐怖、それから憎悪、そしてかなりの混じりけなしの愛情」

タウブマンは言った。「まったく、ベテル連中は精神分析医役が大好きだからな。テレパスどもには自然なことなんだろう。そうせざるを得ないんだろうな」。かれは近くをうろついていた。明らかにウィリー・Kの突っ込みに興味を持っている。

「キャシーに解毒剤を持ち帰るなんてできるんですか」

「無理です。でも化学式を暗記できます。そうすればあなたの時代にヘイゼルティン社がそれを再現できます。でも、それはやりたくないようですね。別にそうしろとは言いません……それを無理強いすることもできない」

「え、奥さんもJJ－180中毒なのに、助けてあげようともしないっての?」とタウブマン。

ウィリー・Kはタウブマンに説明した。「あなたは結婚していない。結婚では、二人の人間の間に生じる最大級の憎悪が起こりかねない。おそらくは絶え間なく近くにいるからでしょうか、あるいはかつてそこに愛があったからでしょうか。愛の要素が消えても、親密性はまだ残っているんです。だから力への意志、支配をめぐる闘争が生じるんです。そもそもこの人を中毒させたのは、奥さんのキャシーだったんです。だからこの人の気持ちは容易にわかる」

「おれは絶対そんな状況にならないといいなあ。かつて愛した人を憎むなんて」とタウブマン。

雌リーグはカタカタと近づいて黙って聞き耳をたて、翻訳箱の表面に再現される会話を見つめていた。ここで彼女は独自のコメントを追加した。

憎しみと愛は密接につながっています。ほとんどのテラ人が認識しているよりずっと強く

「タバコをもう一本もらえる？」エリックはタウブマンに尋ねた。

「うん」タウブマンはタバコの箱をよこした。

ウィリー・Kは言った。「わたしが何よりおもしろいのは、スイートセント先生が、テラとリリスターの間に協定が結ばれた宇宙からやってきたということです。そして先生の時代、二〇五五年には、かれらは戦争を戦っていますが、ゆっくりながら着実に負けているんです。明らかにこれはわたしたちの過去ではなく、まったく別の過去です。そしてこの先生の心の中に見られるのは、テラのかつての最高司令官ジーノ・モリナーリが、すでにこうした一群の並行宇宙を見つけて、それを自分の目先の政治的利益に使っているという実に興味深い考えなんです」。ウィリー・Kはしばらく黙ってから宣言した。「いいえスイートセント先生、あなたのモリナーリの死体を視覚化してみると、それがこの世界から得たものでないのはほぼまちがいないと思います。確かにモリナーリはここでも暗殺されましたが、その死体の写真を思い出してみると、小さいながら重要なちがいがあります。わたしたちの世界では、事務総長は何度も顔面を撃たれています。その顔が破壊されていました。あなたの見た死体は、それほど損傷がないので、たぶんかれが暗殺された別の世界からきたものだと思いますよ。ここと似てはいても、完全に同じではない世界からね」

「だからここに登場した時間旅行者がほとんどいないのか。あらゆる可能な未来のすべてに散らばっているからなんだな」とタウブマン。

ウィリー・Kは考え深げに言った。「生気に満ちたモリナーリはといえば、たぶんそれもまた別の世界からのものなんでしょう。もちろん先生もお気づきの通り、これはつまり、そちらの事務総長も自らJJ-180を摂取していることを示唆しています。したがって、中毒したら殺すといってあなたを脅したのは、残酷な偽善の要素が含まれています。でもあなたの内心のヒントをいくつか見ると、どうやらそちらの事務総長は、いまあなたの摂取した、スター製解毒剤も持っているようですね。だからかれは何も恐れず、各種世界を自由に行き来できるわけです」

するとモリナーリは、おれやキャシーにいつでも解毒剤をくれることもできたんだ、とエリックは気がついた。

ジーノ・モリナーリについてのその事実は、なかなか受け入れがたかった。もっと人道的な人物に思えたからだ。単におれたちをオモチャにしていただけか、とエリックは気がついた。

ウィリー・Kが言ったように、残酷な偽善の要素を持ちつつ。

ウィリー・Kは警告した。「でもちょっと待ってください。モリナーリが何をするつもりだったかはわかりません。あなたの中毒については知ったばかりでしたし、いつもながら自分のさまざまな慢性病の発作に苦しんでいたところでした。いずれ解毒剤をくれたかもしれません。それが手遅れになる前に」

いまの議論を説明していただけますか?

リーグ受付係とタウブマンは、話がわからなくなっていた。

ウィリー・Kはエリックに言った。「化学式の暗記という面倒な作業を始められますか?　あなたに残された時間がすべてかかります」

「わかりました」とエリックは一心に耳を傾けた。

お待ちください

ウィリー・Kは口を止め、問いただすように支持機構を回転させた。

この先生は、どんな化学式より重要なことを学んだんです

「それは何でしょう?」エリックは彼女に尋ねた。

あなたの宇宙では私たちはあなたの敵ですが、ここではテラ人と私たちが共生しているのをごらんになりました。私たちに対する戦争が無用なのがわかったでしょう。そしてもっと重要な点として、あなたがたの指導者もそれをご存じです

その通りだった。モリナーリが戦争に本気を出さないのも当然だ。これが、まちがった敵とまちがった味方によるまちがった戦争だというのは、モリナーリにとっては単なる疑念ではなかった。それは自ら体験した事実で、しかも何度も体験しているのかもしれない。すべてJJ-180のおかげで。

でもそれだけじゃない。もっとある。あまりに邪悪なことなので、なぜ心の抑止機構がそれを無意識から上がってこさせたのか、エリックも不思議に思ったほどだ。JJ-180はリリスターの手にも渡っている。それもかなりの量が。スターマンたちもまちがいなくこれを使ってみたはずだ。だからかれらも、別の可能性を知っている。テラとしてはリーグと協力するほうが有利だということだ。それをリリスター自ら目撃したはずだ。可能性のいずれの側でも、リリスターは戦争に負ける。テラが味方につこうとつくまいと。それとも――

第三の道があるんだろうか、リリスターとリーグが団結してテラを攻撃する世界が？

ウィリー・Kは言った。「リリスターとリーグとの同盟は考えにくいでしょう。両者はあまりに長いこと敵対してきた。どっちつかずなのか、いまわたしたちが立っているこの惑星だけだと思えます。リリスターは、どんな場合でもいずれはリーグ軍に倒されます」

「でもそれはつまり、スターマンたちは失うものが何もないということだ。勝てないと知っているなら――」エリックはこの情報にフレネクシーがどう反応するか想像がついた。スターマンたちのニヒリズム、破壊的暴力は、想像を絶するものとなる。

ウィリー・Kも同意した。「確かに。だからそちらの事務総長は、慎重に振る舞うのが賢明です。いまではあなたも、かれの病気の種類がなぜあんなに多様なのか、なぜ自国民に奉仕するため、自分を生死の境を越えて、何度も死へと本当に追いやらねばならないのかわかるんじゃないでしょうか。そしてなぜかれがあなたにJJ-180解毒剤の提供をためらうのかも。スター課報エージェントたち――奥さんもその一人かもしれません――がその解毒剤をモリナーリが保有していると知ったら、かれらは――」ウィリー・Kは黙った。

「あなた自身もおわかりでしょうが、精神異常者の行動を予測するのはむずかしい。でもはっきりしていることが一つあります。かれらはその状況を無視はしないでしょう」

「モリナーリから何とか解毒剤を取り上げようとするだろう」とエリック。

「要点を見落としましたね。かれらの態度は懲罰的なものになるでしょう。かれらはモリナーリがあまりに大きな力を持つと知ることになります。JJ-180を無制限に使えることで、中毒になる可能性もないことで、神経損傷も起こさないことで、かれはスターマンたい、い、い、い、い、い、い、い、い、い、ちにコントロールできない存在になることがわかってしまうのです。それだからこそ、深い心身相関的な基盤で、モリナーリはフレネクシー大臣に逆らえるのです。かれはまったく無力というわけではないのです」

「こんな話はおれにはむずかしすぎる。失礼」とタウブマンは立ち去った。

リーグ受付係は残った。


あなたの事務総長にリーグ当局と接触するよう説得しなさい。私たちはテラをスターの報復から守るのを手伝います。まちがいなく

この多腕生物が翻訳箱を使って示したのは、いささか切ないメッセージだな、とエリックは思った。リーグたちは助けたいかもしれないけれど、スターマンたちはすでにテラにきていて、重要な役職を抑えている。テラがリーグたちと交渉していると匂わせただけで、スターマンたちが事前の計画通りに乗り込んでくるだろう。一夜にして地球を制圧してしまう。

テラ人支配の小国なら、一時的にシャイアン近隣で機能するかもしれない。でもスターマンたちに日夜爆撃を受けることになるだろう。それでもいずれは屈服する。木星で得たレクセロイド化合物のシールドといえども、永遠には保護しきれない——モリナーリもそれは知っている。テラは征服され、リリスターに戦時物資と奴隷労働を提供することになる。そして戦争は続く。

そして皮肉なことに、奴隷惑星となったテラは、いまの準独立存在としてよりも、戦争活動にもっと貢献できるようになる。それをだれよりも認識しているのがモリナーリだ。だからこそ、かれの外交政策はあんな具合になっているのだ。これでかれの行動すべてが説明できる。

ウィリー・Kはどこか楽しんでいるような口調で言った。「ちなみに、あなたの元雇い主ヴァージル・アッカーマンはまだ存命中です。いまでもティファナ毛皮&染料社を経営していますよ。二百三十歳で、人臓外科医二十人を手近に侍《はべ》らせています。どこかで読んだ限りではたしかすでに交換したのはマッチした腎臓のペアを四組、肝臓五つ、脾臓、無数の心臓――」

「気分が悪い」とエリックは前後に身体を揺すりはじめた。

ウィリー・Kが椅子に向かって漂っていった。「ドラッグが切れかけている。シーグさん、手助けしてあげてください！」

「大丈夫です」とエリックは不明瞭に言った。頭痛がして、吐き気でよろめいた。身の回りのあらゆる面や線が歪んだ。すわっている椅子も偽物めいた感じになり、そして突然倒れ、地面に転がった。

「移行はつらいものです。どうやらわれわれには助けてあげられないようですね、シーグさん。そちらの事務総長にご多幸を。かれがあなたの国民にどれほど貢献したかはよくわかります。このことを伝えるべく『ニューヨーク・タイムズ』に投書しましょうか」

プリズムのような原色が、輝く風のようにエリックを照らした。生命の風がおれに吹き付けて、おれの些末な願いなんかお構いなしに、それが望むところに自分を押しやろうとしているんだな、とエリックは思った。すると風が黒くなった。もはや生命の風ではなく、死の不透明な煙となった。

身の回りに疑似環境として、自分の損傷した神経系が投影されているのが見えた。ドラッグの被害が全身に広がり、その陰気な存在を確立するにつれて、無数の導管が目に見えて壊れて黒くなっていた。無言の鳥、なにやら嵐の中で死骸を食べる鳥が胸にすわり、風が退却する中で残された沈黙の中でカアカアと鳴く。鳥はそこにとどまり、そのクソのようなツメが肺や胸腔、さらには腹腔を貫くのが感じられた。体内で無事に残されたものは何一つなかった。そのすべてが変形させられていたし、解毒剤ですらこれを止められはしなかった。自分は生涯にわたり、もとの生命体としての純粋性を回復はできないのだ。

これが運命を決定づける力によりおれに課された代償なのか。

なんとかしゃがみこんだ姿勢になって、まわりを見るとそこはだれもいない待合室だった。だれにも目撃されていないので、好きに立ち上がって立ち去れる。何とか身を起こし、クロームと革の椅子につかまって身体を支えた。

手近のラックにある雑誌は、英語だった。そしてその表紙にあるのは、笑うテラ人たちだ。リーグじゃない。

「何か御入り用ですか」ちょっと摩擦音の入った男の声がした。華やかでファッショナブルなローブを着た、ヘイゼルティン社の従業員だ。

「いいえ」とエリック。これは自分の時代だった。二〇五五年を示す特徴が目につく。

「でもありがとうございます」

一瞬後、かれは痛々しい思いをしつつ、外に出て赤杉の並ぶ道を通り、歩道に向かった。タクシーがほしい。すわって休めるところだ。シャイアンに戻る途中でそれができる。

求めるものは手に入れた。おそらく自分はもはや中毒者ではなく、その気があれば妻も解放してやれる。さらにリリスターの影がない世界も目撃できた。

「どこかにお運びしましょうか？」自律走行タクシーが漂ってきた。

「頼む」とエリックは、そちらに歩き出した。

乗り込みながら考えた。仮に惑星全体があのドラッグを摂取したらどうだろう。この悲惨な、ますます狭まる現実世界からの一斉遁走だ。ティファナ毛皮＆染料社がそれをすさまじく大量に生産発注し、政府の助けを借りてそれをみんなに配ったらどうだろう？　それは道徳的な解決策だろうか？　そんなことをする権利はあるのか？

どのみち、そんなことはできない。スターマンたちがすぐに乗り込んでくる。

「どちらまで？」タクシーの回路が尋ねた。

全行程をこのタクシーで行くことに決めた。どうせ数分長くかかるだけだ。「シャイアンにやってくれ」

「あ、あ、あそこは無理です」といタクシーは不安そうに言った。「別の行き先を――」

「なぜ無理なんだ？」エリックは即座に我に返った。

「なぜなら周知の通り、シャイアンは連中の配下にあるからです。敵の配下に」。そしてタクシーは付け加えた。「敵地への通行は違法です。ご存じでしょう」

「敵って？」

タクシーは答えた。「裏切り者のジーノ・モリナーリですよ。テラを敵に売ろうとしたやつです。元国連事務総長で、リーグのエージェントと野合して――」

「今日の日付は？」エリックは詰問した。

「二〇五六年六月十五日です」

自分自身の時代に戻り損ねたのだ――解毒剤の作用のせいもあるのかもしれない。元の時代の一年先になっていて、これはどうしようもなかった。そして、もうJJ‐180は手元に残していなかった。残りは飛行場でキャシーにあげてしまったから、この明らかにスターー支配の領域から逃れる手立てはない。テラのほぼ全域がそうなのだ。

それでも、ジーノ・モリナーリは生きている！　まだ残っているのだ。シャイアンは、一日や一週間では陥落しなかった――リーグたちが援軍を送ってシークレットサービスを支援したのだろうか。

タクシーから教えてもらえるだろう。飛行の道中で。

そしてドン・フェステンバーグもこれを話せたはずだ、とエリックは気がついた。これはまさに、おれがあいつとあのインチキ電送新聞と急造の国連事務総長制服といっしょに会った時代なんだから。

「とにかく西へ向かってくれ」とエリックはタクシーに告げた。何とかシャイアンに戻らなくては、と気がついた。何とか、どんな経路でも。

タクシーは言った。「かしこまりました。ああそれと、旅行許可証をご提示いただいておりません。いま拝見できますか？　もちろん形式的なものですが」

「旅行許可証って何？」でもエリックにもわかっていた。統治するスター占領局が発行するもので、テラ人はそれがないと行き来できないわけだ。これは征服された星だし、まだ戦争は続いているのだ。

タクシーは再び降下を始めた。「お願いしますよ。さもないと、最寄りのスター軍警駐在所にあなたを輸送しなくてはいけません。東に一・五キロほどのところに一つあります。ここからすぐです」

エリックは同意した。「そうだろうとも。ここからだけでなく、どんな地点からでもすぐなんだろう。どうせそこらじゅうに駐在所があるんだろうな」

タクシーはどんどん降下した。「おっしゃる通りです。たいへん便利です」。そしてカチリとエンジンを切って滑空を始めた。

12

「こうしよう」タクシーの車輪が着地すると同時にエリックは言った。タクシーはそのまま路側でだんだん停止し、すぐ先には入り口に武装警備員のいる不気味な建物が見えた。警備員たちはリリスターの灰色の制服を着ている。「取引しようじゃないか」

「取引と申しますと？」タクシーは怪訝そうに言った。

「私の旅行許可証はヘイゼルティン社にある——ほら、私を拾ったところだよ。財布といっしょにね。持ち金も全部そこだ。もしきみが私をスター軍警に引き渡したら、そのお金は私にとって無価値になる。連中が何をするかは知ってるだろう」

「はいもちろんです。殺されます。五月十日の政令で可決された新法です。テラ人の無許可移動は——」

「だったらお金をきみにあげようじゃないか。チップとしてね。ヘイゼルティン社に戻してくれよ。私は財布を取ってきて、旅行許可証を示すから、ここに連れ戻す必要はない。そして私のお金もあげる。この取引で私も得をするし、きみも得をするわけだ」

「どちらも得をしますね」とタクシーは同意した。その自律回路が、計算するにつれて高速にカチカチ鳴った。「お金はどれだけお持ちなんですか？」

「わたしはヘイゼルティン社の特使なんだ。財布には二万五千ドルほど入ってる」

「なるほど！　占領軍票でですか、占領前の国連紙幣ですか？」

「後者に決まってる」

「仰せの通りにします！」タクシーは大喜びで決断した。そして再び飛び立った。「厳密に言えばあなたは旅行したとはいえません。おっしゃった目的地は敵支配地で、したがって私は一瞬たりともその方向には向かわなかったからです。法律には一切違反していない」。そしてそれは、金に目がくらんでデトロイトの方向に向きを変えた。

ヘイゼルティン社の駐車場にタクシーが着陸すると、エリックは急いで外に出た。「すぐに戻る」と言って、歩道を小走りに建物の入り口を目指した。一瞬後、中に入った。目の前には巨大な試験研究所が広がっていた。

ヘイゼルティン社の従業員を見つけてこう言った。「私はエリック・スイートセントと言います。ヴァージル・アッカーマンの個人スタッフの一人なんですが、事故がありまして。TF&D社のアッカーマンさんに連絡していただけませんか、お願いします」

その従業員は男性事務員だったが、ためらった。「そう言われても――」と怯えたように声を落とした。「ヴァージル・アッカーマンさんは火星のワシン35にいるんじゃないんですか？　いまはティファァナ毛皮&染料社を仕切っているのはジョナス・アッカーマンさんで、私の知る限りヴァージル・アッカーマンさんは占領が始まって逃亡したので、『安保週報』に戦犯として挙がっていたはずですが」

「ワシン35に連絡してもらえませんか？」

「敵地に、ですか？」

「だったらジョナスを映話で呼び出してください」。他に手立てはほとんどなかった。かれは事務員についてビジネスオフィスに入っていったが、無力感をおぼえていた。

即座に映話はつながり、ジョナスの顔が画面上にあらわれた。エリックを見ると、目をぱちくりさせて口ごもった。「でも――きみまで連中に捕まったのか？」そして吐き出すように言った。「どうしてワシン35を離れたりしたんだ？　まったく、あそこでヴァージルといれば安全だったのに。映話を切るぞ。これは何かの罠だ――軍警たちが――」画面が消えた。ジョナスが慌てて回線を切ったのだ。

すると別の自分、通常の時間を経た一年後の自分は、ヴァージルとワシン35にたどりついたのか。これはとんでもなくホッとすることだった――ほとんど想像を絶するほど。まちがいなくリーグたちは――

一年後の自分だって。

これはつまり、自分がどうにかして二〇五五年に戻ったということだ。そうでなければヴァージルと一緒に逃げた二〇五六年の自分がいるわけがない。そして二〇五五年にたどりつく唯一の方法はJJ‐180だ。

そしてそのドラッグの唯一の供給源がここだ。かれはまったくの偶然で、惑星全体で唯一の正しい場所に立っているのだ。バカな自律走行タクシーを手玉に取った小技のおかげだ。

事務員のほうに向き直り、エリックは言った。「私はフロヘダドリンの供給を要求することになっています。百ミリグラム。急いでいるんです。身分証をお目にかけましょうか。TF&D社員だと証明できます」。そして思いついた。「バート・ヘイゼルティンを呼んでください。かれなら私がわかる」。まちがいなくヘイゼルティンは、シャイアンで会ったときのことを覚えているはずだ。

事務員はつぶやくように言った。「でもヘイゼルティンさんは射殺されたんです。そのくらいご記憶でしょう。なぜご存じないんですか？　一月に連中がこの場所を制圧したときにです」

エリックの表情が、その衝撃ぶりを伝えたようだ。というのも事務員の態度が急変したのだ。

「お友だちだったんですね」と事務員。

「はい」エリックはうなずいた。ウソではなかった。

「バートはよい上司でした。いまのろくでなしのスターどもとは大違いだ」。事務員は決心した。「なぜあなたがここにいるのか、あなたのどこがおかしいのかは知るよしもありませんが、JJ‐180百ミリグラムは用意しましょう。保管場所は知っています」

「ありがとう」

事務員は足早に立ち去った。時間がたった。エリックはタクシーのことを考えた。まだ外の駐車場で待っているだろうか。あまり無理強いしたら、自分の後を追って建物に入ってこようとするだろうか？　自律走行タクシーが無理矢理ヘイゼルティン社に入ってこようとして、そのセメントの壁をぶち破る――あるいはぶち破ろうとする――というのは、馬鹿げてはいるが実に頭の痛い考えだ。

事務員が戻ってきて、一握りのカプセルをエリックに差し出した。

近くの給水器から、エリックはコップを取って水を満たし、カプセルを一つ口に入れて、その紙コップをあおった。

それを注視していた事務員が言った。「そいつは最近改変された化学式のJJ‐180ですよ。あなた自身が飲むためだったとわかった以上は、お話ししておくべきでしょう」。いまやかれは蒼白になった。

エリックは水のコップを下ろした。「改変ってどんなふうに？」

「中毒性の肝臓有毒性は維持したけれど、時間を逃れる幻覚はなくなっています。スターマンたちが乗り込んできたとき、やつらはうちの化学者たちにドラッグを再構築するよう命じたんです。連中が考えたことで、うちじゃありません」

「いったいなぜ？」まったく神の名において、中毒性と有毒性しかないドラッグなんて何の役に立つんだろう？

「対リーグ戦争の兵器としてですよ。それに――」事務員はためらった。「敵に寝返った反乱テラ人を中毒させるにも使われます」。その部分について事務員はあまりうれしく思っていないようだった。

エリックはＪＪ-180のカプセルを手近の実験用ベンチに投げ出した。「お手上げだな」。そこでもう一つ――くだらない――思いつきが浮かんだ。「ジョナスの承認が得られたら、会社の船を出してもらえますか？　もう一度映話します。ジョナスは旧友なんです」とかれは映話に向かい、事務員はその後に従った。ジョナスが聞いてくれたら――

リリスター軍警二人が研究所に入ってきた。その向こうの駐車場には、スターのパトロール船があの自律走行タクシーの隣に停まっているのが見えた。

「逮捕する」と軍警の一人が、奇妙な形の棒をエリックのほうに向けた。「罪状は無許可旅行と凶悪詐欺だ。おまえのタクシーが待ちくたびれて通報したんだ」

「詐欺って何の話ですか？」とエリック。事務員は賢明にも姿を消していた。「私はティファナ毛皮＆染料社の上級職ですよ。仕事できているんです」

奇妙な形の棒が輝き、エリックは脳に直接触れられたように感じた。かれは何のためらいもなく研究所のドアに向かい、右手はチックのような無意味な身ぶりで、おでこを撫でている。はいはい行きますよ、とエリックは思った。いまやリリスター軍警に逆らおうなどという考えは一切なくなり、口論するつもりもなくなっていた。喜んでかれらのパトロール船に乗り込んだのだった。

一瞬後には離陸した。船はデトロイトの屋根の上を滑空し、三キロ先の駐在所を目指していた。

軍警の一人が同僚にこう言っていた。「いま殺して、死体を落とそう。わざわざ駐在所に連れ戻すまでもない」

もう一人の軍警が言った。「それを言うなら、突き落とすだけで十分だ。落下で死ぬ」。船の操縦パネルのボタンに触れると、垂直ハッチがすべるように開いた。エリックは眼下の建物、町の通りや共アパを見た。軍警はエリックに言った。「落下中は楽しいことを考えるようにするんだな」。そしてエリックの腕をつかみ、抵抗できない歪んだ姿勢を取らせると、ハッチのほうにエリックを押し出した。実に手慣れて完全にプロフェッショナルな手つきだ。気がつくとハッチの縁でふらふらしており、そこで軍警は自分がいっしょに落ちないように手を離した。

パトロール船の下から、二隻目の船が、背面飛行で浮かび上がってきた。もっと大型で、穴と傷まみれの惑星間軍用船で、砲が背骨のように突き出している。何か肉食性の水棲生物のようだ。それが慎重にマイクロ電撃を開いたハッチに打ち込み、エリックの横にいる軍警を倒した。そしてその大きめの砲が発砲すると、軍警パトロール船の鼻面が破裂して飛び散り、エリックと残った軍警に解けた残骸を浴びせかけた。

軍警のパトロール船は、眼下の都市めがけて石のように落下していった。呆然とするあまりの硬直状態から回復すると、残りの軍警は船の壁に駆け寄り、非常用の手動誘導システムを起動させた。船は落下を止めた。そして風に流されて、らせん状に滑空し、最後に通りに激突して飛びはね、すべり、車両やタクシーを何とかかわし、路側に鼻を突っ込んで、尻尾を空中に上げた状態で停止した。

残った軍警はよろよろと立ち上がり、拳銃をつかんでなんとかハッチのところにやってきた。側方にしゃがむと発砲を開始した。三発撃ったところでかれは後ろに身をよじらせた。手からは拳銃が落ちて船の隔壁沿いにすべり、かれは球状に丸まって、車にひかれた動物のように寄る辺なくころがっていき、最後に船壁にぶつかった。そこで止まり、だんだん身体が伸びて再び人間の形になった。

穴だらけの汚い軍用船が、近くの通りに停まり、いまやその前方ハッチが開いて男が飛び降りた。軍警パトロール船から離れるエリックに、その男が駆け寄った。

男は荒い息をしていた。「よお。おれだよ」

「あんたはだれだ？」とエリック。軍警の船を自分の船で倒した男は確かに見覚えがあった――エリックは何度となく見た顔に直面していたのに、それがいまや歪んで見え、何か不気味な角度から見たような、無限を経由して裏返されたようなものになっていた。男の髪の分け目はまちがった側にあったので頭が偏って見え、すべての点でまちがって見えた。特に驚いたのは、その男の肉体的な魅力のなさだった。太りすぎで年寄りすぎている。不愉快なまでにジジイだ。そんな姿の自分自身を、何の予告もなしに見せられるのはショックだった。おれは本当にこんな姿をしてるのか？　とエリックは不機嫌になった。毎朝、ヒゲを剃るときに自分が明らかに鏡に投影しているらしき、さっぱりした若者の姿はどうなってしまったんだろうか……それがこんな中年にさしかかった男に取って代わられるとは。

二〇五六年の自分は言った。「なんだよ、ちょっと太ったくらいで文句言うな。命を助けてやったんだぞ、まったく。連中はおまえを船から突き落とそうとしてたんだ」

「わかってる」エリックは苛立ったように言った。自分自身である男と並んで足早に歩いた。二人は惑星間宇宙船に乗り込み、二〇五六年の自分はすぐにハッチをバタンと閉めると、船を空へと急上昇させて、リリスター軍警に制圧される可能性のまったくないところへと移動した。これは明らかに、最新鋭の船だ。そこらの貨物船じゃない。

二〇五六年の自分は言った。「おまえの知性を侮辱するつもりはないよ。かなり高い知能だとは個人的に思っているし。それでも、おまえが内心で思っていた考えの馬鹿げた面を、おまえ自身のためにもおさらいしておこう。まず、もしオリジナルのＪＪ-180が手に入ったとしても、それを飲んだらおまえは未来に移動するのであって、二〇五五年に戻りはしない。それに再び中毒してしまうことにもなる。必要なのは――そして一時的にはこれを思いついたようだが――ＪＪ-180をこれ以上飲むことではなく、解毒剤の影響を相殺する何かなんだ」。二〇五六年の自分はうなずいた。「そこのおれの上着に入ってる」。その上着は、船の壁に磁力スポットでかかっていた。「ヘイゼルティン社が一年がかりで開発したんだ。おまえが解毒剤の化学式を提供するのと引き替えにな――おまえは二〇五五年に戻れていない。でもいまや、戻れたのはわかっている。いや、戻れるようになると言うべきか」

「この船はだれのだ？」すごい船だと思った。リリスターの戦線を好きに通過して、テラの防衛システムをあっさり突破してしまうのだから。

「リーグの船だ。ワシン35でヴァージルに提供された。何か予想外のことに備えて。シャイアンが陥落したらモリナーリをワシン35に連れてくるつもりだ。いずれそうなるよ。あとひと月ほどで」

「かれの健康状態は？」

「ずっとよくなった。いまややりたいことをやってるからな、自分がやるべきだと知っていることをね。それにもっとある……でもそれはいずれ。リリスターの解毒剤の解毒剤を飲め」

エリックは上着のポケットをもぞもぞ探し、錠剤を見つけて水なしで飲んだ。「なあ、キャシーはどうなってる？　話し合おう」。自分にとって最もつらい、こだわりのある問題についてだれかに話ができるのはいいものだった。それが自分自身でしかないにしても。少なくとも協力しあっているような幻想は達成できる。

「まあ、おまえは彼女をＪＪ－180中毒からは回復させたよ――これからさせると言うべきか。でもその前に彼女はすさまじい肉体的な損傷を起こすんだ。もう二度ときれいにはならないよ、整形手術をやってもな。あきらめるまでに何度かやってはみることになるけれど。もっとあるんだけれど、知らぬが仏だ。面倒がさらに悪化するだけだから。これだけは言っておく。コルサコフ症候群って知ってるか？」

「いいや」とエリックは言ったものの、実は当然知っていた。それが仕事なのだから。

「従来、アル中に起こる精神病だ。長期にわたる嗜癖による、大脳皮質組織の病理的な破壊で起こる。でも、麻薬ドラッグの長期利用からも生じる場合がある」

「キャシーがそれにかかっていると？」

「キャシーがときどき、三日も何も食べなかったりしただろう？　それと彼女の激しい破壊的な怒り――それと被害妄想、みんなが自分に意地悪だというやつだ。コルサコフ症候群だよ、それもＪＪ‐180によるものじゃない。それ以前に摂取した各種のドラッグのせいだ。シャイアンの医師たちは彼女をサンディエゴに戻す準備をしているときに脳波測定をして、それを知ったんだ。二〇五五年に戻ったらすぐに説明してもらえる。覚悟しとくんだな」。そして付け加えた。「回復不能だよ。言うまでもないが。有毒物質を除去するだけじゃ不十分だ」

二人とも黙りこくった。

やっと二〇五六年の自分が口を開いた。「精神病の気がある女と結婚するのはつらいよ。同時に肉体的にも衰えてくる。いまだに妻ではあるんだ。おれたちの妻。フェノチアジンで鎮静させておけば静かではあるがね。なあ、おれが――おれたちが――それに気がつかなかったというのは興味深いよな。日夜一緒に暮らしている症例を診断できなかったってのは。主観性と過剰な慣れ親しみが、いかに人を盲目にするかについて、何事か物語るものではあるよな。もちろん、進行はゆっくりしていた。だからその正体がなかなか見えなかったわけだ。たぶんいずれは精神病院に収容するしかないだろうが、それは先送りにしてある。戦争に勝ってからかな。いずれは勝つわけだが」

「証拠があるのか？　ＪＪ‐180によるものか？」

「もうＪＪ‐180はだれも使ってないよ。リリスターは除くがね。連中はご存じの通り、単にその有毒性と中毒性だけのために使っている。あまりにたくさんの別の未来が明らかになったので、それをこの世界と関連づける作業は戦後まで先送りするしかなかったんだ。新薬をきちんと試験するには、文字通り何年もかかる。おれたち二人ともそれは知ってる。でももちろん戦争には勝つ。リーグたちはリリスター帝国の半分を押さえたんだ。さて話を聞いてくれ。おまえに指示があるから、その通りにやってくれ。さもないと別の代替未来が派生して、おかげでおまえのためにスター軍警どもに立ち向かったことが帳消しになってしまう」

「わかった」とエリック。

「アリゾナの戦争捕虜キャンプ29号には、リーグ課報部のリーグ少佐がいるんだ。デグ・ダル・イルというのがコードネームだ。その名前で接触できる。コードネームといってもテラ側でつけたもので、かれらの名前じゃないからな。キャンプ当局者たちは、政府に対する保険金支払い申請をチェックさせて不正を見分けさせているんだ。信じられるかよ。だからいままでも、やつは上司にデータを吸い戻してるってわけだ。戦争捕虜のくせにな。モリナーリとリーグどもとの橋渡しになるのがこいつだ」

「そいつをどうするんだ？　シャイアンに連れて行くのか？」

「ティファナへ。TF&D社の本社へだ。キャンプ当局からそいつを買い取ってくれ。奴隷労働なんだ。知ってたかい、巨大テラ産業グループは、戦争捕虜キャンプから無料労働を手に入れられるんだ。とにかくキャンプ29号に出かけて、TF&D社からきたけど賢いリーグがほしいと言うんだ。それでわかる」

「毎日のように何か新しいことを学ぶもんだなあ」とエリック。

「でも最大の問題はモリナーリだ。ティファナを訪れてデグ・ダル・イルと話し合い、テラをリリスターから切り離してリーグ側につけて、しかもその過程で全員が殺されないようにするための一連の状況の最初のリンクを確立するようモリナーリを説得できるかどうかは、おまえ次第なんだ。どうしてそれがむずかしいか教えてやろう。モリナーリには企みがある。フレネクシーに対して、男対男としての個人的な闘争を続けているんだよ。自分の男らしさが脅《おびや》かされていると思ってるんだ。モリナーリにとっては抽象的な話じゃない。目先の肉体的なことだ。そしてビデオテープで、男らしいモリナーリがうろついてたのを見ただろう。あれが秘密兵器なんだ。モリナーリにとってのV2ミサイルだ。各種の並行世界から、自分の健康な複製を持ち込むようになっていて、使える在庫はかなりたくさんあると知っている。モリナーリの心理はすべて、その方向性が、死を弄ぶものになっていて、同時にそれを克服しようとしている。いまこそ、モリナーリとしては自分の道を誇示してみせるときなんだ。フレネクシー大臣——モリナーリは怖がっている——との対決で、モリナーリは何千回死んでも蘇れる。悪化するプロセス、心身相関性の病気プロセスの連続は、最初の健康なモリナーリを投入すると同時に停まる。そしてシャイアンに戻るときには、ちょうどそれを目撃するのに間に合うタイミングだ。その晩にビデオテープがすべてのテレビネットワークに流れるんだ。ゴールデンタイムに」

エリックは物思いにふけるように言った。「するといまのモリナーリは、今後必要となるどんな状態にも匹敵するひどい病気状態というわけか」

「そしてそれはすさまじく病気ってことだな、先生」

エリックは二〇五六年の自分を見つめた。「そうですね、先生。診断が一致したな」

「今夜遅く、といってもおまえの時間でのことで、こっちの時間ではないが、フレネクシー大臣はモリナーリとの対面会談をもう一度要求する――そして承諾される。そして部屋にやってくるのは、健康で男らしい代替版モリナーリだ……一方で病気のモリナーリ、われらがモリナーリはシークレットサービスに守られた上階の私的な個室で回復し、テレビでビデオテープを眺めて、自分がフレネクシー大臣やそのふくれあがる一方の過剰な要求を回避する方法を実に簡単に見つけたことについて、いろいろ壮大な思いにふけることになる」

「おそらく、別のテラから来た元気なモリナーリは喜んで参加したんだろうな」

「大喜びだったよ。モリナーリたちみんなそうだ。みんな人生で二番目によいものは、フレネクシーに対しての水面上および水面下の遺恨戦闘での成功だと考えている。モリナーリは政治家で、これこそ人生の目的なんだ――このために生きている一方で、それが当人を殺すことになっている。健康なやつは、フレネクシーとの会談後に初の胃痙攣発作に苦むことになる。病気がそっちにも影響しはじめるんだ。そしてそれがどんどん続いて、やがてついにはフレネクシーが死ぬことになる。いつの日か死ぬしかないからな。願わくばモリナーリより先に」

「モリナーリより先に死ぬのはかなり苦労するぞ」とエリック。

「でもこれは陰惨じゃない。中世そのものだよ、甲冑騎士の激突だ。モリナーリはわき腹に槍傷を持つアーサー王だ。フレネクシーはだれだと思うね。そしておれにとって面白いのは、リリスターは騎士道の時代を持っていなかったので、フレネクシーはこれをまったく理解できないということなんだ。かれは単に、これが経済支配を巡る争いだとみている。だれがだれの工場を運営し、だれの労働力を徴発できるか」

「ロマン主義の時代がなかった、というわけだな。リーグたちはどうだ？　連中はモリナーリを理解できるのか？　連中は騎士道時代を過去に持っていたんだろうか」とエリック。

二〇五六年の自分は言った。「四本腕でキチン質の殻を持つ連中の立ち回りは見物だろうなあ。知らないよ。おれもおまえも、その他これまで会ったテラ人の中で、リーグ文明についてまともに学ぼうとしたやつは一人もいないから。学ぶべきなんだがな。リーグの諜報部少佐の名前は覚えたな？」

「デグなんとか」

「デグ・ダル・イル。こう覚えればいい。『でくの坊はだれといる』」

「まったく」とエリック。

「おれに吐き気がするんだろう？　でもおまえを見てるとおれだって吐き気がするんだ。たるんで、ぶよぶよだと思うし、姿勢も最悪だ、キャシーみたいな女房で糞詰まってるのも当然だな。分相応ってやつだ。これからの一年で、多少は根性を見せてくれよな。気を取り直して、他の女を見つけろ。そうすれば二〇五六年になった頃には、事態がこんなに糞詰まりになってないから。そうするだけの義理がおれに対してあるはずだろう。命を助けてやって、リリスターの警察から逃がしてやったんだから」二〇五六年の自分はエリックをにらんだ。

「どんな女がいいと思うんだよ」エリックは警戒しつつ言った。

「メアリー・ライネケ」

「気でも狂ったか」

「まあ聞け。メアリーとモリナーリはいまから一カ月後に口論をするんだ。おまえのほうの時間でだぞ。それを活用すればいい。おれはやらなかったけれど、それは変えられる。ちょっとちがった未来を創り出せ。すべては同じだけれど結婚状態だけがちがうというような。キャシーと離婚して、メアリー・ライネケかだれかと結婚するんだ——だれでもいい」。いきなり、相手の声に切実さがこもった。「ちくしょう、もう先が見えるんだ、彼女を精神病院にぶちこんで、しかも死ぬまで——そんなことやりたくないいいいいいいいいいんだ。逃げ出したいんだ」

「おれたちがいてもいなくても——」

「わかってる。どのみちキャシーは精神病院送りだ。でもそれをやるのがおれでなきゃいかんのか？　おれとおまえで自分を強化できるはずだろう。面倒ではある。キャシーは狂ったみたいに離婚協議に抵抗するだろう。でも申し立てをティファナでやるといい。メキシコの離婚法はアメリカよりゆるい。いい弁護士をつけろ。すでに一人選んである。エンセナダにいる。ヘスース・ガダラってやつだ。覚えておけるか？　おれはそこにたどりついて離婚手続きを始めさせるまではいかなかったんだが、おまえならちくしょう、絶対できる」とかれは期待するようにエリックを見た。

「やってみる」エリックはしばらくして言った。

「さておまえを出してやらないとな。いま飲んだ薬は数分で効きはじめるし、おれとしては、地表八キロのところからおまえを落下させたくはないからな」。船は降下を始めた。

「ソルトレークシティで下ろしてやる。でかい都市だから目立たない。そして二〇五五年に戻ったらアリゾナまでタクシーを拾えばいい」

エリックは思い出した。「二〇五五年のお金をまったく持っていない。いや持ってたかな？」混乱していた。いろいろ起こりすぎた。かれは財布を探った。「ヘイゼルティン社から戦時軍票で解毒剤を買おうとして、おれのほうもパニックに陥ったから——」

「細かい話をだらだらするな、おれはすでに知ってるんだから」

二人は黙って地表への降下を完了した。どちらも、相手に対する陰気な軽蔑で口をきかずにいた。自分自身に対する敬意の必要性を如実に示しているな、とエリックは考えた。そしてこれは、自分の宿命論的な準自殺傾向について、初めて洞察を与えてくれた……その傾向もまちがいなく同じ欠陥に基づいているのだ。生き残りたいなら、自分自身とやってきたことについてちがった見方をするよう学ぶ必要がある。

船がソルトレークシティ外れの、灌漑放牧場に着陸してから相方が言った。「時間を無駄にしてるな。おまえは変わりはしない」

船から柔らかく湿った牧草地の上に降りつつ、エリックは言った。「そっちに言わせればそうなんだろうな。でもいずれわかる」

それ以上一言も言わずに、二〇五六年の自分はハッチを叩きつけるように閉め、出発した。船は空に急上昇して消えた。

エリックは最寄りの舗装道路に向かってトボトボと歩いた。

ソルトレークシティの市街でタクシーを捕まえた。旅行許可証を見せろとは言われなかったので、自分が知らないうちに、おそらく道に向かって歩いている途中で、一年逆戻りしていまや自分自身の時代にいるんだと気がついた。それでも、確認しようと思った。

「日付を教えてくれ」とタクシーに指示する。

「六月十五日です」とタクシーは、緑の山や峡谷を越えて南にブーンと飛びつつ言った。

「年は？」

「おや浦島太郎さんかなんかでしたか。二〇五五年です。これでお気に召しましたか」。タクシーは古くていささかおんぼろで、修理を必要としていた。その苛立ちが、自律回路の活動にもうかがえた。

「気に召したよ」とエリック。

タクシーの映話を使って、フェニックスの情報センターから戦争捕虜キャンプの場所を教わった。それは機密情報ではなかった。間もなくタクシーは、平らな砂漠や単調な岩の丘や、かつては湖だった空《から》の盆地の上空に達した。そしてこの荒廃した手つかずの原野の中でタクシーは降下した。戦争捕虜キャンプ29号にやってきたのだ。まさに予想通りの場所だった。考えられる限りもっとも住みにくい場所だ。エリックから見れば、ネバダやアリゾナの広大な砂漠は悲惨な異星のようなもので、地球とはほど遠かった。正直言って、ワシン35近くの火星の一部のほうがマシだと思ったほどだ。

「せいぜいご幸運を」とタクシー。エリックが支払いをすると、機体のプレートをガタガタ言わせつつ騒々しく飛び立った。

「ありがとう」とエリック。キャンプ入り口の警備室に向かい、中の兵に対し、ティファナ毛皮&染料社から派遣されて、絶対的な精度で処理する必要のある事務作業のために戦争捕虜を買いたいと説明した。

兵は上官のオフィスにエリックを案内した。「一匹だけ？　五十四でもいいんだが。二百でも。いまは有り余ってる状態だから。最後の戦闘で兵員輸送船六隻を仕留めたんだ」

大佐のオフィスで書類を埋め、TF&D社の名代としてサインした。支払いは正式な請求書を送ってくれたら月末に、通常のルートで送金すると説明した。

大佐は死ぬほど退屈した様子で告げた。「好きなのを選んでくれ。どれでも連れてってくれていい――でもみんな似たり寄ったりですよ」

エリックは言った。「隣の部屋で書類に記入しているリーグがいますね。かれ――というかアレ――は有能そうだ」

大佐は言った。「老デグですね。デグはここらの古参ですよ。戦争の第一週目で捕まったんです。自分であの翻訳箱を作って、もっと我々の役に立とうとした。みんながみんな、デグ並に協力的だったらいいんですけどねえ」

「あいつをもらいましょう」とエリック。

大佐は小ずるそうに言った。「かなりの追加料金がかかりますよ。ここでかなりの追加訓練を受けさせてますからね」。かれはそれをメモした。「それと翻訳箱の分のサービス料」

「作ったのはあいつと言ったでしょう」

「材料はうちが出した」

やっと値段の折り合いがついて、エリックは隣の部屋に入って多関節の腕四本で保険金請求書と格闘しているリーグのところへ行った。「きみはもうTF&D社のものだ。だからついておいで」。そして大佐に尋ねた。「こいつ、逃げようとしたり私を攻撃しようとしたりしますか?」

「リーグどものだれ一人として、絶対そんなことはしない」と大佐は葉巻に火をつけて、疲れたような倦怠感をこめてオフィスの壁にもたれかかった。「連中にはそんな気概がないんだよ、ただの虫けらだから。でかくてピカピカの虫だ」

間もなくかれは熱い太陽の下で外に戻り、近くのフェニックスからタクシーがくるのを待っていた。こんなにすぐすむと知っていたら、あの機嫌の悪い高齢タクシーを待たせたのに。エリックは無言のリーグと立っているのが落ち着かなかった。結局はテラの公式の敵なのだ。リーグはテラ人と戦って殺している。そしてこいつは当時もいまも正規の将校なのだ。

ハエのようにリーグはみづくろいをし、羽や触覚をなでつけ、それから下の脚二本をきれいにした。脆い片腕の下に翻訳箱を持ち、決して離そうとしない。

「あの戦争捕虜キャンプを出られてうれしいか?」とエリックは尋ねた。

強い砂漠の日差しの中でかき消されそうな言葉が、箱に表示された。

別に

タクシーがやってきて、エリックはデグ・ダル・イルといっしょに中に入った。やがて二人は空中にいてティファナのほうに向かった。

「きみがリーグ課報部の将校なのは知っている。だからきみを買ったんだ」とエリック。

箱には何も表示されないままだった。でもリーグは震えていた。その不透明な複眼はますます膜がかかったようになり、偽の目は空虚に見開かれた。

エリックは言った。「危険を承知でいますぐ話しておこう。私は仲介者で、きみを国連関係の高官と引き合わせようとしている。私と協力するほうが、きみにとっては、きみ自身にもきみの一族にとっても有利となる。私の会社で下ろすから――」

箱が点灯した。

キャンプに戻して

エリックは言った。「わかるよ。ずいぶん長いこと維持してきた演技を続けなければならないんだろう。もうそんな必要はないんだけどな。私はきみがリーグ政府と接触を続けているのを知っている。だからこそ、ティファナでこれから会うはずの人物にとって有用なんだ。きみを通じて、その人物はそっちの政府と関係を構築できる——」エリックはためらったが、思い切って述べた。「スターマンたちに知られずにね」。これはかなりの情報開示だった。自分としてはかなりささやかな役割なのに、ずいぶん大きく出てしまった。

　しばらくして箱が再び点灯した。

前から協力している

「でも今回は話がちがうんだ」。そしてエリックはそれっきりその話題をやめた。道中のその後は、デグ・ダル・イルと話そうとはしなかった。明らかにそうしないほうがよかった。デグ・ダル・イルはそれを知っていたし、エリックにもそれがわかった。残りを決めるのはだれか別の人であって、エリックではない。

　ティファナに着くとエリックは、町の中心街にあるシーザーホテルに部屋を取った。フロント係はメキシコ人で、リーグを見つめたが何も尋ねなかった。ここはティファナなんだ、とエリックは、デグと自分たちのフロアに上がりつつ思い出した。だれも他人に口出しはしない。昔からこういう具合で、いまの戦時中でもティファナは変わっていない。好きなものが何でも手に入り、何でもできる。それが公然と衆目監視の中で行われない限り。そして特にそれが夜に行われる限り。というのも夜のティファナは一変して、すべてが、想像を絶するようなことすら可能になる都市になったからだ。かつてそれは堕胎、麻薬、女、ギャンブルだった。いまやそれが敵との内通だ。

ホテルの部屋でかれは、所有権を示す書類をデグ・ダル・イルに渡した。自分がいない間にもめ事が起こったら、その書類を見ればリーグが戦争捕虜キャンプから脱走したのではないことがわかるし、スパイでもないとわかる。加えてエリックはお金を渡した。そして何か問題が起きたら——特にスターの諜報エージェントたちがあらわれたらTF&D社に連絡をとるよう指示した。リーグは決してホテルの部屋から出てはならず、食事もそこで、お望みならテレビを見てもいいが、できるだけだれも部屋に入れず、もしスターのエージェントたちに捕まっても何も言わないこと。殺されても。

エリックは言った。「ここで言っておくべきだと思うんだが、これは別に、私がリーグの生命を尊重しないからではないし、テラ人たちがリーグに死ねとか生きろとか指図すべきだと思ってるからでもない。単に私は状況を知っていてきみは知らないからというだけだ。それほど重要なことなんだという私の言葉を信じてもらうしかない」。エリックは箱が点灯するのを待ったけれど、点灯していなかった。「ノーコメントか？」とかれは尋ね、漠然と失望を感じた。リーグとの間には本物のつながりがほとんどなかった。それがなぜか不吉な予兆に思えた。

とうとう箱が、不承不承のように点灯した。

さようなら

「他に言うことはないの？」不審に思ってエリックは尋ねた。

名前は何

「渡した書類に書いてあるよ」とエリックはホテルの部屋を離れ、背後でドアを叩きつけるように閉めた。

戸外の歩道でかれは古い地表タクシーを呼び止め、その人間運転手にTF&D社までやってくれと頼んだ。

十五分後、かれは再び魅力的なキーウィ型の灰色の光を放つ建物に入り、おなじみの廊下を通って自分のオフィスに入った。少なくとも最近まで自分のオフィスだったところに。

秘書のパース嬢が、驚いて目をぱちくりさせた。「あらスイートセント先生――シャイアンにいらしたんじゃないんですか！」

「ジャック・ブレアはここらにいるか？」かれは部品の棚のほうに目をやったけれど、部門助手は見あたらなかった。でも薄暗いいちばん奥の列にブルース・ヒンメルが潜んでいて、片手に在庫表とクリップボードを持っている。

「サンディエゴ公立図書館とはどう話をつけたんだ？」エリックは尋ねた。

ビクッとしてヒンメルは飛び上がった。「控訴しますよ先生。絶対あきらめない。どうしてティファナに戻ってきたんですか？」

ティル・パースは言った。「ジャックは上階でヴァージル・アッカーマンさんと会議中です、先生。お疲れのようですよ。シャイアンではかなりお忙しいんでしょう？　実に責任重大ですから」。そのまつげの長い青い目は同情を示し、その大きな胸は、母親めいた、うごめくような、栄養を含むかのような形で少しふくらんだように思えた。「コーヒーを淹れましょうか？」

「頼む。ありがとう」エリックはデスクについて、しばらく休み、一日を振り返った。これだけのことが次々に起こったことで、この場所、自分自身の椅子についに戻ってこられたというのは不思議なことだ。ある意味でこれが終わりなんだろうか？　自分は、銀河の三種族が参加する争いの中で、自分の小さな――それほど小さくもないか――役割を果たし終えたんだろうか？　腐った梨の形をしたベテルギウスからの生物を入れれば、四種族か……そして感傷的な理由で、それを含めることにした。ひょっとすると、肩の重荷は下りたのかもしれない。シャイアンへの、モリナーリへの映話。それでおしまいで、自分は再びヴァージル・アッカーマンの医師になり、臓器が破綻するにつれて次々にそれを取り替えればいい。でも、まだキャシーがいた。ここTF&D社の診療所にいるだろうか？あるいはサンディエゴの病院か？ ひょっとすると、中毒を押してヴァージルのための仕事を行い、人生を取り戻そうとしているかもしれない。キャシーは臆病者ではなかった。最後までがんばり続けるだろう。

「キャシーはこの建物にいるのか？」とティル・パースに尋ねた。

「お調べします、先生」彼女はデスク通話器のボタンをいじった。「コーヒーはもうできてます。肘の脇です」

「ありがとう」エリックはありがたくコーヒーをすすった。まるで昔通りのようだ。このオフィスはいつも自分にとってのオアシスで、物事が理性的で、大失敗の家庭生活の惨状から安全でいられる場所だった。ここでなら、人々がお互いに親切だというふりができた。人間関係は単に仲良しで、単に飾り気がないものだというふりが。それでも——それでは不十分だった。親密さも必要なのだ。それが破壊的な力となる恐れがあったとしても。

紙とペンを取り出して、かれは記憶の中からJJ-180解毒剤の化学式を書き取った。

「四階の診療所にいます。ご病気だとは知りませんでした。深刻なんでしょうか？」とパース嬢。

エリックは紙切れを畳んで彼女に渡した。「これをジョナスに届けてくれ。何だか知っているし、どうすればいいかもわかっている」。キャシーに会いにいくべきだろうかと思案した。解毒剤が間もなくできると伝えるのだ。疑問の余地なく、最も根本的な人間性の構造に基づき、そうすべきだった。「わかった。面会に行く」とエリックは立ち上がった。

「よろしくお伝えください」とティル・パースは、オフィスからトボトボと廊下に出たエリックの背後から呼びかけた。

「うん」とエリックはつぶやいた。

四階の診療所にたどりつくと、キャシーがいた。白い綿のガウンを着て、リクライニング式の椅子にすわり、脚を組んで、はだしだ。雑誌を読んでいる。老いて縮んだように見えたし、明らかに大量の鎮静剤を投与されている。

「ティルがよろしくと言っていたよ」とエリックは話しかけた。

ゆっくり、明らかに苦労しつつ、キャシーは目を上げ、視線の焦点をエリックにあわせた。「あたしに――何か報せは？」

「解毒剤がある。あるいは間もなくできる。ヘイゼルティン社がそれをササッと作り上げて、ここに速達で送ればいいだけだ。六時間ほどだ」とエリックは励ますように微笑もうとした。でも失敗した。「気分はどう？」

「いまは大丈夫。その報せを持ってきてくれたから」。彼女は驚くほど平然としていた。その精神分裂じみた彼女にしても落ち着きすぎだ。鎮静剤がまちがいなくその原因の一部だ。「やってくれたんでしょう？　あたしのために見つけてくれたんだ」。そしてついに思い出してこう付け加えた。「ああそうね、あなた自身のためでもあったわね。でも黙っていてあたしに話さない手もあったわ。ありがとう、あなた」

『あなた』」。彼女が自分にそんな言葉を使うと痛々しかった。

キャシーは慎重に言った。「奥底では、あなたは実はまだあたしを気にかけてくれるのね、あんな目にあわせたのに。そうでもないと、こんな――」

「報せたに決まってるだろう。私が道徳性もない怪物だとでも思うのか？　治療法は公開記録として、あのろくでもない物質に中毒している万人に提供されるべきだ。スターマンたちにですら。私に言わせれば、意図的に中毒性を持たせた有毒ドラッグなんて非道で、生命に対する犯罪だ」。エリックはそこで黙った。人を中毒患者に仕立てるやつはみんな犯罪者で、絞首刑か銃殺になるべきだ、と考えたのだった。「私は帰るよ。シャイアンに戻るんだ。またくる。治療がうまくいくといいね」。そして付け加えたが、なるべく本気で不親切には聞こえないようにした。「とはいえ、すでに起こった身体的な損傷は回復しないんだ。それはわかってるね、キャシー」

「あたし、何歳に見える？」キャシーは尋ねた。

「年相応の、三十五歳くらい」

彼女は首を振った。「いいえ。鏡を見たのよ」

エリックは言った。「あの晩にきみとドラッグをやった全員も、解毒剤を手に入れるように手配してくれよな。きみならやってくれるはずだ。頼んだよ？」

「もちろん。みんな友だちだもの」。彼女は雑誌の隅を弄んだ。「エリック、もう一緒にいてくれなんて頼めないわね、肉体的にこんな状態では。すっかりしおれて――」キャシーは口を止めて黙った。

これはチャンスなのか？　エリックは言った。「キャシー、離婚したいのか？　それならそれで構わないぞ。でも個人的には――」エリックはためらった。偽善はどこまで続くのだろう？　いま自分に本当に求められているのは何だろう？　未来の自分、二〇五六年からの同輩は、彼女から逃れてくれと懇願した。理性のあらゆる側面が、そうすべきだし可能ならいますぐそうしろと告げてはいないだろうか？

低い声でキャシーは言った。「いまでも愛してる。別れたくはないの。もっといい扱いをするようにするわ。本当にやるから。約束する」

「正直に言おうか？」

「ええ。いつも正直でいるべきよ」

「解放してくれ」

キャシーは顔を上げた。古い精神の一部、二人の関係を次第に骨抜きにしていった毒が、目の中で輝いていた。でもそれはいまや衰えていた。中毒と鎮静剤で、彼女は弱くなり、これまでエリックに行使していた力、エリックを捕らえて羽交い締めにしていた力はなくなっていた。肩をすくめて彼女はつぶやいた。「まあ正直に言ってくれと頼んで、その通りのものがきたわけね。感謝すべきなんでしょう」

「じゃあ同意してくれるのか？ 離婚手続きを始めるのか？」

キャシーは慎重に言った。「条件が一つ。他に女がいないこと」

「そんなものはいない」。エリックはフィリス・アッカーマンのことを考えた。あれはどう考えても入らない。キャシーの疑念まみれの世界ですら。

「いるのがわかったら、離婚には同意しないから。協力しないわ。決して逃がさない。それも約束よ」

「じゃあ合意してくれるんだな」かれは、大きな重荷が無限の深遠にすべりこむのを感じた。残ったのは単にこの世の重荷だけで、まともな人間たるおれが十分に背負えるものだ。

「ありがとう」

キャシーは言った。「エリック、解毒剤をありがとう。それであたしのドラッグ中毒、長年のドラッグ使用が結局何を意味していたか見てごらんなさい。あなたが逃げ出せるようにしたのよ。結局は少しいい部分もあったのね」

いくら考えても、彼女が皮肉で言っているのか判断がつかなかった。そこで別のことを尋ねることにした。「気分がよくなったら、ここTF&D社での仕事を再開するのか?」

「エリック、一つあたしに有利なことがあるかもしれないの。ドラッグの影響で過去にいたとき——」彼女は口を止め、痛々しげに続けた。しゃべるのがいまやつらくなっているようだ。「ヴァージルに電子部品を郵送したのよ。一九三〇年代半ばに戻ったとき。それをどうすべきか告げるメモを入れて、そこにあたしがだれかも書いておいたの。後であたしのことを忘れないように。というか、いま思い出せるように」

「でも——」とエリックは言いかけて中断した。

「何?」彼女はなんとかエリックに、その発言に意識を集中した。「何かまちがったことをした? 過去を改変して物事を歪めた?」

告げるのはほぼ不可能だ、とエリックは気がついた。でも問い合わせてみれば、どのみちすぐにわかることだ。ヴァージルは部品なんか何も受け取らなかっただろう。彼女が過去を離れた瞬間、部品も消えたはずだ。子供時代のヴァージルは、空っぽの封筒を受け取ったか、何も受け取らなかったかもしれない。エリックから見て、これは哀れなほど悲しいことだった。

「何なの?」キャシーは苦労しながら尋ねた。「その顔つきでわかるのよ——あなたのことはよく知ってるから——あたしが何かよくないことをしたのね」

エリックは言った。「びっくりしただけだよ。その創意工夫に。でも聞いてくれ」と彼女の横にしゃがみ、肩に手をのせた。「それで大した差が出るとは期待しないほうがいい。ヴァージルのための仕事はほとんど変わらないだろうし、どのみちヴァージルは恩に着るタイプじゃない」

「でもやるだけの価値はあったと思わない？」

「あったよ」とかれは立ち上がった。その時点で、もうその話はやめることにした。別れを告げてもう一度――何の効果もなく――彼女の肩を叩き、エレベーターに向かってそこからヴァージル・アッカーマンのオフィスに向かった。

ヴァージルはエリックが入ってくると顔を上げて大笑いした。「戻ってきたとは聞いていたがな、エリック。すわってどうだったか話してくれ。キャシーはひどい様子じゃろう？　ヘイゼルティンはこんな――」

「聞いてほしいんです」とエリックはドアを閉じた。二人きりになった。「ヴァージル、モリナーリをここTF&D社に連れてこられますか」

「なぜだ？」鳥のようにヴァージルは慎重にエリックを見つめた。

エリックは理由を話した。

話を聞いてヴァージルは言った。「ジーノに連絡する。わしがほのめかせば、お互いによく知ってるから直感的なレベルで理解するだろう。やってくるよ。たぶん即座にな。行動するときには素早いヤツじゃ」

エリックは腹を決めた。「じゃあ私はここに残ります。シャイアンに戻りません。いやむしろ、シーザーホテルに戻ってデグといっしょにいるほうがいい」

「銃を持っていけ」と言ってヴァージルは映話の受話器を取った。「シャイアンのホワイトハウスにつないでくれ」。エリックにはこう言った。「この回線が盗聴されていても、連中の役には立たない。何の話をしているのか見当もつかないだろう」。そして受話器にこう言った。「モリナーリ事務総長につないでくれ。ヴァージル・アッカーマンの私的な通話だ」

エリックはすわって耳を傾けた。やっとうまく進みそうだ。とりあえずは休める。単なる見物人になれる。

映話から声が流れた。ホワイトハウス交換台のオペレーターだが、狂乱したようなヒステリーで金切り声になっている。「アッカーマンさん、スイートセント先生はそちらにいますか？　居場所がわからないです。モリナーリは、いえモリナーリさんが死んで、蘇生できません」

ヴァージルは顔を上げてエリックを見つめた。

「すぐ行きます」とエリック。麻痺したような感じだった。それ以上何もなし。

「手遅れだ。賭けてもいい」とヴァージル。

オペレーターは金切り声で言った。「アッカーマンさん、総長は死んでもう二時間たちます。ティーガーデン先生にはどうしようもなくて、それで――」

「どの臓器がいかれたか訊いてください」とエリック。

オペレーターはそれを訊いた。「心臓です。そこにいるんですか、スイートセント先生？　ティーガーデン先生によると大動脈が破裂して――」

「人臓心臓を持っていく」とエリックはヴァージルに言った。ホワイトハウス交換台のオペレーターにはこう言った。「ティーガーデンに体温をできるだけ下げておくよう伝えてくれ。どのみちすでにやっているのはまちがいないが」

「屋上の飛行場には、いい高速船が一機ある。ワシン35に飛ぶときに使った船だ。まちがいなく、ここらじゃ最高の船じゃ」とヴァージル。

エリックは決意した。「心臓は自分で選ぶ。だからオフィスに戻ります。船の用意をやってもらえませんか？」この時点でエリックは落ち着いていた。手遅れかもしれない、そうでないかもしれない。間に合うかもしれない、間に合わないかもしれない。この時点で慌ててもほとんど価値がなかった。

ヴァージルは、映話スイッチを叩いてTF&D社の交換台につないだが、こう言った。「あんたがいた二〇五六年は、この世界とつながったものではないようだな」

「明らかにちがいますね」とエリックは同意した。そしてエレベーターに駆け出した。

13

ホワイトハウスの屋上飛行場にはドン・フェステンバーグが迎えにきていた。蒼白で緊張のあまりどもっている。「ど、どこにいたんです、先生？　シャイアンを立ち去るなんてだれにも言わなかったでしょう。どこか近くにいるもんだと思ってましたよ」。かれは大股でエリックを先導し、飛行場最寄りの屋内通路に向かった。

箱入り人臓を抱えたエリックが後に続いた。

事務総長の寝室の入り口にティーガーデンがあらわれた。顔は疲労でこわばっている。

「訊いても仕方ないことではあるが、いったいどこにいたんだね、先生？」

戦争を終わらせようとしていたんだ、とエリックは考えた。でも単に「どのくらい冷やしてある？」と言っただけだった。

「検出できるような代謝はない。蘇生のその手順をどうやるか知らないとでも思ってるのか？　モリナーリが無意識または死亡して蘇生不能になったときに自動的に発動される、指示文書がここにあるんだ」とティーガーデンはエリックに紙を渡した。

一瞥したただけでエリックの目に決定的な一節が飛び込んできた。人臓なし。いかなる状況においても。モリナーリ生存の唯一の可能性だったとしても。

「これは拘束力があるんですか？」とエリック。

「司法長官にも相談した。ある。きみも知っているはずだろう。だれにどんな人臓を入れる場合でも、事前に本人の文書による許可が必要だ」

「どうしてモリナーリはそんな規定を？」とエリック。

「知らん。そこに持ってきたらしき人臓心臓も使わずに、モリナーリを蘇生させてみるかい？　他に手はないんだ」というティーガーデンの声色は、苦々しそうな敗北感を漂わせていた。「何もない。きみがいなくなる前に、心臓についてはこぼしていた。動脈が破裂したのではときみに言ってたね――私も聞いたぞ。それなのにきみはここから立ち去ったね」とかれはエリックを見つめた。

エリックは言った。「それが心気症の困ったところですよ。まるで判断がつかない」

ティーガーデンは、粗いため息をついた。「そうだな――私だって気がつかなかったし」

ドン・フェステンバーグに向かってエリックは尋ねた。「フレネクシーはどうなんです？　この話は伝わってるんですか？」

かすかな、震えるような不安の薄ら笑いを浮かべ、フェステンバーグは「もちろん」と言った。

「何か反応は？」

「懸念」

「これ以上スターの船をここに入れないようにしたでしょうね？」フェステンバーグは言った。「先生、あなたの仕事は患者を治すことで、政策に口出しすることじゃない」

「それがわかれば患者の治療に役立つ――」

フェステンバーグはやっと譲歩した。「シャイアンは封鎖されている。これが起きて以来、あなたの船以外は着陸が許可されていない」

エリックはベッドに歩み寄り、ジーノ・モリナーリを見下ろした。かれはその体温を維持して、体内奥深くの何千という状態を計測する機械の混乱に埋もれていた。でっぷりした小柄な姿はほとんど見えなかった。顔は新しい装置で完全に隠れている。それはこれまでほとんど活用されたことがない、脳の微妙な変化をとらえる装置だった。万難を排しても保護されるべきは脳だった。脳以外はすべてなくなってもいい。

すべてなくなってもいい――はずなのに、モリナーリは人臓心臓の使用を禁止した。仕方ない。医学的には、この神経症じみた自己破壊的規定により時計が一世紀昔に戻ったようなものだ。

すでに、いまや切開されている男の胸を見るまでもなく、エリックはこの人物がもはや手遅れなのを知っていた。臓植分野以外では、外科医としての腕はティーガーデンと似たり寄ったりだ。キャリアのすべては、破綻した臓器を交換できるかどうかにかかっている。

「その文書をもう一度見せてください」とエリックは紙をティーガーデンから取り戻し、もっと入念に読んだ。モリナーリほど狡猾で巧妙な人物なら、まちがいなく臓植以外のまともな代替策を考えていたはずだ。これで終わりのはずはない。

フェステンバーグは言った。「プリンドルにはもちろん伝えましたよ。すでに控えていて、モリナーリを蘇生させられないのが確実になったら、すぐにでもテレビで発表します」。その声は平板で、いかにも不自然だった。エリックはかれを見て、こいつはこの状況を本当はどう思っているのだろうかといぶかった。

「この条項はどうなんです？」とエリックは文書をティーガーデン医師に示した。「GRSエンタープライズのロボ使いシミュラクラを起動させるという条項です。モリナーリがビデオテープで使ったやつですよ。今夜のテレビ放送用のテープで使ったやつです」

「これがどうした？」とティーガーデンは条文を読み返して言った。「テープ放映はもちろん中止だ。ロボ使いそのものとなると、私は何も知らない。フェステンバーグなら知っているのかな」とかれは問いただすようにドン・フェステンバーグに向き直った。

フェステンバーグは言った。「その条項は筋が通らない。文字通り。たとえば、ロボ使いがなんで冷凍パックなんかに？　モリナーリが何を考えていたか理解できないし、いずれにしてもいまは手一杯だ。このろくでもない文書には四十三条もあるんだ。それをすべて同時に実行するわけにはいかないだろう？」

エリックは言った。「でもあなたはシミュラクラの居場所を――」

フェステンバーグは言った。「ええ。居場所は知っている」

「冷凍パックから取り出して。この文書の指示通り起動させてください。すでにご存じの通りこの文書は法的拘束力があるんだから」

「起動させてどうなる？」

「それはそのシミュラクラ自身が教えてくれる。その後も」とエリック。何年にもわたってね。というのも、それがこの文書の最大の要点なんだから。ジーノ・モリナーリ死去の公式発表はない。その通称ロボ使いが起動されたとたん、それはもうロボ使いじゃなくなるからだ。

そして、あんたもそれを知ってるはずだよ、フェステンバーグ、とエリックは思った。

二人は黙ってにらみあった。

シークレットサービスの一人に向かってエリックは言った。「この人が起動させるとき、あなた方四人が同伴してほしいんです。単なる提案ではありますが、できれば受け入れてほしい」

男はうなずいて、同僚の一団に合図した。一同はフェステンバーグの後についた。フェステンバーグはいまや、混乱して怯えた様子で、まったく余裕がない様子だった。そのままシークレットサービスの一行が身近についたまま、気乗りしない作業をやりに出かけた。

ティーガーデン医師が要求した。「破裂した大動脈の修理はもっとやらないのか？　やってみるつもりもないのか？　プラスチックのバイパスならいまからでも――」

エリックは言った。「この時間軸でのモリナーリは、もう十分に損傷を受けてきた。そう思いませんか？　これぞ引退させる頃合いなんです。本人もそれを望んでいます」。だれも直面したくはない事実に直面せざるを得ないんだな、とエリックは気がついた。というのもこれは、みんなの理論的な概念とはまるで整合しない政府をこれから持つことになる――いや、すでにそういう政府を持っている――ということだからだ。

モリナーリは、自分一人で作り上げる王朝を創始したことになるわけだ。

ティーガーデンは抗議した。「あのシミュラクラがジーノのかわりに支配することはできない。あれは人工物であり、それは法で禁じられ――」

「だからこそジーノは人工臓器の使用を拒否したんです。ヴァージルみたいに、次々に臓器を交換するわけにはいかない。そんなことをしたら法的な訴訟にさらされかねない。でも、それはどうでもいい」。とにかくいまはもうどうでもいい。プリンドルはモールの後継者ではないし、ドン・フェステンバーグだって本人がいかに望もうとも、後継者にはなれない。この王朝が果てしないとは思わないけれど、でも今回の打撃には耐えられる。そしてそれだけで大したものだ。

間をおいてからティーガーデンが言った。「だから冷凍パックに入ってるわけか。なるほど」

「そして、どんな試験を受けても耐えられる」。あなたの試験も、フレネクシー大臣の試験も、その他だれでも。ドン・フェステンバーグはたぶんおれより先にこれに気がついたんだろうな。でもどうすることもできなかったのか。「この解決策のキモはそこにある。何が起きているか知っても、止めようがないんです」。これは政治的な操作という概念をいささか拡大したことになる。戦慄すべきだろうか？　それとも感銘を受けるべきか？正直言って、いまのところ自分でもわからなかった。このジーノ・モリナーリによる自分自身との裏での共謀は、解決策としてあまりに目新しすぎた。独自のだれにも真似のできない、まばたきより速いやり方で、生まれかわりというとんでもない存在をいじくるというのは。

ティーガーデンは抗議した。「でもそれだと、別のどこかの時間連続体では国連事務総長がいなくなってしまう。するとそれだったら何が得られ——」

「ドン・フェステンバーグが起動させに出かけたやつは、まちがいなくモリナーリが選出されなかった世界からきたものだ」。つまりかれが政治的敗北を喫し、別の人が国連事務総長になった世界だ。この世界での元の選挙が接戦だったことを考えれば、そうした世界はまちがいなくたくさんある。

その別の世界では、モリナーリがいなくても何の意味もない。その世界でのモリナーリは単に、敗北した政治家の一人にすぎず、すでに引退している可能性さえある。そして——完全に休息をとって新鮮だ。フレネクシー大臣と対決する準備ができている。

「見事だな。少なくとも私はそう思う」とエリックは判断した。モリナーリはいずれ、自分の打撃だらけの肉体が人臓以外のやり方では再生不可能になるとわかっていた。そして、政治的な戦略家たるもの、自分の死の先を見越せなくてどうする？ それがなければ、単に新たなヒトラーになるだけだ。自分の国が自分より長生きするのを望まなかった人物に。

再びエリックはモリナーリが残していった文書を検分した。確かにまったく隙がない。法的には、次のモリナーリは絶対に起動させなくてはならない。

そしてこんどのモリナーリも、自分がかわりを確実に用意するようにする。あらゆるタッグを組んだ優秀なレスラーと同じく、これは理論的には永遠に続く。

続くだろうか？

あらゆる時間連続体の中の、あらゆるモリナーリは同じ速度で加齢している。つまり、これはあと三十年から四十年ほどしか続けられない。最大でも。

でもそれだけあれば、テラは戦争を切り抜けて脱出できる。

そしてモリナーリはそれしか気にしていなかった。かれは不死の神になろうとしているわけじゃない。単に自分の任期を全うしたいと思っているだけだ。かつての大戦争でフランクリン・D・ルーズベルト大統領に起きたことは、モリナーリには起きない。モリナーリは過去のまちがいから学んだ。そしてそれに応じた行動をとった。その典型的なピエモンテ人式のやり方で。自分の政治的問題に対して、異様ながらあざやかで独特の解決策を見つけ出したのだ。

これで、一年後にドン・フェステンバーグがエリックに見せた国連事務総長の制服と電送新聞が偽物だった理由がわかる。

これがなければ、あれは本物だったことも考えられる。

それだけでも、モリナーリのやったことは正当化できる。

一時間後、ジーノ・モリナーリはエリックを自分だけのオフィスに呼びつけた。

血色がよく、上機嫌で顔を輝かせているモリナーリは、まっさらの新制服に身をつつんで椅子にもたれかかり、ゆったりと時間をかけてエリックを検分した。「すると世話役どもは私を起動させないつもりだったのか」と大声で言う。それから突然笑い出した。「きみが連中に圧力をかけてくれると信じていたぞ、スイートセント。もうすべて計算ずくだったんだ。偶然に任せた部分はまったくない。私を信じるかね？　それとも抜け穴があったと思うか？　連中の企みが成功しかねなかったと思うかな、特にあのフェステンバーグ

——えらく賢いヤツではあるからな。まったくもって、あいつには感服つかまつるな」とゲップをした。「こんな具合に。ま、これでドンもおしまいだ」

「連中はほとんど成功しかけたと思いますよ」とエリック。

モリナーリは真面目になった。「その通りだ。かなり近いところまできた。でも政治ではすべてがギリギリなんだ。だからこそ、努力する価値がある。確実なものなんかだれがほしいね？　私はいやだね。ちなみに、あのビデオテープは予定通り放映される。哀れなプリンドルを、資料室だかあいつがうろつく場所のどこかに送り返してやったよ」。モリナーリは再び大笑いした。

エリックは言った。「思うに、あなたの世界では——」

「ここが私の世界だ」とモリナーリは割り込んだ。頭の後ろで両手を組んで、前後に身体を揺すりつつ、エリックをじっと見つめた。

エリックは言った。「あなたがやってきた並行世界では——」

「でたらめだ！」

「——あなたは国連事務総長になろうとして敗れましたね。そうでしょう？　単なる好奇心です。他のだれともこの話をするつもりはありません」

「話したら、シークレットサービスにわぐらせて大西洋に沈めてやる。あるいは宇宙に放り出すか」。かれはしばらく黙った。「選出はされたんだよ、スイートセント。でもブドズネミどもが、なにやら不信任リコールとかいうものをでっちあげて、いきなり私を蹴り出しやがった。平和協定がらみのなにやらで。連中が正しかったんだがね、もちろん。あんな協定に足を突っ込むべきじゃなかった。でも口もきけない四本腕のぴかぴかした虫けらなんかと、だれが取引したいもんかね。屋内おまるみたいに翻訳箱をどこにでも抱えて歩く連中だぜ」

エリックは警戒するようにいった。「いまのあなたは、そうせざるを得ないのをご存じでしょう。リーグたちとの合意に達しなくてはならないと」

「もちろん。でもいまだからこそわかるんだ」。モリナーリの目は暗く厳しいもので、莫大な生来の知性とこの点について争った結果としてこの結論を出していた。「先生、何をたくらんでるね？　拝見しようじゃないか。前世紀の表現はどうだったっけ。そいつを屋根に蹴り上げてみて、それが――とかなんとかいうやつだ」

「ティファナで連絡係が待っています」

「おっと、私はティファナなんかに行かないぞ。後ろ暗い街だからな――十三のスケを買いにいく場所だ。メアリーより若い女だ」

「じゃあメアリーのことはご存じなんですか？」並行世界でも愛人だったんだろうか？

モリナーリは平板に言った。「あいつが紹介してくれたんだ。我が親友がね。あいつが私に火をつけた。連中が埋葬かなんか、何であれやることをやろうとしてるいまや死体となった人物だ。そんなものにまるで興味はないから、あっさり処分させた。すでに一つ持ってるしな。あの棺桶にいる銃弾だらけのやつだよ。きみも見ただろう。一つで十分だ。不安にさせるから」

「暗殺されたやつはどうするんですか？」

モリナーリは大きくニヤリとして歯をのぞかせた。「まだわかってないんだな、え？あれが前任者だったんだよ。さっき死んだやつの前にきたやつだ。私は二番目じゃない。三番目なんだ」。そして耳に手をかざしてみせた。「さてきみの話を聞かせてもらおうか。さあどうした」

エリックは言った。「えー。TF&D社に出かけてヴァージル・アッカーマンを尋ねてください。怪しまれません。私は接触相手を工場に連れて行って、あなたと話し合えるようにします。できると思う。ただし――」

「ただしティファナのスター諜報員のトップ、コーニングが先まわりしてきみのリーグを捕まえない限り。なあ、私はコーニングを連行する命令をシークレットサービスに出す。これでスターどもはしばらく手がいっぱいになって、こっちの仕事から遠ざかるだろう。きみの妻に関する連中の活動を罪状として挙げればいい。彼女を中毒に仕立てたんだからな。それがカバーストーリーだ。同意するか？　どうなんだ？」

「それで何とかなるでしょう」。再びかれは疲れた気分になり、それは以前より強かった。

これは決して終わらない一日なんだ。さっきの巨大な重荷が戻ってきて、また自分を押し潰して従属させる。

「私にあまり感銘を受けていないようだな」

「そんなことありませんよ。ただ疲れ切ってるだけなんです」とモリナーリ。

に戻ってデグ・ダル・イルをシーザーホテルの部屋から工場に連れてこなければならなかった。まだ終わってはいないのだ。

モリナーリが鋭く察した。「きみのリーグをだれか別の者が拾ってTF&D社に連れて行ってもいいんだ。場所を教えてくれ。きちんと処理されるよう取りはからうから。きみがやる必要はない。飲んだくれてくるか、新しい女でも見つけるんだな。あるいはもっとJJ-180を飲んで、別の時代を訪れるんだ。とにかく楽しみたまえ。中毒はどんな具合だ？　もう私が指示した通り治したんだろうな？」

「はい」

モリナーリはその太い眉を上げた。「そいつはなんと。驚いたね。できるとは思わなかった。リーグの連絡係から手に入れたのか？」

「いえ、未来からです」

「戦争はどんな具合だった？　私はきみみたいに、未来には動かないんだよ。並行の現在だけにしか移動できない」

「つらいことになります」とエリック。

「占領か？」

「テラのほとんどです」

「私は？」

「どうやらワシン35に逃げおおせたようです。リーグたちがかなりの兵力で乗り込めるまで、なんとか持ちこたえたんです」

「私はそんなことはしたくないがな。でもするしかないんだろう。奥さんのキャサリンはどうだ？」

「解毒剤は――」

「きみたち二人の関係の話だ」

「別れます。もう決めたんです」

「そうか」とモリナーリは素早くうなずいた。「きみの手持ちの住所を書き出してくれれば、交換で私も名前と住所を書いてやろう」とペンをとって、書き殴った。「メアリーの親戚だ。いとこだ。テレビの連続ドラマのチョイ役で、パサデナに住んでいる。十九歳。若すぎるか？」

「違法です」

「見逃してやるよ」かれはエリックに紙切れを投げた。エリックはそれを拾わなかった。

「どうしたんだよ」とモリナーリがエリックを怒鳴りつけた。「あの時間旅行ドラッグを使っていたせいで、頭もごちゃごちゃになったのか。自分には小さな人生が一つしかなくて、それが前に広がっているのを知らないのか？　横やうしろはないんだぞ。まだ去年が戻ってくるのを待つかなんかしているのか？」

手を伸ばしてエリックは紙切れを拾った。「まさにその通りですね。私はずっと去年を待っていた。でもどうやら、とにかく再来はないようですね」

「私が遣わしたと言うのを忘れるなよ」とモリナーリは、エリックが紙切れを財布にしまうのを一心ににらみつけた。

夜、エリックは通りの暗い側を歩き、手をポケットに突っ込んで、自分が正しい方向に向かっているのかと自問した。カリフォルニア州パサデナにきたのは何年ぶりかのことだ。前方には巨大な共アパビルが、どっしりと空に向けてそびえ、その背後の空気より高密で、窓はなにやら巨大なブロック型の合成カボチャをくりぬいた目のようだった。目は魂の窓だけれど、共アパは共アパだな、とエリックは考えた。あの中には何があるんだろう？勝ち気な——あるいはそんなに勝ち気ではないかもしれない——黒髪の少女で、モリナーリが言ってたテレビだかなんだかの、一分間のビールやタバコのコマーシャルに出るのが夢という子だ。病気のときにもこっちを駆り立てて立たせ、婚姻の誓いや、助け合い、相互保護を戯画化するための相手だ。

フィリス・アッカーマンと、遠からぬ過去のワシン35での会話を考えた。もし自分の人生のマトリックスにスタンプされたパターンを本当に繰り返したいなら、彼女を探せばすむ。フィリスはおれを惹きつけるくらいにはキャシーと似ている。それは彼女もおれもわかっている。そしておれの人生で何か新しいもののように思える——思えるだけなのはわかる——くらいにはキャシーとちがっているはずだ。でも即座に、エリックは思った。このパサデナにいる少女。これはおれが選んだんじゃない。ジーノ・モリナーリが選んだんだ。だからマトリックスはここで破れるのかもしれない。そして捨て去れるのかもしれない。そして単に新しく思えるだけでなく、本当に新しいものへと進めるのかもしれない。

共アパビルの正面玄関を見つけて、エリックは紙切れを取り出し、もう一度名前を暗記すると、巨大な真鍮の名札についた、まったく同じ呼び鈴の列から正しいボタンを見つけ、そこに力強い、ジーノ・モリナーリにインスパイアされた一押しを加えた。

幽霊のような声が間もなくスピーカーから流れ、ボタンの上の壁についたモニタ画面に、実に小さな映像があらわれた。「はい、どなた?」。こんな馬鹿げたミニチュアでは、少女の姿は見分けがつかなかった。彼女について何一つわからない。でも声は豊かでしっかりしており、独身でフリーの少女が一人住まいするときの通常の警戒による不安はあったものの、温かみがこもっていた。

「ジーノ・モリナーリにあなたを探せと言われたんです」とエリックは、このみんなの集合的な旅でみんなが頼る礎で自分の重荷を支えた。

「まあ！」彼女は興奮したようだった。「あ、た、し、を探せって？　人違いじゃないんですか？　お目にかかったことは一回だけで、それもほんの偶然だったのに」

「ちょっと入ってよろしいですか、ガリバルディさん？」

「ガリバルディは古い名前なんです。いまの名前、テレビショーをやるときに使う名前は、ギャリーです。パトリシア・ギャリー」

「とにかく入れてください。お願いだ」とエリック。

ドアのブザーが鳴ってロックが開いた。エリックはそれを押し開けてロビーに入った。一瞬後、エレベーターで十五階に上がり、彼女のドアをノックしようとしたが、自分のためにすでに開いていた。

花柄のエプロンをして、長い黒髪を二本の三つ編みにして背中に垂らし、パトリシア・ギャリーがニコニコして迎えてくれた。鋭い顔つきで、それがとがった完璧なあごへと続いている。そして唇は実に濃い色で黒く見えるほどだ。あらゆる顔つきは見事に切り取られ、しかも実に繊細な精度をもって形成されているので、人間の対称性とバランスの面で桁違いの完璧さを示唆している。なぜこの子がテレビに入ったかがわかった。こんな顔つきは、カリフォルニアの海岸でのビールCM用のモックアップ式胸像看板にある程度のインチキな演技ですら、どんな視聴者も釘付けになってしまう。この子はきれいなだけじゃない。驚くほど、とんでもないほどユニークで、彼女を見ると、長く重要なキャリアが前途に控えているという予感がした。もし戦争が彼女を悲劇に巻き込まなければだが。

彼女は陽気にいった。「はーい。あなたはだれ？」

「エリック・スイートセントです。事務総長の医療スタッフです」。あるいは過去形で言うべきか。今日のついさっきまでは。「コーヒーを一緒に飲んでお話できませんか。私にとってはとても意義深いことなんです」

「ナンパにしてはずいぶん奇妙ね。でもかまわないわよ」とパトリシア・ギャリーはくるりと身を翻して、長いメキシカンスカートが広がり、そして彼女はぴょんぴょんと共アパの廊下を歩き、エリックはその後を追って台所に入った。「実はもうお湯は沸かしていたの。どうしてモリナーリさんはあたしを探すようにあなたに言ったんですか？　何か特別な理由でも？」

こんな外見をしているくせに、自分自身がどれほど圧倒的に特別な理由になり得るかを意識せずにいられるなんてことがあるだろうか？

「そうですね。私はここカリフォルニアに住んでるんです。サンディエゴに」。そしてまたティファナで働いていることになるのか。「臓植外科医なんですよ、ギャリーさん。パット。パットと呼んでいいかな？」と言いつつベンチテーブルにすわるところを見つけて、肘を固くでこぼこのセコイア材に載せつつ、両手を組んだ。

パトリシア・ギャリーは、流しの上の食器棚からコーヒーカップを取り出した。「臓植外科医なら、なぜ軍事衛星とか前線の病院とかにいないんですか？」

自分の世界が足下から崩れ落ちるのが感じられた。「わからない」背を向けたまま彼女は言った。「戦争をやってるのよ。そうでしょう。つきあっていた男の子は、駆逐艦がリーグの爆弾にやられて負傷したのよ。まだ基地の病院にいるわ」

「なんと言ったもんか。きみは私の人生における中心的な弱点を突いたよ。なぜそこに、あるべき意味がないのかということだ」

「でも、それってだれのせい？　他のみんな？」

「ジーノ・モリナーリを生かし続けておくのが、自分なりの戦争に対する貢献なんだと思えたんだ。少なくとも当時は」。でも結局のところ、それをやったのもごく短期間で、しかもそうなったのは自分の努力を通じてではなく、ヴァージル・アッカーマンの活動のおかげだ。

「ちょっと不思議に思っただけ。腕のいい臓植外科医なら、本当の仕事がある前線にいたがるんじゃないかと思ってたから」とパトリシアはコーヒーをプラスチックのコップ二つに注いだ。

「うん、普通はそう思うよね」と言って徒労感に襲われた。彼女は十九歳、自分のほぼ半分の歳で、それなのに何が正しいのか、人が何をすべきかについて、自分よりしっかり把握してる。これほど直截なビジョンを持っていたら、まちがいなく自分のキャリアを細部まで描き出しているだろう。「帰ってほしい？　帰ってほしければそう言ってくれ」

「着いたばかりでしょう。もちろん帰ってなんかほしくありません。モリナーリさんは、なにかちゃんとした理由があってあなたをここに遣わしたんでしょう」と彼女は、テーブルの向かいにすわりながら検分するようにエリックを見回した。「あたしはメアリー・ライネケのいとこなのよ。ご存じだった？」

「うん」とうなずいた。この子もかなりタフだな。「パット、これは信じてほしいんだが、私は今日、あらゆる人に影響することを成し遂げたんだ。それが私の医療業務と関係なくても。それは受け入れてくれるか？　もし受け入れてくれたら、そこから先に進める」

「それはそれは」と彼女は十九歳ならではの無関心ぶりを見せた。

「今夜、モリナーリのテレビ放送を見た？」

「ついさっきつけてましたよ。おもしろかった。モリナーリさんはずっと大きく見えた」

「『大きく』ね」。そうか。そういうふうに表現するか。

「昔通りの姿になってくれたのはうれしいけど。でも正直言って――あれこれの政治的な弁舌とか、ほら、あの人のやり方があるでしょう、なんかすごく熱っぽい講義みたいな、目を輝かせながらやるやつ。あたしには長々しすぎちゃって。だからかわりにレコードプレーヤーをかけちゃうんです」とパトリシアはあごを手のひらに載せた。「はっきり言って、もう死ぬほど退屈しちゃうんですよ」

居間の映話が鳴った。

「失礼」パット・ギャリーは立ち上がって、台所からスキップしていった。エリックは黙ってすわり、ことさら何も頭に浮かばず、かつての倦怠感がちょっとばかりのしかかっている状態で、そこへいきなり彼女が戻ってきた。「あなた宛てです。スイートセント先生。あなたのことでしょう？」

「だれだ？」エリックは苦労して立ち上がったが、心はなぜか鉛のように重かった。

「シャイアンのホワイトハウス」

かれは映話に向かった。「もしもし、スイートセントです」

「少々お待ちを」と画面が消えた。次にあらわれた映像はジーノ・モリナーリの姿だった。

「やれやれ先生、あんたのリーグがやられたよ」とモリナーリ。

「なんだって」とエリック。

「たどりついたときには、殴り殺されたでっかい虫けらしかいなかった。だれか、連中の一人が、ホテルにきみが入るところを見たんだな。ホテルなんかに連れて行かず、TF&D社に直行させなかったのが失敗だったな」

「いまにして思えばそうです」

モリナーリは力強く言った。「なあ、映話してこれを話したのは、知りたがると思ったからだ。でも自分を責めるな。あのスターマンどもはプロだ。だれだってこうなりかねない」。そして映話に身を寄せ、強調して話した。「そんなに重要なことじゃない。リーグと接触する方法は他にもある。三つか四つ。どれを活用すべきか、いままさに検討しているところだ」

「そんなことを映話で話していいんですか」

「フレネクシー一行はついさっき、リリスターに向けて出発したよ。あらん限りの速度でね。私を信じなさい、スイートセント。連中は知ってる。だから我々の問題は、素早く動かねばならないということだ。リーグ政府の駐屯地を二時間で設立するつもりだ。必要なら、交渉は公開放送で行い、リリスターにも聞かせる」とモリナーリは腕時計を見た。

「切るぞ。また経過は伝える」。そして画面は消えた。多忙で、死ぬほど急いで次の作業に取りかかったのだ。すわってゴシップにうつつを抜かしているわけにはいかない。するといきなり、画面がまた点灯した。またもやモリナーリが向かい合っていた。「忘れるな、先生。きみはきみなりの仕事をした。連中に、私が残したあの遺書を実行させるよう強制したんだ。きみが到着したときに連中がやりとりしていた、あの十ページの文書だ。きみの力がなければ、私はいまここにはいない。すでにこの話はしたが、忘れてほしくはなかった――何度もこれを繰り返す暇はないのでね」。モリナーリはにやりとして、またもやその映像は消えた。こんどは画面は暗いままだった。

でも失敗は失敗だ、とエリックはつぶやいた。そしてパット・ギャリーの台所に戻り、自分のコーヒーカップの前にすわった。どちらも無言だった。おれがヘマをしたから、スターマンたちはそれだけ早めにテラを制圧しにくるんだ、と気がついた。全力を挙げてテラを急襲する。何百万人もが死に、何年も占領される――それが集合的に支払う人類の代償だ。それというのも、デグ・ダル・イルを直接TF&Dに連れて行かず、シーザーホテルの部屋に入れるのがいい考えに思えたからだ。でも、TF&Dにだってエージェントが一人くらいはいるだろう。会社でもやられていたかもしれない。

さてどうしよう、とエリックは考えた。

「きみの言う通りかもしれない、パット。軍医になって前線近くの基地病院に行くべきかも」

「そうよ。いいんじゃない？」

「でも少し先の話だ。そしてきみは知らないことだけれど、その前線はテラ上になる」

彼女は蒼白になり、微笑しようとした。「どうして？」

「政治。戦争の波。同盟相手が信頼できない。今日の味方は明日の敵。逆も言える」。エリックはコーヒーを飲み干して立ち上がった。「パット、幸運を祈るよ。きみのテレビでのキャリアや、その他きみの始まったばかりの輝く人生のあらゆる側面について。戦争があまり深くきみを傷つけないといいんだが」。もたらすのにおれが一役かった戦争だ、とエリックは考えた。「さようなら」

エリックが廊下を通ってドアに向かい、それを開け、背後で閉める間も、台所のテーブルで彼女はすわったまま、コーヒーを飲んで何も言わなかった。別れの会釈さえない。いま聞いた話に怯えすぎ、呆然としていたのだ。

それでもありがとう、ジーノ、とエリックは一階まで下りつつ思った。いい思いつきだった。何も成果がなかったのはあんたのせいじゃない。唯一得られたものといえば、自分がいかに何もしておらず、自分が――作為によるものも無作為によるものも――この時代に対してどれほどの被害について責任あるかという認識だけだった。

暗いパサデナの街路を、タクシーが見つかるまで歩いた。それを呼び止めて、乗車した。そして、どこに行くべきか思案した。

「え、ご自分のお住まいもご存じないんですか?」とタクシーは尋ねた。

突然エリックは言った。「ティファナまでやってくれ」

「かしこまりました」とタクシーは向きを変えて高速で南に向かった。

14

ティファナの夜。

エリックはあてどなく歩き、歩道に足をひきずって、狭い小部屋じみた店のネオンの前を次々と通過し、メキシコのポン引きどもの喧噪を聞きつつ、いつもながら車や自律走行タクシーや、最後の老いぼれ状態で国境を越えて運ばれてきた、アメリカ製の古いタービン式地表自動車の安定した動きと、その絶え間ない、神経質なクラクションを楽しみつづけた。

「女いる、旦那?」どう見ても十一歳以下の少年がエリックの袖を引いて握りしめ、立ち止まらせた。

「オレの妹、たった七歳、一度も男と寝てないよ。神様の前で保証するよ、旦那がまちがいなく最初」

「いくら?」とエリック。

「十ドルと部屋代。絶対に神の名にかけて部屋はいります。歩道はセックスをなんだか卑しいものにしちゃう。ここでやったら、その後自分を尊敬できない」

「それは実に叡智あふれる話だね」とエリックは賛成した。それでもかれは歩き続けた。

夜になると、ロボ使いの露天商やその巨大で役立たずの機械製じゅうたんやバスケット、タマレ売りの屋台は必ず消え失せた。ティファナの昼間の人々は、中年アメリカ人観光客とともに姿を消し、夜の人々に道を譲る。男たちが足早に、エリックを押しのけて通り過ぎる。とんでもなくタイトなスカートとセーターの少女が通り過ぎるとき、一瞬こちらに身体を押しつける……まるでおれたち二人の人生の間を永続的な関係が貫いていて、この肉体接触を通じた瞬間的な熱交換が、二人の可能な限り最も奥深い理解を表現しているかのようだ。少女は先に進み、姿を消した。小柄でタフなメキシコ人たち、襟を開けた毛皮シャツを着た若者たちが、まっすぐこちらに向かってきて、口は絞め殺されているかのように開かれている。エリックは慎重にかれらの行く手から退いた。

すべてが合法で、何も価値を実現できないこの場所で、人は子供時代に無理矢理引き戻されるんだ。積み木やおもちゃの中に置かれ、宇宙すべてが手の届くものとなる。その放埒の代償は高い。それは大人時代の喪失となる。それでも、エリックはここが大好きだった。騒音と喧噪は、本物の生を表している。こうしたすべてを邪悪に感じる人もいる。でもエリックはちがった。そんなことを思う人はまちがっている。神のみぞ知る——当人すらわかっていない——ものを求める、うろつく男たちの群れ。かれらの希求するものは、原形質的な物質そのものの、まともな原初的根底衝動なのだ。この苛立つような絶え間ない動きが、生命をまさに海から連れ出して陸に上がらせた。いまや陸の動物となったかれらは、いまだにこの通り、あの通りとうろつき続ける。そしてエリックもそれと同行した。

行き先に刺青パーラーが目に入った。現代的で機能的な店で、輝くエネルギーの壁に照らされ、中にいる店主の電気針は肌に触れることもなく、肌の間近を通過するだけで、あやとりのデザインを描いていった。あれはどうだろう、とエリックは自問した。自分に何を刻みつけようか、どんなモットーや絵が、こうした異様な苦難の時代に平穏をあたえてくれるだろうか？　このスターマンたちがやってきて占領するのを待っている時期に？　寄る辺なく怯えたら、みんな基本的には男らしさを失う。

その刺青パーラーに入って椅子にすわった。「胸にこう書いてくれないかな——」そして考え込んだ。店主は前のお客の作業を続けた。たくましい国連兵で、何も見ないで正面を見つめていた。「絵にしてもらおうか」とエリックは決めた。

「本を見といてくれ」。巨大なサンプルケースのようなカタログが渡された。それを適当に開いてみた。四つの乳房を持つ女。それぞれが完全な文を語っている。ちょっとちがうな。ページをめくった。尻尾から煙を出しているロケット。ちがう。自分が期待を裏切った二〇五六年の自分を思い出させる。おれはいい、い、い、リーグの味方にしよう。それを刺青して、スター軍警どもに見つけさせよう。そうなったら、もうそれ以上決断をしなくてすむ。

自己憐憫か。それとも、自己共感なんてものがあるんだろうか？　あってもあまり耳にしないな。

「腹は決まったかい？」と作業を終えた店主が尋ねた。

エリックは言った。「胸にこう書いてくれ。『キャシーは死んだ』。いいな？　それでいくらになる？」

「『キャシーは死んだ』か。何で死んだんだい？」と店主。

「コルサコフ症候群」

「それもいれようか？　キャシーはコルサ――どういう綴り？」と店主はペンと紙を持ってきた。「まちがえたくはないからな」

「ここらでドラッグはどこで手に入るね？　ほら、本物のドラッグ」とエリック。

「向かいの薬局。連中の得意分野だぜ、漬け物野郎」

刺青パーラーを後にして、ごった煮の有機体のような人と車の往来に逆らって道を横断した。薬局は古い感じで、足の怪我の模型やヘルニア用コルセットや香水の瓶がショーウィンドウに飾ってある。エリックは手動のドアを開け、奥のカウンターに向かった。

「御用はなんでしょう」グレーの髪の、立派で有能そうな男が白いスモック姿で話を聞きにきた。

「JJ-180」とエリックは、五十米ドル札をカウンターに置いた。「カプセル三つか四つ」

「百米ドル」これはビジネスだった。感情抜きだ。

かれは二十ドル札二枚と五ドル札二枚を追加した。薬剤師は姿を消した。戻ったときには、ガラス瓶を持っていて、それをエリックの近くに置いた。そして札を受け取ると、古くさいレジをチンと鳴らして中にしまった。「ありがとう」とエリックは、ガラス瓶を手に薬局を出た。

歩いているうちに、ほぼ偶然にシーザーホテルを見つけた。そこに入ってフロント係のところに行った。今日の早い時間に自分とデグ・ダル・イルをチェックインさせたのと同じ人物のようだった。今日一日といっても、何年も経ったようではある、とエリックは思った。

「私といっしょにきたリーグを覚えてるか？」とエリックはフロント係に尋ねた。

フロント係は何も言わずにエリックを見つめた。

「まだいるのか？　この地域のスターどもの殺し屋コーニングに、本当に切り刻まれたのか？　部屋を見せてくれ。同じ部屋がほしい」

「先払いでお願いします」

エリックは支払ってキーを受け取り、エレベーターで当該階に上がった。暗い色のカーペットを敷いた無人の廊下を通って、部屋のドアまでやってくると鍵を開け、中に入り、照明のスイッチを手探りした。

明かりがついてみると、何の痕跡も見当たらなかった。部屋はとにかく空っぽだ。リーグがあっさり立ち去ったかのようだった。ちょっと留守にしているとか。戦争捕虜キャンプに戻せと言ったあいつは正しかった。ずっと正しい方向性を持っていたんだ。これがどう終わるのか、見通していたんだ。

そこに立っていると、この部屋が怖くてたまらないのに気がついた。

かれはガラス瓶を開け、JJ-180のカプセルを取り出すとコーヒーテーブルに置き、十セント玉でそれを三つに切った。近くの水差しに水が入っていた。カプセルの三分の一を飲み込んで、窓辺に寄って外を見ながら待った。

夜が昼になった。まだシーザーホテルの部屋にいたけれど、時間は先だ。どのくらい進んでいるかはわからなかった。数カ月？　数年？　部屋は同じに見えたけれど、おそらくはいつだって同じ様子なのだろう。そこは永遠で静的なのだ。エリックは部屋を出てロビーにおり、予約デスク隣の雑誌売り場で電送新聞を頼んだ。売り手は恰幅のいいメキシコ人老婆で、『ロサンゼルスデイリー』を渡してくれた。それを見ると、自分が十年先に進んだのがわかった。日付は二〇六五年六月十五日だった。

するとJJ-180の量については正しかったわけだ。

公衆映話ボックスにすわり、エリックはコインを投入してティファナ毛皮&染料社に電話した。時間は昼頃らしい。

「ヴァージル・アッカーマンにつないでくれ」

「どちら様でしょうか？」

「エリック・スイートセント医師だ」

「はいもちろんです、スイートセント先生。少々お待ちください」画面が消えて、それからヴァージルの顔が登場した。相変わらず乾燥してしわだらけで、基本的に何も変わってない。

「こいつは驚いた！　エリック・スイートセントじゃないか！　具合はどうじゃね、小僧！　いやはや何年ぶりだっけ？　三年かな？　四年？　新しい職場は――」

「キャシーの具合を教えてくれ」

「なんだって？」

「妻のことが知りたい。現在の病状はどうなってます？　いま妻はどこなんですか」

「前妻ね」

エリックは逆らわなかった。「はいはい。前妻はどこですか」

「わしが知るもんかね、エリック。ここでの仕事を辞めてから会ってないし、それが――あんたも覚えとるじゃろ――六年前だ。我々が再建した直後だった。戦争直後」

「彼女について突き止めるのに役立ちそうなことは何でも教えてください」

ヴァージルは思案した。「だってまったく、彼女の病状がどんなにひどくなったか覚えとるじゃろ。あの狂乱じみた怒りとか」

「覚えてません」

ヴァージルは眉を上げた。「病院収容の書類にサインしたのはあんただぞ」

「いまも精神病院だと思うんですか？　いまだに？」

「あんたが説明してくれた話だと、回復不能の脳障害だと。彼女が使っておった、あの有毒ドラッグのせいでな。だからおそらくまだ精神病院だろう。サンディエゴかもしれん。確かしばらく前にサイモン・イルドがそんなことを話してくれたように思う。確認しようか？　サンディエゴ北部の精神病院に友人がいるという人物と会ったとかで――」

「確認してください」。画面がブランクになる間、エリックは待った。ヴァージルが構内回路でサイモンと話をしているのだ。

やっと、元在庫管理係の間延びした悲しげな顔があらわれた。「キャシーについて知りたいんですね。その人物が話してくれたことは言いますよ。その人物はキャシーと、エドマンド・G・ブラウン神経精神病院で会ったそうです。その人物は神経衰弱とあなたたちが言うものにかかってたんです」

「そんな呼び名はどこでも使ったりしない。でも先を続けてくれ」とエリック。

サイモンは言った。「彼女は自分を抑えられないんです。怒りや、なんでも壊してしまう破壊的な衝動とか。それが毎日起こっていて、ときには一日四回も起きてました。フェノチアジンを投与してて、それが役には立ちました――当人がその人物にそう言ったんです――でも結局は、いくらフェノチアジンを投与しても役に立たなくなりました。前頭葉への損傷ですかね。そして物事をちゃんと覚えられなくなりました。それと強迫観念。あらゆる人が自分に敵対してて、自分を傷つけようとしていると思ってたんです……もちろん大がかりな偏執狂じゃないんですが、果てしない苛立ちで、何かごまかして、自分に隠しごとをしてると人々を糾弾するんです――だれもかれもが悪いと」。そして付け加えた。

「相変わらずあなたのことも言ってました」

「何と言ってた？」

「あなたと精神科医――なんて人でしたっけ――が悪いと言ってましたよ、自分を病院にぶち込んで出してくれないって」

「なぜ私たちがそうしたか、彼女は少しでもわかっていたのか？」なぜ私たちがそうするしかなかったのか、だな、とエリックは思った。

「自分はあなたを愛していたのに、あなたは別の女と結婚するために自分を始末したんだと言ってました。そして離婚のときには、他の女なんかいないと誓っていたと」

「そうか。ありがとう、サイモン」とエリックは接続を切って、サンディエゴのエドマンド・G・ブラウン神経精神病院に映話した。

「エドマンド・G・ブラウン神経精神病院です」病院の交換台にいる、早口で過労の中年女性が言った。

「キャサリン・スイートセント夫人の状態についてお尋ねしたい」とエリック。

「少々お待ちください」女性は記録を調べ、映話を病棟の一つに転送した。画面に出たのはもっと若い女性だった。白い制服ではなく、花柄のコットン製普段着を着ている。

「エリック・スイートセント医師ですが。キャサリン・スイートセント夫人の状態はどうです？ 少しは改善が見られますか？」

「こないだ映話をいただいたときから何も変わってませんよ、先生。二週間前でしたか。でもファイルをとってきますね」と女性は画面から姿を消した。

なんとまあ。おれはいまから十年後にも彼女を見守ってるんだ。なんだかんだでこいつに残り一生捕まったままなんだろうか？

病棟技術士が戻ってきた。「ブラメルマン先生がスイートセント夫人に新しいグローサー・リトル装置を試しているのはご存じでしたね。脳組織の自己修復開始を促進するためです。でもいまのところ――」彼女はページをぱらぱらめくった。「結果は微々たるものです。一ヵ月後か、できれば二ヵ月後にもう一度連絡いただけないでしょうか。それまでは何も変化はないはずです」

「でも可能性はあるんでしょう。いま出たその新しい装置は」。そんな装置は初耳だった。明らかに未来にできたものだ。「というか、希望はまだあるんでしょう」

「もちろんです、先生。希望はまちがいなくあります」。その言い方は、それが単に理念的な答でしかないのを伝えていた。彼女からすれば、どんな患者にも希望はあるのだ。つまりは、何の意味もない。

「ありがとう」そう言ってからエリックは付け加えた。「ファイルを見てもらえませんか、私の勤務先はどうなってます？　最近転職したので古いままかもしれないから」

しばらくして病棟の技術士は言った。「オークランドのカイザー財団主任臓植外科医と記録されてますが」

「それで合ってる」とエリックは映話を切った。

映話番号を番号案内から手に入れて、オークランドのカイザー財団に映話した。

「スイートセント先生につないでください」

「失礼ですがどちら様でしょうか？」

エリックは一瞬考え込んだ。「弟だと言ってください」

「かしこまりました。少々お待ちください」

いまより歳をとって老けた自分の顔が画面にあらわれた。「よお」

「こんにちは」。エリックは何と言うべきか自信がなかった。「いま多忙でお邪魔だったりしない？」十年後の自分は、そんなに悪い感じではなく、威厳ある様子だった。

「いやかまわない。かかってくるのはわかってたよ。だいたいの日は覚えてたから。ちょうどエドマンド・G・ブラウン神経精神病院に映話して、グローサー・リトル装置のことを知ったんだろ。病棟技術士が言わなかったことを教えてやろう。グローサー・リトル装置は、連中がなんとか考案できた唯一の脳人臓なんだ。前頭葉の一部を置き換える。いったん設置したら、その人物が死ぬまで動き続ける。それで病状が改善すればだがね。正直なところ、効果が出るならすぐに出たはずなんだ」

「すると、効果が出るとは思わないのか」

「思わない」と老けたエリック・スイートセントは言った。

「おれたちが彼女と離婚しなかったら――」

「何のちがいもなかったよ。いまできる検査を見たら――まあ信じてくれ」

するとそれすら役に立たないのか。これから一生彼女と一緒にいても。「ありがとう。それと、あなたがいまだに彼女にチェックを入れているのは興味深いね――そう表現してよければ」

「良心はどうしようもないから。ある意味で離婚は、彼女の厚生を確保するという私たちの責任を増したんだ。というのも直後に彼女の状態は急落したから」

「他に出口は一つでもあるの？」とエリック。

二〇六五年の老けたエリック・スイートセントは首を振った。

「わかった。正直に話してくれてありがとう」

「きみ自身が言うように、自分に対してはいつも正直であるべきだからね」。そして付け加えた。「強制入院手続きではご幸運を。かなりもめるぞ。でもそれは当分先の話だ」

「戦争の他の部分はどうなってる？　特にスターマンによるテラの占拠は？」

老けたエリック・スイートセントはにやりとした。「まったく、自分個人の問題にばかり没頭して何も気がついてないんだな。戦争だと？　何の戦争だい？」

「じゃあまた」とエリックは映話を切った。

公衆映話ボックスを出た。確かに一理あるな、とエリックはつぶやいた。おれが理性的なら——でもおれはそうじゃない。スターマンはおそらく緊急計画をこの瞬間にも構築しつつあり、攻撃開始準備を整えている。それを知っているはずなのに、何も感じない。おれが感じるのは——

死にたいってことだ。

いいじゃないか。ジーノ・モリナーリは自分の死を政治戦略の道具に仕立てた。それを通じて敵を出し抜き、おそらくは再びそれをやるはずだ。もちろん、おれはそんなことを考えてたわけじゃないな。おれはだれも出し抜けてない。この侵略でたくさん人が死ぬ。それが一人増えたからってどうでもいいだろう。だれも損をしない。身近な人なんかいない。あの未来のスイートセントたちはカンカンになるだろうけれど、お気の毒様。おれはあいつらのことなんか、どのみちどうでもいいんだ。それに、連中の存在がおれ次第だという点を除けば、向こうだっておれのことなんかどうでもいい。それが問題なのかもしれないな。キャシーとの関係ではなく、おれの自分自身との関係だ。

シーザーホテルのロビーを通って、十年後の昼間の賑やかなティファァナの街路に出た。日差しに目がくらんだ。目をしばたたいて慣らした。地上を走る車両はここですら変わっていた。もっとスマートで魅力的だ。街路もいまはきちんと舗装されている。タマレ売りやじゅうたん売りが寄ってきたけれど、いまやそれはロボ使いではない。見て驚いたことに、それはリーグたちだった。明らかにかれらは社会の底辺からテラに入り込み、自分自身の時代から一世紀後、いまから九十年後に目撃した平等性を得るまでには、かなりがんばらねばならない。公平とは思えなかったけれど、でもそうなっていた。

手をポケットに突っ込んだまま、いつの時代にもティファァナの歩道にいた、大量の群衆に交じって歩き続け、ＪＪ－180のカプセルを買った薬局にやってきた。いつもながらそれは開店営業中だった。これもまた十年経っても変わっていなかったけれど、かつてのヘルニア用コルセットの展示はなくなっていた。かわりに、なんだかわからない装置が置かれていた。足を止めて、そのうしろに掲げられている表示を検討した。この装置はどうやら、性的能力を高めるらしいな、と思った。スペイン語を解読したところでは、無限のオルガスムスを可能にして、それが次々に連続するようになるとか。おもしろがってエリックは薬局の中に入り、奥のカウンターに向かった。

別の薬剤師、今回は黒髪の高齢女性がエリックを迎えた。「はい《シー》?」彼女は横目でこちらを見つつ、安っぽいクロームの歯をのぞかせた。

エリックはいった。「西ドイツ製の製品で、g-トテックス・ブラウはありますか?」

「探すね。待ってて、オッケー?」女性はゆっくり立ち去り、薬剤室に姿を消した。エリックは見るともなく、ディスプレイの間をうろついた。老婆が呼びかけた。「g-トテックス・ブラウ猛毒よ。買うなら台帳にサインして。いい《シー》?」

「はい《シー》」とエリック。

黒カートンに入ったその製品が、目の前のカウンターに置かれた。「米ドルで二ドル五十」と老婆。記入簿を抱えて取り出し、鎖つきのペンが届くところまで持ってきた。エリックが署名する間に彼女は黒カートンを包装した。「自殺するの、セニョール?」と彼女は率直に尋ねた。「うん、私にはわかるよ。この製品でなら痛くはないね。見たことあるよ。痛くない。ただとにかく心臓全然なくなるだけ」

エリックも同意した。「そうですね。いい製品です」

「A・G・ケミー社製。信頼できる」と彼女は、賞賛らしき視線を向けた。

エリックは支払いをした――十年前のお札は何も言わずに通用した――そして包みを持

って薬局を後にした。不気味だな。ティファナは相変わらず昔通りだ。これからも変わらないだろう。自分を破壊してもだれも気にしない。夜にかわりに殺してくれるブースが出ないのが不思議なくらいだよ。一回十ペソとか。ひょっとしたら、いまなら本当にあるかもしれない。

女性が明らかに容認したことで、エリックはいささかショックを受けた——そもそも彼女はエリックのことなど何も知らず、だれかも知らなかったのに。戦争のせいだな。なぜそんなことで自分が驚くのかもわからない。

シーザーホテルに戻って上階の自分の部屋に向かいはじめると、フロント係——見たことのない顔だ——がそれを制止した。「お客さん、ここにお泊まりじゃありませんね」。そして素早くフロントから出てきて、行く手をふさいだ。「お部屋を用意しますか」

「もうあるよ」とエリックは言ってから、それが十年前だったのを思い出した。もうとっくに滞在期限は切れている。

「一泊九米ドル、前払いで。お荷物をお持ちでないので」

エリックは財布を出して十ドル札を手渡した。でもフロント係は、職業的な不信感と積み上がる疑念をこめてそのお札を検分した。

「このお札は回収されました。もう交換もむずかしい。すでに違法ですから」。かれは顔を上げて、挑むようにエリックを見回した。「二十ドルだ。十ドル二枚。それでも受け取るかどうかわからんが」。かれは何の熱意も示さず待っていた。明らかにこの種のお金で支払いを受けるのをいやがっていた。かつての日々、戦争の悪い時代をおそらくは思わせるからだろう。

財布にはあと一種類しかお札がなかった。五ドル札だ。しかも信じられないことに、なにやらいかれたヘマで、自分の時計を交換したせいかもしれないけれど、九十年未来の使いものにならない通貨もあった。かれはそれをカウンターに広げた。入念で多彩な渦巻模様が輝いている。するとキャシーの電子部品も、三〇年代半ばにヴァージル・アッカーマンに届いたかもしれないな、とエリックは思った。少なくとも可能性はある。それで少し気が晴れた。

フロント係は二一五五年の札を一枚手にとった。「なんだこれは」それを光にかざしてみる。「こんなものは見たことがない。自分で作ったのか？」

「いや」とエリック。

「使えない」とフロント係は判断した。「警察を呼ぶ前に失せろ。おまえ自分で作ったの知ってるぞ」とお札を他のといっしょに、吐き気がするというような身振りをこめて投げ出した。「変な金だ。消えろ」

二一五五年の札はフロントに残し、五ドル札だけを回収してエリックはきびすを返し、ホテルのドアから出て行った。脇にはgートテックス・ブラウの包みを抱えたままだ。

ティファナには戦後のいまですら、曲がりくねった小さな脇道がたくさんある。レンガ造の建物の間に狭く暗い通路があって、そこに瓦礫や二つの巨大なゴミ箱からあふれたゴミが散在している。ゴミ箱はかつてはドラム缶だったようだ。その脇道に入り、板を打ち付けられた入り口の近くの木造階段にすわって、タバコに火をつけ、それを吸いながら思案した。通りからは目につかなかった。歩道を急ぐ人々はエリックにまったく注意を向けず、エリックのほうはかれらを眺めることで意識を集中させた。特に女の子たちを見つめた。これまた、前の十年での状態とまったく同じだった。ティファナで昼間に歩いている女の子は、理解できないほどのスマートな装いだ。ハイヒール、アンゴラセーター、ぴかぴかのハンドバッグ、手袋、肩に上着を引っかけ、足早に急ぐその姿を画鋲のようにとがってつきだした乳房が先導し、スマートさがその現代的なブラの細部にまで浸透している。こういう女の子たちはどうやって生計を立てているのだろう。どうやってこんな見事な装いを学び、さらにはこれだけの服の資金を調達しているんだろうか？　自分の時代でもそれを不思議に思ったし、いまもそれが不思議だった。

　答は、こうした昼間の急ぎ足のティファナ少女たちを呼び止め、住所と、服はここで買うのか国境を越えたアメリカで買うのかを尋ねることなんだろう。こうした女の子たちは、国境を越えてアメリカに行ったことがあるのか、ロサンゼルスにボーイフレンドがいるのか、外見に負けないくらいセックスがうまいのだろうか。何か、目に見えない何らかの力が、彼女たちの生活を可能にしている。その力が同時に彼女たちを冷感症にしていないことを祈った。そんなことになったら、生命にとっても自然生物の多産性にとっても、なんとも滑稽なことになってしまう。

こういう女の子の困ったところは、実に素早く年を取ってしまうことなんだ。噂は本当だ。三十前にボロボロになり、太り、ブラと上着とハンドバッグと手袋は消えてしまう。残るのは、ボサボサの眉毛の下からのぞく、黒い燃えるような目だけで、元のほっそりした生き物は内部のどこかにまだ捕らわれているけれど、もはやしゃべることも、遊ぶことも、セックスも、走ることもできない。歩道にあたるヒールの音、生命への高速前進。それは失われ、残されるのはペタペタずるずるという音ばかり。世界で最も恐ろしいもの、かつてあったものの音。過去に暮らし、現在では消滅し、未来は塵埃《じんあい》でできた死骸。ティファナでは何も変わらず、そして何もその通常の寿命を全うしない。時間がここではあまりに速く動き、同時にまったく動かない。おれの状況がまさにそうだ、とエリックは思った。おれは十年未来に自殺しようとしているか、あるいは十年前の生命を消し去ろうとしている。もしそれをやったら、オークランドのカイザー財団で働いているエリック・スイートセントはどうなる？　そしてキャシーを見守って過ごした十年間――それで彼女はどうなるだろう？

これはおれなりに、彼女を傷つけようとする弱々しいやり方なのかもしれない。彼女が病気になったことでさらに罰を加えようというわけだ。おれの理性の下には、おれの歪んだ見方がある。病人をどんなに罰してもまだ十分でない。そういうことなのか？　まったく、とエリックは思った。おれが自分を憎悪するのも当然だ。

gートテックス・ブラウの包みを手のひらに持って、その重みを感じ、その大きさを体験した。地球がそれを引きつけるのを感じた。そうとも、地球はこれですら好きなんだ。地球はすべてを受け入れる。

何かが靴の上を横切った。影と瓦礫の山の中の安全な場所にコソコソ走り去ろうとしていたのは、小さな車輪つきのカートだった。

そのカートの後を、別のカートが追いかけていた。両者は新聞と瓶のもつれた中で出会い、そしてカート二台がお互いに正面からぶつかり合って死闘を繰り広げるにつれ、ゴミが震えてそのかけらがあちこちに飛び散った。どちらもお互いの中心に搭載された脳ユニットを狙っている。レイジー・ブラウン・ドッグをたたき落とそうとしているのだ。

まだ生きてるのか？　エリックは信じられない思いだった。十年もたっているのに？　でもひょっとすると、ブルース・ヒンメルがまだ作っているのかもしれない。もしそうなら、今頃ティファナはこいつらだらけになっているはずだ。こんな光景をどう理解すべきかはなかなかわからなかった。最後まで死闘を展開するカート二台をエリックは見つめ続けた。いまや片方が相手のレイジー・ブラウン・ドッグをぐらぐらにするのに成功し、勝っているようだった。そいつが後退し、ヤギのようにとどめの一撃のために助走をつける位置を探してうろついた。

それが足場を探しているうちに、損傷を受けたカートが、最後の本能的な知恵の奔流により、うち捨てられたブリキのバケツという安全な場所に逃げ込み、戦いから逃げ出した。そうした保護された状態でカートは動かなくなり、じっと待ち続けようとした。必要なら永遠にでも。

立ち上がって、エリックはかがみこんで強いほうのカートをつかんだ。その車輪がむなしく回転し、そしてどうやってか、エリックの手の中から身をよじって逃げ出した。歩道にガシャンと落ちてはね、後退し、向きを変え、エリックの足に突撃した。びっくりしてエリックは退却した。カートは再びエリックに攻撃的な動きをして、エリックはまた後退した。満足したカートはぐるぐると回ってから走り去り、見えなくなった。

バケツの中には負けたほうが相変わらずいた。まだ待っている。

「大丈夫だよ」とエリックは声をかけ、しゃがみこんでそいつをもっとよく見ようとした。でも損傷を受けたカートは、その場を動かなかった。「わかったよ。言いたいことはわかった」とエリックは身を起こした。そいつは自分が何を求めているか知っている。そいつをいじくりまわしても、何も得るものはなかった。

こんなものですら、生きようと決意している。ブルースの言う通りだった。こいつらもそれなりの機会を与えられるべきだ。太陽と空の下で、そのつまらない居場所があるべきだ。こいつらはそれしか求めない。大したものじゃない。それに引き換え、このおれはこいつらのやってることさえできない。自分なりにしっかりと立ち、知恵を使ってティファナのゴミだらけの脇道で生き延びることさえできない。あのブリキバケツに逃げ込んだあいつ、妻もなく、キャリアもなく、共アパもお金もなく、そうしたものに出会う可能性すらまったくないあいつは、いまだに生き続けている。おれのあずかり知らぬ理由で、こいつにとっての存在の重要性は、おれより大きいんだ。

gートテックス・ブラウはもはやエリックには魅力的に思えなかった。

これをやるにしても、いまでなくたっていいじゃないか。他のすべてと同じく先送りできる――この場合、先送りすべきだ。それにどのみち、気分が悪かった。めまいがしたので目を閉じた。でもそうすることによって、またもやブルース・ヒンメルが作ったレイジー・ブラウン・ドッグの恐るべきカートの攻撃を招くことになる。

手の中のかすかな重みが完全に消えた。目を開けると、黒いカートンが中に入った紙袋、gートテックス・ブラウの箱が消えていた。そして脇道のあちこちに積み上がったゴミも、さっきほど多くはないようだった。日差しがもたらす長い影を見て、夕方近くになったことを知った。つまりJJ‐180の効き目が消えて、時間を逆行して――おおむね――自分の時間に戻ったということだ。でも、カプセルのかけらを飲んだのは夜の暗い中で、いまはむしろ午後五時くらいに思えた。前と同じく、正確にもとの時間に戻るわけではないのだ。するとと今回はどのくらい時間がずれたんだろうか、とエリックは思案した。なんといってもスターマンたちが地球に向かっているのだから。

それどころか、やつらがすでに到着しているのが見えた。

頭上には、巨大で黒く醜い巨艦が空中に停止していた。まるでこの世界に、冷酷、奇襲、脅し、意図のある沈黙からなる、光なき国から下りてきたかのようだ。無限に食い続けられるほど巨大だな、と思った。エリックの立っているところからですら、少なくとも一・五キロは離れた地表からですら、それが無限の貪欲な自己でできていて、それがいまにも目に見えるものすべてをがぶ飲みしはじめそうなのがわかった。音もなく、エンジンは切っている。この船ははるか遠く、星系間宇宙の前線からやってきたのだった。年季の入った、知識豊富で、世界を知り尽くした厭世的な亡霊で、奇妙ななりゆきによりその通常の居住地から引き出されてきたのだ。

こいつらにとって、あっさり地表に降下して主要建物に入り、すべてを制圧するのはどれほど簡単なことだろうか。たぶんおれが思うよりも簡単だろう。ここテラのだれが考えるよりも容易にちがいない。

エリックは脇道から街路に出て、銃があったらいいのに、と思った。

不思議だな。この時代で最大の恐怖であるこの戦争のさなかに、意義あるものを見いだすとはな。十年後のブリキバケツに隠れている、レイジー・ブラウン・ドッグのカートと対等の地位へとおれを活性化する欲望だ。ひょっとすると、おれはようやくあのカートの同輩になれたのかもしれない。そいつと肩を並べてこの世界で居場所を確保し、あのカートのように行動し、あのカートのように戦う。必要なときはいつでも戦い、そしてそれ以外にも、戦いの楽しみのために。喜びのために。当初から、おれが思いついたり、自分のものと呼んだり、入り込んだりできるどんな時代や条件よりもはるか以前から意図されていたように。

街路では車がほとんど停止していた。車両の中でも外でも、あらゆる人がスターたちの宇宙船を見つめていた。

「タクシー！」と街路に出て、エリックは地表以外の飛行が可能な自律走行タクシーを止めた。「ティファナ毛皮&染料社までやってくれ。できるだけ急いで。あの上空の船には一切かまうな。あいつらが放送する命令もすべて無視しろ」と命令した。

タクシーは身震いしてアスファルトからちょっと浮遊し、滞空した。「離陸を禁じられてます。この地域のリリスター軍指令が命令を出して――」

エリックはタクシーに告げた。「この状況では私が最高責任者だ。リリスター軍指令より階級は上だ。連中なんて私に比べればゴミだ。即座にティファナ毛皮&染料社に行かなくてはならない——戦局は私がそこにいるかどうかで決まってしまうんだ」

「かしこまりました」とタクシーは空に飛び上がった。「あなたをお運びできるのは光栄です。またとない栄誉です」

「私がそこにいるのは比類なき戦略的重要性を持つんだ」。工場でおれは立ち上がろう。知り合いの人々と共に。そしてヴァージル・アッカーマンがワシン35に逃げるときには同行する。一年後に目撃したように、事態が進展しつつあるんだ。

そしてティファナ毛皮&染料社では、まちがいなくキャシーに出くわすぞ、と気がついた。

タクシーに向かって、エリックは唐突に言った。「もしきみの奥さんが病気で——」

タクシーは言った。「妻はいません。自律機構は決して結婚しません。周知の通り」

エリックは同意した。「そうだな。もしきみが私で、妻が病気で、しかも重病で回復の見込みがまったくなかったら、妻を捨てるか？　それとも十年未来に旅して、絶対確実に妻の脳の損傷が決して修復できないと知っていても、妻と別れずにいるか？　彼女と別れないというのはつまり——」

タクシーが割り込んだ。「おっしゃっている意味はわかります、旦那。彼女の介護以外の人生がなくなってしまうということですね」

「その通り」とエリック。

「私なら別れません」とタクシーは決めた。

「どうして？」

タクシーは言った。「なぜかと言うと、人生はそういうふうに構築された現実設定で構成されているからです。彼女を見捨てるというのは、そういう現実に耐えられないという に等しいからです。独特のもっと優しい条件を与えてもらわないとだめだというに等しい からです」

しばらく考えてエリックは言った。「確かにその通りだと思う。妻と別れずにいようと思う」

タクシーは言った。「すばらしいことです、旦那。あなたはいい人なんですね」

「ありがとう」とエリック。

タクシーはティファナ毛皮&染料社へと滑空した。

訳者あとがき

本書はPhilip K. Dick, *Now Wait for Last Year* (1966) の全訳となる。底本としてはKindle版、手持ちのPanther版の両方を使っている。

1. 概説

一九六六年にダブルディ社から出版されたこの作品だが、実際に書かれたのは一九六三年か六四年あたりらしい。ディックの量産期の一本ではある。この時期のディック作品は、とにかく浪費癖のある奥さんとの生活を支えるために、ものの一、二ヵ月で長篇一本を書いている。この一九六三年だけでも五本の長篇が書かれ、翌年一九六四年には六本。この二年の作品の中には、大傑作『パーマー・エルドリッチの三つの聖痕』もあり、一方でろくでもない作品としては、敢えて名前を挙げないけれどあれやこれがあり、粗製乱造の一方で下手な鉄砲もなんやら、という状態ではある。

その中で、本作品は、少なくともこの訳者が見たところ、かなりよいできの佳作、ということになるだろうか。ディックの作品は、本当に人によって好き嫌いが分かれるため、傑作とか愚作とかの評価はあまりあてにはならない。が、ディック研究者のローレンス・スーチンの評価でも、10点満点の7点だし、そんなに変な評価ではないと考える。またジョナサン・レセムが、ディックの六〇年代と七〇年代の作品から選んだベスト5の中にも本書は選ばれている。正直いって、このベスト5は『高い城の男』も『アンドロ羊』も『ユービック』も『パーマー・エルドリッチ』も入っておらず、なんだか偏っているようには思うが、それでも本作品についてそうした高い評価をする人もいるという点では参考になるだろう。

そして本書は、まさに当時のディック自身の状況を反映し、ろくでもない奥さんを抱えてしまった男の悩みと決意を描いた小説となっている。先が見えているときに、人はどうすべきなのか？　まったく希望の持てない未来が待っているのが確実なら、さっさと逃げ出すべきなんだろうか、それともその絶望的な未来を受け入れて生きるべきなんだろうか？　それが本書のテーマだ。

それを述べるための仕掛けは様々。過去や未来に行ける怪しいドラッグや、ベトナム戦争をモデルにした泥沼戦争、そしてその中で地球を仕切る心優しき独裁者、それに協力する産業コングロマリットの超高齢親玉と、その退行的な火星でのお遊び。でも、実はそれらは本題ではない。が、もちろんこの詰め込み感もまたディックの十八番ではある。

2. あらすじ

ときは二〇五五年。地球は人類と共通の祖先を持つリリスター星人たちと、昆虫みたいなリーグ星人たちとの戦争に巻き込まれ、リリスター側と同盟はしているものの、どうも戦局はますますリリスターに不利となっているうえ、その執拗な資源や人員の供出要求や、全体主義国家めいた支配体制、そして地球に対する属国扱いがますます度を超すにしたがって、それが本当に正しい選択だったのかを悩んでいる。地球の独裁者にしてリリスターとの交渉窓口は、国連事務総長モリナーリだ。同盟関係を維持しつつも、人員や資源の供出は出し渋り、交渉を長引かせて国益を守る大活躍をするが、その体調は衰える一方だ。

さてその中で、主人公エリック・スイートセント医師は人工臓器移植の名手として、一大産業コングロマリットで巨大な軍事企業でもあるTF&D社の超高齢親玉アッカーマンのお抱えとなり、アッカーマンの体調が悪くなったら即座に臓器移植を行う仕事を続けている。

そのアッカーマンの趣味は、火星に一九三五年、かれの少年時代のワシントンDCを完全に再現することだ。そして当時のアンティーク集めや時代考証を行っているのがスイートセント医師の妻キャシーとなる。でも夫婦仲は冷え切っており、特にキャシーは強い支配欲で夫を押さえつけようとし、性的欲求不満を夫への攻撃に向けると同時に、気晴らしにドラッグに手を出している。

さてあるとき、アッカーマンはエリックを、友人にして地球の独裁者であるモリナーリ事務総長の元に派遣する。

そしてほぼ同時に、キャシーはドラッグ同好会でＪＪ－180という新しいドラッグを摂取する。これは時間旅行を可能にする奇妙なドラッグで、きわめて強い習慣性を持つ。そして実は、これは、モリナーリの動静をスイートセント経由でスパイさせようとするリリスター星人の陰謀であったことも明らかとなる。夫が本気で中毒の治療法を探すよう仕向けるため、キャシーはこっそりエリックにもＪＪ－180を飲ませ、中毒に仕立ててしまう。

だがこのドラッグで過去ではなく未来に行ける珍しい体質のエリックは、未来と現代を往復し、ドラッグの治療法とともに将来の戦局、別の未来の可能性についても情報を得て、それを二〇五五年に伝えようとする。その一方で、実はＪＪ－180の見せる未来が必ずしもこの世界の未来とは限らないことも明らかとなる。結局、戦局打開のための切り札として、エリックが未来から得た情報も、この世界ではサボタージュされてしまい、リリスターによる本格的な地球属国化に向けた侵略が始まる中で、エリックは自分と妻、そして世界について、決断を迫られる……

3. 背景とモチーフ

さて一九六〇年代で、全体主義国家とムシのような連中との長期化する戦争といえばベトナム戦争と相場が決まっている。当然ながら、全体主義国家リリスターは当時のアメリカだし、ムシのような連中はベトナムだ。そして全体主義国家側についてしまって、後悔しつつ悩む地球は、当時の米国国民ということになるだろう。すると、リリスターは劣勢であり、リーグたちと和平の相談をすべきだというのは、ベトナム戦争の帰結をいちはやく予測していたということにはなる。一般に、ベトナム戦争で米軍の「我が軍圧倒的に優勢」の大本営発表が崩れたのは、一九六八年のテト攻勢での大敗北のせいだとされる。それを一九六三年頃にすでに直感していたのは、ディックの鋭さなのか、あるいは当時の反戦的なカウンターカルチャー方面での一般的な見方なのかは、不明ではある。

その一方で、その地球の指導者であるジーノ・モリナーリは、ムッソリーニをモデルにしたものだとディック自身が語っている。意外なことにディックはムッソリーニを買っており、カリスマと能力を備えていたと思っている。ナチスと同盟してしまったので最終的に破滅したけれど、もう少しうまくやれたのでは、というのがディックの考え方だ。

そして全体的に、本書はディック的なモチーフが乱舞する作品となっている。怪しげなドラッグと人間支配は、『パーマー・エルドリッチ』のキャンDやチューZなどと同じ、シミュラクラ的な模型世界への耽溺も同様だ。TF&D社の事業の発端となったのは、あらゆるものをそのまま複製してしまう、火星の変な生き物の存在だ。そうした火星生物も、他のいくつかの小説に登場する。そして事務総長の愛人の女の子は、予言能力を持つプレコグだ。人工臓器の入れ替えで永遠に生き続ける存在や、独裁者の再生もディックの愛読者ならどこかで読んだ記憶があるだろう。

ストーリーの展開もなんだか既視感があるかもしれない。いろんな展開があって、話が紆余曲折を経てまったく予想外の展開を示したあとで、主人公は呆然とする。でもそこで、ふと生命体ですらない人工物が、自分なりに必死で生きている様子を見て、主人公は新しい力を得る。そして長い独白をしつつ、ある決意をする――これまたほぼあらゆるディック小説の定番の構成ではある。

ただし、そうしたネタや構成が有機的にうまく活用されているとも言えないだろう。事務総長の入れ替わりのネタや、その愛人がプレコグだというネタは、出しっ放しで全然活用されない。アッカーマン一族と、かれらが火星に再現している偽のワシントンDCも、最初の頃はかなり華々しいのに、ドラッグが登場した瞬間にほとんど触れられなくなる。その他、各種の伏線はまったく回収されずに放り出され――そして似たようなモチーフの切り貼りでありながら、本書はぜんぜんちがう話を展開してしまう。
それは、さっき述べた通り奥さんとの関係、というものだ。

4. ミクロな家庭の危機とマクロな世界の危機

当時のディックの奥さんアン（三人目）は、極端な浪費家だったそうだ。一九五九年に結婚したが、数年で財産は底をつき、ディックは小説の粗製乱造で糊口をしのぐ状態だ。そしておそらく、この浪費癖という病気がほぼ治る見込みがない、というのも執筆時期の一九六三年頃には明らかになっていたはずだ。さて、不治の病を抱え、今後自分の負担になり続けるだけの奥さんがいるとき、どうすべきだろうか？　さっさと別れるべきだろうか、それともそうした欠点を知りつつ受け入れるべきだろうか？　本書が持っている切実さというのは、まさにディック自身が抱えていた切実な悩みの反映でもある。ちなみに奥さん側に言わせると、当時はディックのほうが圧倒的におかしく、死亡寸前の自動車事故もおこしたりしていたそうではある。

そして本書がおもしろいのも、地球がまさに侵略され、隷属状態に置かれかねないというマクロ的にとてもヤバい状況にあるというのに、それとまったく同じかそれ以上の重要性をもって、自分と奥さんとの関係という実に卑近な話が持ち出され、そしてその両者への答が相互になんとなく関連しあっているという部分にある。

ミクロの状況とマクロな世界との不思議なつながり――これはディックの作品の持つ魅力の一つでもある。最後に行われる個人的な決断が、その世界全体の先行きにも影響するというのは、常にディックのモチーフでもある。それは『時は乱れて』や『高い城の男』などから、『聖なる侵入』や『ティモシー・アーチャーの転生』などに至るまで一貫して変わらない。これは実は、その後の日本で少しはやった、「セカイ系」と揶揄されるラノベやアニメ――主人公にガールフレンドができると世界がなぜか救われるといった代物――の世界観にも似ているけれど、ディックの場合はさすがにそこまで安易ではない。ディック作品の登場人物が下す決断は、もっと主体的で生き様に深く関わるものではある。それが、奥さんと離婚すべきかどうか、などという話であっても。

本書でかれがどういう答をだすかは、ここには書かない。でも現実世界のほうでは、一九六五年に二人が離婚していることは書いておこう。そして、本書がそうした卑近な悩みを描いている一方で、それなりに高い評価を得ているのは、この悩みが作品の中での世界と関連しているにとどまらず、ディック個人の夫婦関係を越えた一般性を持つからだ。状況がよくなる見込みが見えないとき、人はどうすべきだろうか。本書でディックが出している結論は、気高いものではある。が、（この訳者も含め）多くの読者は同意しないだろう。が、それはぼくたちにとっても考えるきっかけを与えてくれる。

そして、それとともに本書の時間観も、なかなかおもしろいものではある。時間は決まっているようで、決まってはいない。無数の時間軸があり、どれが実現するかはわからない。未来の漠然とした方向はわかるかもしれないけれど、その細かいところは知りようがない。そうした不確実な未来の中で、人はどういう決断をするのか——マクロ的に決まっているようで実は完全に決まっているわけではない未来、というのもまたディックの十八番だ。本書は、各種モチーフやテーマを含め、ディックのあらゆる作品の十八番がかなりストレートに登場するという、ディック総集篇的な側面も持つ。ちなみに本書が刊行される二〇一七年秋は、かの映画『ブレードランナー』の続篇も公開される。『ブレードランナー』がどこまでディックか、というのも論争はつきない話ではあるけれど、その続篇がさらにどこまでディックたり得ているか(あるいはまったく別の世界を追っているのか)は興味深いところではある。本書で各種のディック的なテーマをおさらいしてから映画に臨むのも一興かもしれない。

本書には既訳がある。寺地五一・高木直二訳『去年を待ちながら』(創元SF文庫)だ。訳にあたり、この旧訳は一ヵ所の語呂あわせを除き特に参照しなかったけれど、別にそれは旧訳が悪いからではない(むしろ比較的優秀だと思う)。今回新訳の話が出たのは、改訳が必要だったからというよりはむしろタイミング的な理由のせいらしい。

なお、本書の献辞は、キンドル版などではドナルド・ウォルハイム宛てになっているけれど、旧訳を見ても一九八〇年代あたりまでのペーパーバックを見ても、イギリス版でもアメリカ版でも、ナンシー・ハケット宛ての献辞がついている。ディックが献辞を変えたとは考えにくいので、おそらく最近のものが何かまちがえているのだと考え、本書でもナンシー・ハケット宛ての献辞を採用している。

大きなまちがいはないと思うが、もし誤植や変換ミスも含め、お気づきの点があれば訳者までご一報いただければ幸いだ。判明したまちがいについては、随時サポートページ
http://cruel.org/books/pkd/nowwaitforlastyear/で公開する。

二〇一七年夏、東京にて

山形浩生（hiyori13@alum.mit.edu）

フィリップ・K・ディック

アンドロイドは電気羊の夢を見るか？
浅倉久志訳

火星から逃亡したアンドロイド狩りがはじまった……映画『ブレードランナー』の原作。

〈ヒューゴー賞受賞〉
高い城の男
浅倉久志訳

日独が勝利した第二次世界大戦後、現実とは逆の世界を描く小説が密かに読まれていた！

スキャナー・ダークリー
浅倉久志訳

麻薬課のおとり捜査官アークターは自分の監視を命じられるが……。新訳版。映画化原作

〈キャンベル記念賞受賞〉
流れよわが涙、と警官は言った
友枝康子訳

ある朝を境に〝無名の人〟になっていたスーパースター、タヴァナーのたどる悪夢の旅。

火星のタイム・スリップ
小尾芙佐訳

火星植民地の権力者アーニイは過去を改変しようとするが、そこには恐るべき陥穽が……

ディック短篇傑作選

フィリップ・K・ディック／大森 望◎編

変数人間

すべてが予測可能になった未来社会、時を超えてやって来た謎の男コールは、唯一の不確定要素だった……波瀾万丈のアクションＳＦの表題作、中期の傑作「パーキー・パットの日々」ほか、超能力アクション＆サスペンス全10篇を収録した傑作選。

変種第二号

全面戦争により荒廃した地球。“新兵器”によって戦局は大きな転換点を迎えていた……。「スクリーマーズ」として映画化された表題作、特殊能力を持った黄金の青年を描く「ゴールデン・マン」ほか、戦争をテーマにした全９篇を収録する傑作選。

小さな黒い箱

謎の組織によって供給される箱は、別の場所の別人の思考へとつながっていた……。『アンドロイドは電気羊の夢を見るか？』原型の表題作、後期の傑作「時間飛行士へのささやかな贈物」ほか、政治／未来社会／宗教をテーマにした全11篇を収録。

〈ローダンNEO①〉

スターダスト

PERRY RHODAN NEO　STERNENSTAUB

フランク・ボルシュ
柴田さとみ訳

二〇三六年、スターダスト号で月基地に向かったペリー・ローダンは異星人の船に遭遇する。それは人類にとって宇宙時代の幕開けだった……宇宙英雄ローダン・シリーズ刊行五〇周年記念としてスタートした現代の創造力で語りなおすリブート・シリーズがｔｏ・ｉ８のイラストで遂に日本でも刊行開始　解説／嶋田洋一

訳者略歴　1964年生，東京大学大学院工学系研究科都市工学科修士課程修了　翻訳家・評論家　訳書『９プリンシプルズ』伊藤＆ハウ，『さっさと不況を終わらせろ』クルーグマン，『死の迷路』ディック（以上早川書房刊）　著書『新教養主義宣言』他多数

HM=Hayakawa Mystery
SF=Science Fiction
JA=Japanese Author
NV=Novel
NF=Nonfiction
FT=Fantasy

去年《きょねん》を待《ま》ちながら
〔新訳版〕

〈SF2145〉

二〇一七年九月 二十 日 印刷
二〇一七年九月二十五日 発行

（定価はカバーに表示してあります）

著者　フィリップ・K・ディック
訳者　山《やま》形《がた》浩《ひろ》生《お》
発行者　早川浩
発行所　株式会社 早川書房
郵便番号 一〇一 - 〇〇四六
東京都千代田区神田多町二ノ二
電話 〇三 - 三二五二 - 三一一一（大代表）
振替 〇〇一六〇 - 三 - 四七七九九
http://www.hayakawa-online.co.jp

乱丁・落丁本は小社制作部宛お送り下さい。
送料小社負担にてお取りかえいたします。

印刷・精文堂印刷株式会社　製本・株式会社川島製本所
Printed and bound in Japan
ISBN978-4-15-012145-7 C0197

本書は活字が大きく読みやすい〈トールサイズ〉です。